마일

에이트루
샤랄릴

God bless me?
저, 능력은 평균치로 해달라고 말했잖아요!

9
God bless me?
저, 능력은 평균치로 해달라고 말했잖아요!

【일본】

고등학생. 어린 소녀를 구하고,
이세계로 전생했다.

C등급 파티 '붉은 맹세'

이세계에서 '평균적'인
능력을 부여받은 소녀.

검사. 신입 파티
'붉은 맹세'의 리더.

기 센 신인 헌터.
공격마법이 특기.

【브란델 왕국】

여자 엘프.
아카데미 연구원

여자 엘프
아카데미 연구원

신인 헌터.
연약한 소녀지만…….

여자 엘프. 아빠 바보.
고룡전 때 마을 일행을 구해주었다.

브란델
왕국
바노라크 왕국
카라미테이
왕도
마일이
헌터 등록한 마을
아스컴으로
돌아가는 반환점
여인숙 사건이
일어난 마을
아스컴령
침공군
티루스 왕
'붉은 맹서
등록국
왕도
샤레이라즈
대국
아르반 제국

이웃나라
왕도
마레인
왕국
도시
도시
마판
왕도
드워프 마을
그레데마르
God bless me?
WORLD MAP

지난 줄거리

아스컴 자작가의 장녀 아델 폰 아스컴은 열 살이 되던 어느 날, 강렬한 두통과 함께 모든 것을 기억해냈다.

자신이 예전에 열여덟 살의 일본인 쿠리하라 미사토였다는 것과 어린 소녀를 구하려다가 대신 목숨을 잃었다는 것, 그리고 신을 만났다는 사실을…….

너무 잘나서 주변의 기대가 커, 자기 생각대로 살 수 없었던 미사토는 소원을 묻는 신에게 이런 부탁을 했다.

"다음 인생에서 능력은 평균치로 부탁드립니다!"

그런데 뭐야, 어쩐지 이야기가 좀 다르잖아!

나노머신과 대화를 나눌 수 있고, 인간과 고룡(古龍)의 평균이어서 마력이 마법사의 6,800배?!

처음 다닌 학원에서 소녀와 왕녀님을 구하기도 하고.

마일이라는 이름으로 입학한 헌터 양성 학교에서 동급생들과 결성한 소녀 사인조 파티 '붉은 맹세'로 대활약!

하지만 그녀들 앞에 골렘, 적국의 비밀부대, 거기에다 딸을 사랑하는 아버지와 세계 최강 고룡 등이 속속 등장해 문제가 일어난다.

한편 마일의 고향이 제국군에게 침략당하고 마는데, 네 소녀는 지혜와 전술로 오천 명에 달하는 아르반 제국군을 전부 격퇴시키고 도시 마판을 구해낸다!

그리고 드워프 마을에서 비정상적으로 강한 오크 무리와 맞닥뜨리는데?!

God bless me?

CONTENTS

제68장 마물2……………………014

제69장 귀환……………………057

제70장 보고……………………085

제71장 엘프 호위………………107

제72장 이동……………………180

제73장 경고……………………214

제74장 강화……………………235

제75장 빛나는 목숨……………270

단편 메비스의 우울……………286

제68장 마물2

'그런데 왜 오크가 저렇게 고성능이……. 하이오크도 아니고. 하이오크, 하이오크……, 아, 연료(먹이)의 옥탄가가 높으니까('하이오크'는 옥탄가가 높은 기름, 즉 고급기름을 가리키는 말이기도 하다) 출력이 상승해서……'

색적(索敵) 마법을 쓰면서 아무래도 상관없는 생각을 하는 마일.

그렇다, 결국 마물 토벌을 속행하기로 했다. 주체는 드워프였고, '붉은 맹세'는 어디까지나 덤으로 온 지원부대였으므로 결정권은 드워프에게 있었다.

다만 속행이 결정 났을 때, 마일이 강하게 주장해 드워프 대장에게 허락받은 것이 있었다.

첫째, 오거 집단을 맞닥뜨렸을 경우 드워프 28명은 7명씩 네 개 분대를 편성하고, 분대 단위로 각각 오거 한 마리씩 맡을 것.

둘째, '붉은 맹세'는 완전한 자유행동을 할 수 있으며, 전투 중 그 방식과 행동의 우선순위 등에 일절 간섭하지 않을 것. 하고 싶은 말이 있으면 전투가 끝난 후에 할 것.

셋째, '붉은 맹세'의 전투 능력과 필살기 등에 대해 언급 금지. 또한, 절대 발설하지 않을 것.

드워프들도 헌터의 금기인 '개인 정보 흘리기'의 의미와 그 짓을 저지른 자의 말로를 잘 알고 있었다. 과연, 이 지뢰는 밟으면 치명적이라는 걸 단단히 학습한 모양이었다.

그리고 그들은 애당초, 헌터 파티의 전투 방식에 간섭할 생각도 없었다. 힘만 믿고 싸우는 자신들의 방식과 헌터, 그것도 팀으로 싸우는 방식의 차이 정도는 잘 알고 있었다.

첫 번째 조건 역시 드워프들은 오크 따위에게 참패 직전까지 갔으므로 불평할 자격이 없었다. 오크가 다섯 마리 이상 나타났을 경우 '붉은 맹세'가 몇 마리까지 대처할 수 있는지는 잘 모르겠지만 거기까지 고민해봐야 소용없다. 조금 전 오크와의 전투를 보고 그들이 자신들보다 훨씬 강하다는 사실을 알았다. 드워프들은 그들의 판단에 따르는 수밖에 없었다.

그리하여 새로운 마음가짐으로 마물 탐색에 나섰는데, 마일이 다시 신호해서 모두를 멈춰 세웠다.

"……마물, 대형입니다. 조금 전 오크랑 반응이 다른 걸 보아 오거일 가능성이 있어요. 수는 열한 마리!"

""""""""뭣!""""""""

드워프들이 네 마리를 맡으면 '붉은 맹세'의 네 사람이 나머지 일곱 마리를 맡아야 한다. 자기 자식과 손자, 증손자보다 더 어린 네 소녀가 일반 오크보다 몇 배나 강한 오거 일곱 마리를 말이다.

"안 되겠어, 후퇴……."

"가자, 얘들아!"

""""하앗!""""

대장의 지시는 '붉은 맹세'의 함성에 묻혀 사라졌다.

"아이스 불릿!"

오거 무리를 만나자마자 미리 영창해 두었던 얼음마법을 쏘는 레나.

수많은 얼음 탄환이 오거 무리를 향해 쏟아졌고, 기선 제압을 당한 오거들은 그 자리에 멈춰 서서 무기인 통나무를 쥔 채 팔로 얼굴을 보호했다.

숲속이라 강력한 불마법을 쓸 수 없어서 특기가 아닌 얼음마법을 쏜 레나였는데, 그래도 '특기인 불마법에 비해 약한 수준'일 뿐이지 일반 마술사와 비교하면 충분히 강력한 공격마법이었다.

하지만 그래 봐야 작은 얼음 탄환이 광범위하게 쏟아지는 마법이었기 때문에 한 발당 위력은 약했다. 상대가 코볼트라면 모를까, 오거 상대로는 눈에 명중하지 않는 이상은 치명상을 입힐 수 없었다.

그래도 적이 움직임을 멈추고 팔로 시야를 가리게 하는, 레나의 목적은 충분히 달성했다.

얼음 탄환 공격이 끝났음을 눈치챈 오거들이 얼굴을 보호하던 팔을 내렸을 때는 이미 늦었다. 메비스와 마일, 두 검사가 오거 무리 속으로 뛰어들었기 때문이다.

그리고 휘두른 두 개의 검.

"윽, 단단해!"

마일은 오거의 배를 검으로 가볍게 갈랐지만, 메비스의 검은

간신히 생채기를 냈을 뿐 치명상을 입히지 못했다. 그 모습을 본 마일이 소리쳤다.

"역시 이 오거들…… 아니 잠깐, 여러분은 왜 안 싸워요?!"

먼저 행동에 나선 '붉은 맹세'를 뒤따르긴 했지만 드워프들은 전투에 뛰어들지 않고 뒤에 우두커니 서 있었다. 레나는 다음 공격마법 영창 중이어서, 마일 이외에는 드워프에게 소리칠 사람이 없었다.

지금까지 정중한 말투였던 마일이 무섭게 화내자 순간 드워프들이 깜짝 놀랐지만 그것도 잠시, 아군이 강력한 적과 싸우는 모습을 멍청하게 보기만 한 자신들의 실수를 깨닫고 정신을 차린 후 허둥지둥 전투에 나섰다.

"미리 짠 대로 움직여요! 쓸데없는 생각은 하지 말고!"

괜히 분산되면 오히려 싸우기 힘들어진다. 그렇게 생각한 마일은 미리 짠 작전을 재차 확인했다.

곧이어 레나가 영창을 끝냈다. 이번에는 적과 아군이 뒤섞여 있었기 때문에 범위 공격이 아니라 단발 공격인 아이스 재블린이었다. 그리고 폴린은 적극적으로 공격에 나서지 않고, 아군이 위기에 빠졌을 때 대응하기 위해 개별 공격마법을 보류해둔 채 전체 상황을 지켜보았다.

적과 직접 교전하는 것만이 전투가 아니다. 그리고 모두가 같은 수의 적을 상대할 필요도 없다. 역할 분담. 적재적소. 그것이 파티가 싸우는 방식이었다.

한편 메비스는…….

"나의 애검이여, 그 진짜 모습을 드러내라!"

정체 모를 주문을 읊고 있었다.

'고룡전 때 서브 웨폰인 단검은 내 생각에 응해주었지. 그러니 메인 웨폰인 이 검도 나의 뜨거운 마음에 응해줄 게 틀림없어!'

【【【【【올 것이 왔다아아아~~!!!!】】】】】

그 최대의 볼거리였던 고룡전의 하이라이트를 전부 단검에 빼앗기고, 너무 분해 몸부림쳤던 쇼트 소드 담당 나노머신들.

그런데 마침내! 마침내! 마침내 찾아온 이 활약의 기회!

단검과 달리, 쇼트 소드는 '사실은 칼날이 날카로운데 평소에는 그 사실을 감추고 있다'와 같은 설정이 없다. 애당초 튼튼하지만 별로 눈에 띄지 않는 검, 이라는 이미지여서 이상한 설정을 하지 않았던 것이다.

【하지만 그런 건 상관없어!】

그렇다, 흥분한 나노머신들에게 그것은 사사로운 사실에 불과했다.

【깨뜨려라! 깨뜨려라! 깨뜨리라고오오!】

【미스릴 코팅!】

【단분자날 형성! 가라아아아앗!】

【시각 효과다, 허풍이야! 멋진 연출이다아!】

그리고 금색으로 빛나는 검신.

"우오오오오!"

메비스가 휘두르는 쇼트 소드에, 이번에는 보란 듯이 두 동강이 나는 오거의 몸.

"뭐예요, 그게에에!"

마일의 기억에 없는 기능, 마일의 기억에 없는 성능.

마일의 눈이 휘둥그레졌지만, 지금은 그런 생각을 할 겨를이 없다.

아무리 오거가 강해도 힘과 속도와 튼튼함 부분에서 마일은 지지 않았다. 말하자면 '잘 맞는 상대'였던 것이다.

하지만 다른 사람들은 그렇지 않았다. 이 오거들을 상대했다가 바로 즉사할 가능성도 충분히 있었다. 그래서 파티 멤버와 드워프들의 상황을 계속 주시해야 했기에 마일은 정신적으로 상당히 힘에 부쳤다.

사실 그 역할은 폴린이 하고 있었지만, 아무래도 폴린한테만 맡기기 불안했다. 이건 동료의 역할까지 뒤에서 받쳐주는 선량한 태도일까, 아니면 동료를 믿지 못하는 옳지 못한 태도일까…….

한편 레나는 드워프들 쪽으로 향하는 오거를 네 마리만 남기고 나머지에 아이스 재블린을 발사했다. 원래 오거라면 한 방에 쓰러져야 할 위력이지만, 꽤 다치긴 했어도 전투력을 완전히 잃지는 않아 그대로 레나에게 덤벼들었다.

레나는 살짝 뒤로 물러나면서 다음 주문 영창에 들어갔다. 폴린이 레나를 공격하는 오거에게 똑같이 아이스 재블린을 쏘았다. 그리고 레나의 안전을 확인한 후, 다시 전체적인 전투 상황을 지켜보며 재빨리 다음 영창에 들어갔다.

"메비스 씨, 오른쪽!"

"알았어!"

마일과 메비스도 다섯 마리 이후로는 오거가 드워프 쪽으로 가지 못하도록 견제하며 하나둘 상처를 입히다가 기회를 틈타 치명상이 될 공격을 가했다.

'붉은 맹세'가 오거 일곱 마리를 전부 쓰러트린 후에도 드워프들은 여전히 싸우고 있었다. 억센 드워프들의 일격으로도 오거들의 근육 갑옷을 뚫기 어려웠고, 그들이 던지는 통나무를 피해가며 싸워야 했기에 상당히 고전 중인 모양이었다.

하지만 여기서 마일 일행이 섣사리 개입하면 드워프의 자존심이 다친다. 그렇게 생각하고 위험한 상황이 오면 바로 개입할 수 있게 준비한 채 지켜보는 '붉은 맹세'였는데, 얼마 지나지 않아 통나무를 피해 파고든 드워프의 찌르기 공격이 하나둘 먹히며 이윽고 모든 오거가 땅에 쓰러졌다.

* *

"……대충 끝난 것 같네."

다친 드워프들을 치유마법으로 치료하고, 쓰러진 오거들을 수납하며 일단락 지은 탈환 부대 일동.

하지만 느긋한 마일과는 대조적으로 메비스는 왠지 불안해 보였다.

그도 그럴 것이다.

빠~안.

빠아아~안.

빠아아아아아아~~~안.

오거와의 싸움이 끝난 후부터 드워프들이 계속 메비스에게 뜨거운 시선을 보냈던 것이다.

아니, 정확히 말하면 메비스가 허리에 찬 쇼트 소드에.

"'아아, 그것도 그런가…….'"

그야, 어쩔 수 없다.

나머지 세 멤버는 그렇게 생각하면서, 있기 불편하다는 듯 머뭇거리는 메비스에게서 시선을 돌렸다.

((((((궁금해……))))))

그렇게 생각하면서도 메비스에게 직접 물어볼 수 없는 드워프들.

헌터의 과거와 그 능력에 대해 깊이 알려고 하거나 입 밖으로 꺼내는 행동은 금기 사항이었고 법도에서 벗어났다. 드워프들도 그 정도는 잘 알고 있었다. 그래서 궁금하다고 미주알고주알 캐물을 수 없었다. 그것도, 중요한 임무를 완수하기 위해 위험한 공동 작업 중인 이런 때에는.

하지만…….

((((((궁금해 죽겠네에에에!!))))))

평생 대장간 일에만 푹 빠져 지내는 드워프들이 메비스의 검을 보고 아무런 느낌도 받지 못할 리 없었다.

드워프가 쓰는 검은 물론 스스로 만든 것이다. 그리고 그 검을 휘두르는 자신들은 건강하고 체력이 엄청난 드워프, 그것도 단야를 생업으로 삼아 단련된 육체의 주인이었다.

그런데도 오거들을 상대하기에 역부족이었다.

검의 성능이 부족해서였을까. 아니면 검의 성능을 충분히 끌어낼 힘이 없어서였을까.

그런데 저 연약하고 마른 인간 소녀는 너무 손쉽게 오거들을 베었다. 아무리 봐도 자신들보다 근육이 없는 그 육체로 말이다.

……검인가.

…………검인 건가.

………………검이었단 말인가아아아아앗!

그리하여 메비스에게 모두의 시선이 꽂혔다. 마치 파괴력을 가진 페이저(위상광선)와 같이…….

그와 대조적으로, 똑같이 오거를 벤 마일 쪽에는 별로 시선이 모이지 않았다.

왜냐하면…….

"아가씨는 어느 씨족 사람이야?"

"네, 그게 무슨 소리예요?"

"아니, 아가씨는 인간과 드워프 혼혈이잖아? 그 근력, 작은 키, 납작한 가슴, 둥글둥글한 체형, 누가 봐도 드워프의……."

"실례예요오오옷!"

그러한 대화가 오가서, 마일이 격노한 상태였기 때문이다.

한편 드워프들은 체형을 칭찬한 건데 마일이 왜 화내는지 도무지 이해할 수 없었다.

……아무래도 여성에 대한 드워프의 미적 감각은 인간과 조금

다른 듯했다.

그리고 마일은 생각했다.

'아, 맞다! 드워프의 씨를 말려버리면 내 체형 데이터에서 드워프의 수치가 사라질 테니까 가슴도 키도…….'

『그건 안 됩니다!』

물론 진지하게 생각한 게 전혀 아니었는데도, 너무도 불온한 마일의 생각에 위험을 느낀 나노머신이 재빨리 말렸다.

'진짜 할 리 없잖아!'

마일이 속으로 부정했지만, 나노머신들은 진심인지 아닌지 알 수 없었다.

아무튼 명백한 순혈 인간 메비스와 갑자기 금색으로 빛나기 시작한 검. 그리고 마치 뜨겁게 달군 칼로 버터를 자르듯 뎅강 절단된 오거의 몸. 그것은 드워프들이 마일을 무시하고 메비스의 검에만 주목하기에 충분한 조건이었다.

"으으윽, 아직 이런 데서 죽을 수는 없어……."

"저 검의 구성과 제작법을 알아낼 때까지는……."

"살아 돌아가면! 살아 돌아가기만 하면 고용 계약을 마친 후 그냥 시시콜콜한 세상 얘기인 것처럼 해서……."

역시 고용주가 피고용자에게 의뢰 내용과 상관없는 정보를 물어보는 건 꺼려지는 모양이었다.

"뭐 하는 거야, 빨리 가야지! 아직 토벌 임무가 끝나지 않았다고!"

드워프들이 좀처럼 걸으려고 하지 않아 마음이 급해진 레나가

버럭 화냈다.

그렇다, 사전에 드워프들에게서 들은 정보대로라면 오크와 오거가 아직 남아 있을 터였다.

확인한 것보다 더 많으면 많았지 눈으로 확인한 것보다 수가 확 줄어들 리는 없으리라. 게다가 오거들의 소굴은 좀 더 가야 나오는 듯했다.

보아하니 1차 탈환 부대가 그 정보를 입수한 건 아닌 모양이었다.

그들은 그런 사실을 알기도 전에 엄청난 피해를 보고 후퇴한 것 같았다. 그리고 그 귀중한 정보는 나중에 위험을 무릅쓰고 오거들의 영역 깊숙한 곳까지 몰래 잠입해 조사한, 말 그대로 결사대인 1차에서 4차까지의 조사단이 가지고 돌아온 듯했다.

"조사단의 보고에 따르면 오거는 지하 갱도의 입구 부근에 정착한 것 같아. 오크는 거기서 좀 더 떨어진 숲 근처에 있고. 다른 마물들은 대충 흩어져 있는데 뭐, 그 숫자는 별로 대수롭지 않은 정도야."

설명을 들어보니, 원래 적대관계라고 할까 오거의 포식 대상인 오크가 무슨 영문인지 오거 소굴에서 별로 멀지 않은 곳에 정착한 것 같았다. 다소 의문스럽기는 했지만 지금 그런 걸 고민하고 있어 봐야 뾰족한 수도 없었다.

그리고 그 밖의 마물, 즉 고블린과 코볼트, 뿔토끼 등은 몇 배 강해졌어도 딱히 문제 되지 않았다. 그러한 마물들은 원래보다 몇 배로 강해진들 일반 오크 한 마리에도 미치지 못하므로 큰 위협이 되지 않기 때문이다. 게다가 드워프들의 이야기로는 이상하게 강해진 건 오크와 오거뿐이라고 했다.

'도대체 왜…….'

모든 일에는 반드시 이유가 있다. 그리고 결과에는 반드시 원인이 있고.

마일은 그게 무엇인지 생각했다.

'진화했나? 피카츄가 라이츄로 진화하는 것처럼? 아니야, 그렇다면 오크는 오크워리어나 하이오크가 돼야 해. 그다음에는 오크킹이라든지……. 오거도 오거워리어, 하이오거, 오거킹이 될 거고. 하지만 아까 그건 아무리 봐도 일반 오크랑 오거였는데…….'

그리고 설령 진화했다고 쳐도 무리에서도 가장 강한 개체들, 지극히 일부만 진화해야 앞뒤가 맞다. 전체가 동시에 진화하는 것은 불가능하다. 만약 그런 일이 일어났다면 그 종(種)은 이 이미 그런 생물이란 이야기이고, 오크 중에 특이 개체인 것이 아니라 새로운 상위종족의 탄생을 의미했다. 만약 그렇게 된다면…….

뿔토끼의 상위종인 '하이퍼 뿔토끼' 등도 얼마든지 출현할 수 있다.

만약 '하이퍼 오거족'이라는 신종족이 등장해, 그 강력한 전투력과 강인한 육체를 무기 삼아 온 대륙으로 진출한다면…….

'인류의 존망이 달린 문제야…….'

마일은 무서운 생각을 하고 있었다.

갱도를 향해 나아간 탈환 부대는 얼마 후 갱도 근처에 도착했다.

"갱도는 마법 공격을 견딜 수 있나요?"

갑작스러운 마일의 질문에 대장이 잠시 당황했는데, 생각해보면 갱도 입구 근처에서 전투가 벌어질 테니 이런 질문이 나오는 것도 당연했다.

"아아, 말이 갱도지 그리 깊지 않거든. 노천굴이 아닌 수준? 그러니 그리 쉽게 무너지지 않을 거고 설령 무너진다고 해도 다시 파는 것 역시 식은 죽 먹기야. 암반을 파는 것과 비교하면 무너진 토사를 치우는 쪽이 훨씬 편하겠지. 다른 곳에 새로 갱도를 파도 되고……. 그러니 갱도가 무너져도 딱히 상관없어."

하긴 그 말이 맞으리라. 지구의 금광처럼 지하 수십 킬로미터나 내려가는 갱도도 아닐 테니까. 이 세계에는 고작 철광석을 채굴하는 데 그런 노력을 기울일 이유도, 그게 가능한 기술도 없다.

또 오거들은 비바람을 피하기 위한 보금자리로 갱도를 이용하고 있을 뿐이어서, 입구 바로 근처에 정착한 것이다. 깊이 들어가 봐야 물도 사냥감도 불도 없으니, 그런 곳에 숨을 필요가 없었다.

전투 시 검을 휘두르려면 어느 정도의 공간이 확보되어야 하는 만큼, 좁은 갱도 안은 탈환 부대에 불리했다. 그래서 갱도 안으로 들어가지 않고 밖에서 싸울 계획이었다.

"입구 근처에는 나무도 없지? 이번에는 마음껏 불마법을 쓸 수 있겠네……."

"마지막으로 갱도 안에 핫마법을 쏘아서 잔당까지 전부 소탕할게요!"

"마일, 적이 몇 마리만 남은 시점에서 엑스트라(EX) 진 신속검

연습을 해도 될까?"

"좋아요. 아, 처음에 윈드 엣지도 시험해 보세요. 앞으로의 일에 대비해서 그 오거들한테 얼마나 효과가 있는지 미리 알아두면 좋을 테니까요. 뭐, 견제나 눈부시게 만드는 효과밖에 없을 거라고 예상하지만, 일단……."

그리고 아직 오거의 수도 모르면서 이미 승리가 확정된 것처럼 구는 '붉은 맹세'를 보며, 이제는 모든 것을 포기한 듯한 표정을 짓는 드워프들이었다…….

"윈드 엣지!"

"지옥의 업화!"

"하이퍼 핫!"

메비스의 윈드 엣지를 먼저 쏘게 한 다음 한 박자 늦게 각자 공격마법에 들어가는 레나와 폴린. 그렇게 하지 않으면 윈드 엣지 효과를 정확하게 판단할 수 없다. 그리고 폴린도 비장의 무기인 핫마법의 버전 업 판을 선보였다.

드워프들에게 기술이 노출되는 문제는 있지만 고용주로서 비밀 유지 의무가 있고 이 드워프들이 일부러 인간들과 접촉하고 다닐 리도 없었다.

또 마법에 둔한 드워프들은 이 정도 마법이면 별로 특별하다고 생각하지 않겠지. 특히 마일, 메비스, 레나의 싸움을 본 후라면…….

갱도에 도착한 탈환 부대는 입구 앞에 보초를 서고 있던 오거 몇 마리에게 마법 기습 공격을 퍼부었다. 물론 먼저 발견되지 않도록 자신들이 바람의 보호를 받는 쪽에 있음을 확인하고, 나무 뒤에 숨어 원거리 공격을 쏘았다.

마법공격이 가능한 것은 '붉은 맹세'뿐이었다. ('기'를 이용한 공격이라고 생각하는 메비스를 포함해서)

갑자기 공격마법을 연속으로 맞은 보초 오거들은 당황했다.

처음 등장한 윈드 엣지는 마법을 못 쓰는 메비스가 '원거리 공격도 구사하기 위해' 장착한 기술인데, 대인전이나 고블린, 코볼트를 상대라면 모를까 오크 이상의 마물을 상대로는 치명상은커녕 중상도 입히기 어려웠다.

게다가 이 기술은 메비스가 '진 신속검'을 써서 신체 강화를 해도 위력이 향상되지 않았다. 그래서 이 상식 밖의 오거들에게도 중상과는 거리가 먼, 미미한 생채기를 내는 데서 그쳤다.

눈에 맞으면 이야기는 달라지겠지만, 원거리 공격이 눈에 맞을 때까지 얌전히 기다려줄 오거는 없겠지. 그래서 이 기술은 기껏해야 동료가 위험할 때 견제하기 위해 쓰는 것이 고작……, 아니, 하지만 그것만으로도 이 원거리 공격 '윈드 엣지'를 장착한 메비스의 헌터로서의 가치는 쑥 올라갔다. 아무튼 그녀들이 아는 헌터의 범위에서 마일을 제외하면 유일한 '마법 검사'였기 때문이다.

……아, 아니, 마일이 가르친 베일이라는 자도 있다. 일단은 그도 '마법 검사'라고 할 수 있기는 하겠지. 아마 본인은 그렇게 불릴 생각이 전혀 없을 테지만…….

실제로 메비스는 그걸 마법이 아니라 '기'의 힘이라고 여겼지만, 마일과 레나가 '아스컴 가의 비전을 은폐하려면 마법이라고 둘러대는 편이 좋다'고 했기 때문에 대외적으로는 바람마법으로 되어 있었다.

바람마법으로 가장한 기의 힘인데 사실은 바람마법인 '윈드 엣지.'

……이보다 복잡한 게 또 있을까.

여하튼 자신들에게 조금의 위협도 되지 않는 공격마법을 어려움 없이 피한 오거들은 공격자를 찾아 주위를 두리번거렸는데, 그때 공격마법 제2탄과 제3탄이 줄지어 날아갔다.

""""""""그아아아아아!""""""""

레나 특유의 불마법 '지옥의 업화'.

그리고 폴린의 악랄 마법 '하이퍼 핫'.

핫마법을 더욱 극악무도하게 개조한 마법이다. 이 마법들은 눈, 코, 입 등은 물론이고 메비스의 윈드 엣지를 맞아 생긴 상처에도 극심한 통증을 불러일으켰다.

거기에 마법에 의한 바람이 불면서 불마법이 한층 거세지고 핫마법에 의한 붉은 안개가 흩뿌려지면서…….

휘익!

공기가 진동하더니, 갑자기 등장한 사람 그림자가 휘두른 검에 오거 한 마리가 두 동강이 났다.

물론 그것은 마법 공격에 속하지 않는 불가시 필드, 소리 차단, 냄새 차단 결계를 치고 쥐도 새도 모르게 접근한 마일의 소행이었다.

스윽, 파앗, 쿠웅!

마법에 의한 기습 공격에 혼란에 빠진 보초 오거들을 한순간 전부 베어버린 마일은 곧 뒤로 물러나, 전진해온 메비스와 드워프 무리에 합류했다.

불리한 갱도 안으로 들어가 싸울 생각은 눈곱만큼도 없다. 어차피 농성의 개념이 없는 오거는 보금자리를 습격당하면 밖으로 나올 게 뻔했다. 그리고 조금 전 오거들의 비명과 싸우는 소리도 들렸을 것이다.

오거들이 전부 나올 수 있을 만큼의 공간을 비워두고 에워싸듯 포진한 마일과 메비스, 그리고 드워프들. 레나와 폴린은 조금 떨어진 관목 뒤에 숨었다. 원격 공격을 하는 마술사가 굳이 적에게 가까이 갈 필요는 없다.

그렇게 잠시 기다렸지만, 오거들이 나올 기색은 없었다.

조사단의 보고를 떠올려 볼 때, 적어도 일고여덟 마리는 더 있어야 할 터였다. 그런데도 나오지 않는 것은 나머지가 사냥이라도 나가서일까 아니면 비전투원인 암컷과 새끼들뿐이어서일까, 그것도 아니면 보초들만으로 충분하다고 여겨서일까…….

"파이어 볼!"

일단 마일이 갱도가 무너지지 않도록 위력을 상당히 억누른 공격마법을 갱도 안에 쏘았다. 그리고 잠시 기다리자 안에서 오거들이 뛰쳐나왔다. 잔뜩 화가 난 상태로 하나둘 나온 그 수는 20마리가 조금 안 되는 숫자.

"뭐얏! 아직 이렇게 많이 남아 있다니!"

드워프들이 놀라서 소리쳤지만 이미 있는 것은 어쩔 수 없다. 조금 전처럼만 하면 별로 큰 위협이 되지 않을 것이다. 이 오거들을 섬멸한 후 갱도 안에 암컷과 새끼들이 남아 있는지 확인해서…….

마일 일행이 그렇게 생각했을 때, 그것들이 나타났다.

20마리 조금 안 되는 오거들이 나온 다음, 근소한 시간차를 두고 등장한, '그것들'.

오거워리어, 하이오거, 그리고 오거킹.

……그렇다, 오거 상위종들이었다.

돌연 등장한, 지금까지 이 근방에 없었을 특수한 오거 무리. 아마 다른 장소에서 이동해왔겠지.

그리고 통제된 집단행동, 소굴의 입구에 보초를 세워둔 점 등 오거답지 않은 용의주도함. 그러한 사실들이 무엇을 의미하는가 하면…….

"통솔자의 존재, 겠죠……."

마일이 아차, 하는 표정으로 중얼거렸다.

마일의 말에도 메비스는 별로 동요하지 않았다.

기사나 기사 지망생이라면 고작 이 정도로 당황하지 않는다. 기사란 자신의 임무, 자신의 의무를 수행하기 위해서라면 목숨 따위 조금도 아깝게 여기지 않는 법이다. 아니, 물론 가능하면 죽고 싶지 않지만.

……그리고 드워프들은 몹시 당황했다.

그다지 머리가 좋다고 할 수 없는 드워프들도 기술자인 만큼 비율 계산 정도는 할 수 있었다.

자신들이 단체로 덤벼도 힘든 이곳의 특수한 오거들이 일반 오거와 비교하면 어느 정도로 강한지.

그리고 드워프가 다 함께 덤벼도 힘든 '일반 오거워리어', 일방적으로 당할 '일반 하이오거', 그리고 그 존재를 알자마자 바로 마을을 버리고 모두 달아나야 마땅한 '오거킹'.

평소에도 제대로 상대하기란 불가능한 상위 오거가 한두 마리도 아닌 데다가 심지어 비정상적으로 강한 특이종. 이런 것들은 군 정예 부대 한 중대로도 힘이 달릴 것이다. 아무리 '붉은 맹세'가 강하다고 해도 그래 봐야 C등급 소녀 넷. 군대 수준의 전투를 해낼 수 있을 리가 없다.

그렇다고 다 함께 도망쳐봤자 이 완강한 오거들로부터 벗어날 수 없다. 뒤에서 덮쳐 한 명씩 저항도 제대로 못 하고 살해당할 게 뻔하다.

"……끝났다. 난, 끝났어……. 이제 남은 방법은 이 일을 마을에 알려서 주민들을 대피시키는 수밖에 없어. 그리고 인간들의 도시에 알려 적어도 이 녀석들이 계속 번식해 대륙 전체로 뻗어나가 인간족을 멸망하게 만드는 길까지는 가지 않도록……. 이제 자존심 따위 따질 때가 아니다. 드워프고 인간이고 엘프고 하는 문제가 아니라 인간종 전체의 존망이 걸린 사태야. 그리고 이 일을 전할 수만 있다면 설령 우리가 여기서 전멸한다고 해도 우리의 이름은 드워프의 역사에 남겠지. 목숨을 걸고 소식을 전해 인간종을 구해낸 영웅들로 말이야. 마뷔주, 루로바르트, 몰래 뒤로 빠져서 그대로 여기를 떠나 마을로 가라. 그래서 모두를 설득시켜 대피하고 인간 도시에도 알려라. 다른 자들은 최대한 전투가 시작되는 걸 질질 끌고 싸움이 시작되면 최대한 오래 살아남아 죽을 때까지 할 수 있는 대로 시간을 벌어줘. 마뷔주와 루로바르트가 무사히 빠져나갈 수 있도록. 미안하다, 무거운 책임을 떠안겨서……."

오거 무리를 최대한 자극하지 않도록 차분하고 작은 목소리로 모두에게 지시를 내리는 대장.

이미 자신들의 생환은 포기하고 마음을 내려놓은 모양이었다.

"헤헤헤, 이제 와서, 무슨 그런, 당연한 말씀을……. 그거야 이 탈환 부대에 지원한 순간부터 각오한 일이라니까요! 어이, 안 그래? 다들?!"

""""""""""오, 오옷!""""""""""

전투 개시의 방아쇠를 당기지 않도록 작은 목소리로, 하지만 힘주어 대답하는 드워프들.

그 목소리가 살짝 떨리고 다리가 부들거렸지만, 상관없었다.

공포를 느끼지 않고 자신보다 강한 적을 향해 태연하게 돌진하는 자.

……그건 그냥 '바보'일 뿐이었다. 그런 건 용기도 뭣도 아니다.

서로의 실력 차이를 깨달아 공포와 절망감에 몸을 떨고 자신의 패배와 죽음을 두려워하며 주눅 든다.

하지만 그래도 최대한 허세를 부리며 달아나지 않고 그 자리를 지키는 자.

……사람들은 그러한 사람을 '용사'라고 부른다.

"……좋아, 그럼 최대한 길게 대치한다. 오거들을 자극하지 마라……. 마뷔주, 루로바르트, 가라!"

아마도 나이가 가장 어리다는 이유로 전령에 뽑혔을 두 드워프가 묵묵히 고개를 끄덕인 후 포위망에서 몰래 빠져나가려던, 바로 그때.

"염탄!"

"응고 나선탄!"

장기인 불꽃마법을 쏜 레나와 예전에 레나가 선보인 흙마법을 그대로 베껴서 적들을 때린 폴린. 회전해서 상대의 몸을 파고드는 무자비한 공격이라면 근육으로 된 갑옷도 뚫을 수 있다고 판단했으리라. 주력 마법이 치유마법과 물마법인 폴린으로서는 이게 가장 관통력 센 마법이었다.

……핫마법? 그건 아군이 바로 뛰어드는 경우에는 쓰지 않는다.

퍼엉!

쿵쿵쿵쿵쿵!

"돌격!"

이미 자체 판단으로 마이크로스를 먹은 메비스는 레나와 폴린의 공격마법이 작렬한 걸 신호로 동시에 마일이 지시를 내리자 마일과 함께 오거 무리 한복판으로 뛰어들었다.

"""우오오오오!"""

"뭐 하는 거야아아아아!"

지구력으로 시간을 벌려면 상대가 달려들 때까지 서로 노려보기만 하면서 전투 개시를 조금이라도 늦추는 편이 좋다. 특히 상대가 압도적으로 강할 경우에는 말이다.

하지만 상대를 섬멸할 생각이라면 먼저 선제공격을 날리는 편이 유리하다.

모처럼 세운 계획이 수포가 되자, 비탄에 젖어 대장이 소리쳤다.

"지금 장난하냐고오오오오~~!"

대장이 아우성쳐도 이미 때는 늦었다. 그는 손을 휘저으며 예정대로 젊은 드워프 둘을 마을로 보낸 후, 다른 드워프들과 함께 오거 무리에게로 달려갔다.

……하지만 그다음에 어떻게 해야 할지 몰랐다. 7명이 겨우 제압한 변이종 오거가 무려 스무 마리 넘게 있지 않은가. 게다가 거기에 상위종 오거까지 몇 마리 더해졌으니 승산은 전혀 없었다.

자신이 먼저 달려 들어봐야 바로 막히기만 할 뿐이고, 자신들이 초반에 괴멸당하면 달아난 두 드워프가 따라잡히고 만다. 지금은 '붉은 맹세' 소녀들이 마구 휘저어주기를 기다렸다가 다쳐서 힘이 약해진 오거의 멱을 따는 방법 말고 다른 수는 없었다.

하지만 아무리 실력이 뛰어난 소녀들이라도 이렇게 많은 수, 게다가 상위종 특수 개체까지 포함되어 있으니 통할 수 있는 건 최초 공격뿐. 나머지는 수와 힘과 내구성 앞에서 한순간에 무너지고 말리라.

그것조차 이용해, 탈출시킨 두 드워프를 위하여 1분이라도, 1초라도 더 많은 시간을 벌어야 한다. 그것이야말로 동료와 자신들에게 기꺼이 힘을 빌려준 인간 소녀들의 목숨까지 장기 말로 삼아가며 자신이 추진한 '사악한 게임'의 승리 목표였다. 책임은 자신의 지옥행, 이라는 형태로 질 생각이다.

대장이 비장한 결의를 굳혔을 때.

"우오오오오! 비기, 『엑스트라(EX) 진 신속검』!"

"최고 비술, 신멸검!"

"우왓, 그게 더 멋있잖아! 치사해, 마일!"

"제 알 바 아녜요! 알아서 더 멋있는 이름을 생각해 보세요!"

"파이어 스피어어!"

"드릴 재블리이인!"

오거의 숫자가 하나하나 줄어들었다. 그리고 그 모습을 멍하니 바라보고만 있는 드워프들.

""""""""""…………."""""""""""

어쩌면 이대로 이길지도? 드워프가 그렇게 생각하기 시작했을 때.

"으헉!"

옆구리에 상위종의 강렬한 일격을 받은 메비스의 몸이 멀리 날아갔다.

말은 가볍게 해도 전투는 결코 우습게 보거나 방심하지 않았다.

하지만 적이 강한 데다 숫자가 많아서 전투가 다소 길어질 것 같다고 여긴 메비스는 너무 무리해서 움직이지 않도록 신경 쓰고 있었다. 그렇지 않으면 마이크로스를 써서 도핑 상태인 메비스의 몸이 싸움 도중에 한계를 맞이해 전투 불능 상태가 되고 말 것이었기 때문이다.

그건 메비스의 죽음을 의미했고, 또 강력한 전위의 일부를 잃은 파티의 파멸, 나아가 탈환 부대의 전멸을 의미했다.

그래서 메비스는 몸에 큰 부담을 미칠 만한 억지스러운 움직임, 무모한 속도로의 기동을 최소한으로 줄였는데, 그러다 보니 옆으로 들어오는 공격을 미처 다 피하지 못했다.

아마 일반종의 속도에 익숙한 탓에 한 단계 수준 높은 속도와 위력을 지닌 공격을 받아 타이밍을 잘못 읽었으리라.

옆구리에 제대로 들어갔으니 아마도 뼈 몇 개쯤은 부러졌을 거다.

"메비스 씨!"

날아간 메비스 쪽으로 정신을 빼앗긴 마일.

아무리 속도와 근력이 뛰어나도 그래 봐야 마일은 전투에는 아마추어나 마찬가지. 그렇다, 전술적인 면에서 마일은 싸움에 익숙한 상위종 오거에조차 뒤처진다.

그, 속도와 근력에 의지해서 적의 공격을 피하거나 받아내던 마일이 다른 데 정신이 팔리는 바람에 공수의 흐름이 흔들리자…….

"꺄악!"

검으로 막긴 했지만, 힘껏 내리친 상위종의 공격을 그 위력을 그대로 받아버리는 바람에 마일의 몸마저 붕 날아가고 말았다. 이는 몸무게가 가벼운 마일의 약점이었다.

다행히 마일의 몸이 옹골차서 다치지는 않았는데, 어쨌든 메비스와 마일이 둘 다 날아가는 바람에 오거와 드워프들이 그대로 대치하는 상태에 빠지고 말았다.

“““““““““…………..”””””””””

끝이다.

드워프들은, 다들, 그렇게 생각했다.

하지만 조금이라도 더 시간을 벌려고 덜덜 떨리는 다리로 버티고 선 드워프들.

그곳을 향해 레나 무리가 두 발의 공격마법을 쐈지만 일반종 한 마리에 중상, 또 한 마리에 경상을 입히는 선에서 끝났다.

같은 편이 맞지 않도록 단체 공격마법을 쓰던 레나는 이제 태평한 소리 하고 있을 때가 아니라는 듯, 같은 편까지 맞출 각오로 핫마법 영창을 시작했다. 폴린은 관목 뒤에서 나와 메비스를 향해 달려갔다.

다행히 메비스가 강하게 날아가는 바람에 오거 무리로부터 거리가 꽤 멀어, 폴린이 메비스에게 가도 별로 큰 위험은 없었다. 그러니 치유마법의 효과를 높이기 위해 폴린이 적 앞에 모습을 드러낸 것도 나쁜 판단이 아니었다.

……마일? 마일은 몸이 옹골차기로 정평이 나 있었고, 몸이 직접 타격을 입지 않도록 검으로 막기도 했다. 게다가 애당초 비명이 '꺄악'이었다.

마일이 정말 큰 타격을 입었다면 "아악!" 아니면 "크헉!" 같은 소리를 냈을 터. 그렇게 귀여운 비명을 내질렀다는 건 별일 아니라는 이야기였다. 그래서 폴린도 레나도 마일은 별로 걱정하지 않았다.

지금은 드워프들을 지키는 것이 최우선으로, 마일과 메비스가 전선에 복귀할 때까지 최대한 시간을 벌어야 한다. 그게 전부였다.

드워프들까지 휘말릴 것을 알면서도 오거에게 핫마법을 행사할 때는 원래 핫마법 숙련자인 폴린이야말로 적임자였다. 하지만 레나도 일단 핫마법을 서툴게나마 쓸 수는 있고, 고도의 치유마법은 폴린만 구사할 수 있다. 그리고 메비스의 한시라도 빠른 전선 복귀가 무엇보다 중요했기에 이런 식으로 임무 분담이 이루어질 수밖에 없었다.

날아간 메비스와 가장 가까운 위치에 있는 사람은 똑같이 날아간 마일이었다. 그리고 마일도 치유마법을 쓸 수 있지만 그럴 여유가 있으면 즉시 오거와 드워프 사이에 끼어들어야 하지, 메비스를 치유하는 역할을 맡아서는 안 되었다. 그 사실은 땅을 구르며 신음하는 메비스도 잘 알고 있었다.

그런 연유로 레나가 평소 구사하는 불마법보다 조금 더 시간을 들여 핫마법 영창을 끝내기도 전에 오거들이 드워프들을 덮쳤다.

압도적.

개수일촉(鎧袖一觸).

오거들의 힘이 실린 공격을 받아내지 못해 하나둘 쓰러지고 날아가는 드워프들. 머리만은 필사적으로 지키려고 애써서, 팔다리가 휘고 늑골이 부러져 쓰러져도 즉사는 겨우 면한 드워프들이었는데 그건 그저 '운이 좋았기' 때문이었다. 그리고 그 운도 슬슬 끝나가려고 하고 있었다.

있는 힘껏 내려오는 통나무 같은 오거의 팔. 그리고 그 끝에 있는 드워프의 머리. 오거의 팔에 맞아 머리가 날아갈 것은 이미 확정적이었다.

""""……죽겠다!""""

모두 그렇게 생각했는데.

쿵 하고 오거의 팔이 땅에 떨어졌다.

"그렇게는 안 되죠!"

휘두른 검을 들어 다시 다음 적을 있는 힘껏 때리는 마일.

몸무게가 가벼워 몸이 날아갔을 뿐, 타격은 하나도 받지 않은 마일의 전선 복귀는 빨랐다. 그리고 일격필살보다 횟수를 중시하며, 드워프들이 공격받지 않도록 마일이 고군분투하고 있을 때, 곤봉을 이용한 강렬한 한 방이 날아왔다. 가장 위협적인 마일에게 적의 공격이 집중되는 것은 당연한 일이었다.

상위종의 공격이 머리 위로 떨어졌기 때문에 마일은 그 공격을 제대로 받아넘기지 못하고 검으로 막았는데, 상대와의 힘겨루기가 시작되고 말았다.

이는 썩 좋지 않은 상황이었다. 마일이 봉쇄당해버리면 나머지 오거들이 다시 드워프들을 덮칠 것이다. 또 손이 묶인 마일에게 다른 오거가 공격해올 게 뻔했다. 설령 다른 오거 공격이 없더라도 이런 힘겨루기는 마일에게 불리했다.

예전에 마일은 자신의 근력과 강인한 육체가 고룡의 절반 수준이라고 생각했었다. 하지만 지난 고룡과의 싸움에서 근력과 육체 모두 그 정도까지는 아니라는 사실을 알게 되었다.

그렇다, 아무리 신(같은 자)의 과학적 능력을 이용해도 뼈와 근육의 단면적이 고룡과 비교할 바 못 되는 마일의 신체는 구성 소재가 인간으로서의 허용 범위 내에 있는 한, 고룡의 몇 분의 일에도 절대 미칠 수 없었던 것이다.

만약 그것을 가능하게 하려면 마일의 몸을 초합금으로 재구성하는 방법밖에 없고, 그건 이미 인간이 아니었다.

또 마일의 키와 몸무게는 '모든 생물의 최대치와 최소치의 중간'이 아니었고, 지적 능력과 기억력, 목소리의 크기 등 모든 능력이 예외 없이 전부 평균치인 것도 아니었다.

요컨대 마일의 능력은 '평균을 내기 쉬우면서, 신과 마일 본인의 반응이 나쁘지 않은 것'에 한해서만 평균치를 낸 것이었다.

하지만 아무리 근력이 고룡의 절반에 미치지 못한다고 해도 어찌 됐든 신의 초기술이다. 제한된 조건 속에서 최대한 잘 만들어주었다. 그래서 마일은 자신의 수십 배나 되는 몸무게에 근육질 몸인 오거 상위종 변이체의 혼신의 공격도 별로 어려움 없이 받아냈다.

다만, 유감스럽게도 자세가 나빴다.

위에서 곤봉을 내리치는 자세인 오거는 공격에 자신의 몸무게를 실을 수 있는 데다가 키에서 오는 힘도 있는 반면, 마일이 곤봉을 튕겨낼 때는 전완부와 어깨 근육 정도밖에 쓸 수 없었던 것이다.

그렇다, 예전에 메비스의 아버지 오스틴 백작과 대결했을 때 초반 상태와 같았다. 그리고 백작의 몇십 배나 되는 무게와 근력을 지닌 상대에게는 천하의 마일도 자세에서 오는 불리함을 극복

할 만큼 엄청난 근력은 갖고 있지 않았다.

또 상반신에 힘을 실은 마일은 몸무게가 가벼운 만큼 하체가 불안정했기 때문에 경솔하게 다리를 움직이면 균형이 무너질 것 같아서 쉽사리 움직일 수 없었다.

지금까지 이런 경험이 없었던 마일은 얼른 이 상태에서 벗어날 방법을 생각해내지 못했다.

그래서 힘겨루기 교착 상태에 빠진 마일이 '큰일 났다!' 하고 생각한 순간, 그것이 왔다.

마일의 시야에 무슨 영문인지 살짝 붉은 기가 낀 느낌이 들더니…….

""""""""""야피구갸게히푸베라바!!""""""""""

지옥이 펼쳐졌다.

그리고 그 지옥의 색깔은, 붉었다…….

그렇다, 레나가 필사적으로 고속 영창한, 익숙하지 않은 핫마법. 그것이 방금 착탄한 것이다.

""""""""""으아아아아아아악!!""""""""""

적, 아군 할 것 없이 모두 비명을 내지르며 뒹굴었다. 그 공격 범위에서 벗어나 있던 폴린, 메비스 그리고 공격 당사자인 레나만 제외하고…….

"배, 배배배, 배리어어어! 필터, 환기, 청정 마버어어업!"

마일은 필사적으로, 온 힘을 다해 마법을 펼쳤다.

우선 몸 주변에 배리어를 치고 바깥 공기를 차단. 다음으로 배리어를 필터화한 다음 안쪽 공기를 전부 배출. 그렇게 해서 바깥 공기가 기압이 낮은 안쪽으로 들어왔다. 필터처럼 된 배리어를 통해 캡사이신 성분이 걸러진 공기가…….

그것도 모자라 몸에 청정 마법을 걸어서 옷과 몸에 묻은 캡사이신, 몸속에 들어온 캡사이신을 제거하고 분해했는데.

"하아하아하아, 죽는 줄 알았네……."

한편 그렇게 편리한 마법을 쓸 줄 모르는 오거와 드워프들은 여전히 괴로움이 몸부림쳤다.

"윈드!"

마일이 바람마법으로 붉은 안개를 거둬주자 레나 그리고 치유를 끝낸 메비스와 폴린이 가까이 다가왔다. 마술사 조는 이제 오거들에게 어느 정도까지는 접근해도 괜찮다고 판단한 모양이었다.

그리하여 마일과 메비스가 오거들에게 결정타를 먹이고, 레나와 폴린은 돌아다니며 드워프들에게 청정마법을 걸어 몸과 옷에 묻은 캡사이신 성분을 없애주었다.

오거 중 일부, 특히 상위종은 일어서서 마일과 메비스를 공격하려고 했지만 제대로 뜨지 못하는 눈, 후각을 완전히 잃은 코, 숨쉬기도 괴로울 만큼 뜨거운 목구멍, 그리고 극심한 통증에 시달리는 온몸의 상처와 점막 때문에 도저히 싸움에 집중할 수 있는 상태가 아니었다. 그래서 제대로 실력 발휘도 못 해보고 어이없게 쓰러지고 말았다.

……처음부터 핫마법을 쓰면 되지 않았느냐고?

아니, 그렇게 하면 드워프들이 주체인 탈환 부대를 편성한 의미가 없다.

이건 어디까지나 '드워프들이 자기 마을을 지키기 위한 싸움'이고, '붉은 맹세'는 그것을 지원하기 위해 고용된 보충 요원에 지나지 않았다. 어디까지나 '자존심 강한 드워프들이 스스로 일어서 마물과 싸우고 마을을 지켰다'라는 사실이 필요한 것이다.

또 '붉은 맹세'만 토벌에 나섰을 경우 이 특이종들이 얼마나 강한지, 얼마나 위협적인지 비전투원을 포함한 드워프들 전원이 강하게 인식할 수 없었을 것이고 또 전투요원들이 경험하지 못해서 앞으로 활용하기도 불가능했으리라.

게다가 '붉은 맹세'만 가겠다고 했어도, 전멸할 게 틀림없는 오거 토벌에 인간 소녀 넷만 보내고 자신들은 마을에서 느긋하게 기다리는 것을 자존심 강한 드워프들이 용납할 리 없었다.

그런 이유로 드워프들에게 '자신들도 열심히 싸웠다'고 말할 수 있을 만큼의 역할을 부여해주고 중상자나 후유증이 남는 부상자가 나오지 않게 잘 도와줄 계획이었던 것이다.

그리고 오거들이 '일반 오거'였고, 그 숫자가 정찰대가 확인한 것보다 조금 더 많은 정도였다면 그 계획에 차질은 없었을 터다.

토벌 임무라는, 적이 존재하는 일이 계획대로 착착 진행되는 것 자체가 말이 안 된다. 지금까지 지나치게 순조로웠던 '붉은 맹세'는 다소 안일하게 생각한 면이 있었다. 물론 이러한 변수만 없었더라면 계획대로 되었겠지만…….

*　*

그 후 '붉은 맹세'만 매직 라이트(마법 등불)를 켜고 갱도 조사에 나서서 남아 있던 암컷 몇 마리와 새끼를 처리했다.

암컷도 성체 대부분은 싸움에 나섰던 모양인지 남은 것은 새끼를 돌보는 역할이었거나 병을 앓았거나 다쳐서 싸울 수 없는 개체였던 듯했다.

거기에 '불쌍하다' 따위의 개념은 존재하지 않는다. 이러한 특수 개체가 종족으로 고정되는 것을 그냥 지켜만 보는 행위는 인간종 전체에 대한 배신이었다.

이제 만약 어떠한 이유로 소굴을 떠났던 개체가 있다고 하더라도 기껏해야 2~3마리 정도에 불과할 테니 마을 사람들만으로도 어떻게든 해결될 것이다. 드워프 사이에서 피해가 날지도 모르지만 거기까지 다 봐줄 수는 없다. '붉은 맹세'가 이 마을에 정착해서 계속 지켜주기란 불가능하니까.

물론 '붉은 맹세'는 도시로 귀환하기 전에 한 번 더 이곳에 들러 나머지 개체가 소굴에 돌아왔는지 확인할 계획이기는 했지만…….

"그럼 돌아가자!"

""""하앗!""""

『잠시만요, 마일 님!』

나노머신의 목소리가 들리지 않는 메비스와 폴린은 레나와 함께 걸음을 떼기 시작했는데, 마일이 멈추는 바람에 세 사람도 바로 걸음을 멈췄다. 드워프들도 '붉은 맹세'가 움직이지 않아 마찬가지로 정지했다.

"음? 마일, 왜 그래?"

마일이 의아하다는 표정으로 입을 꾹 다물고 있어서 레나 일행이 마일에게 다가갔다. 하지만 마일은 진지한 얼굴로 골똘히 생각에 잠긴…… 척하면서 속으로 나노머신에게 고충을 털어놓았다.

'왜 그래, 갑자기……. 이렇게 시선이 집중된 상태에서는 제대로 말할 수가 없다고!'

『금방, 금방 끝나요! 부탁입니다, 저희에게 '구멍을 막아'라고 명령을 내려 주십시오!』

'엥……?'

느낌이 딱 왔다.

'그거, 엄청 중요한 일이야?'

『중요합니다!』

'……그래, 중요하구나……. 그렇다면…….'

『감사합니다!』

'나중에 이유를 솔직히 말해줄 거야?'

째앵!

공기가 얼어붙었다.

……아니, 현재 이 근방은 평소보다 이상할 만큼 많은 나노머신이 모여 있어서, 공기 중의 나노머신 밀도가 상당했다. 그 나노머신들이 동시에 굳었기 때문에 그런 것에 민감한 마일은 정말 공기가 얼어붙은 것만 같은 착각에 빠졌다.

'……굳이 나보고 명령하라고 부탁한 건 너희 나노들이 자체 판단으로 할 수 없는 일이라는 거잖아? 하지만 허락받지 못해도 꼭 해야만 하는 일. 그런 거 맞지?'

『…………』

'그리고 권한 레벨 5인 내가 지시하면 가능한 일. ……낫토 만드는 것조차 권한 레벨 7을 요구해놓고!'

마일은 예전에 당한 일본식 계획의 좌절을 마음속 깊이 담아두고 있는 듯했다.

'그리고 또 『구멍을 막아』? 그러고 보니, 최근에 있었지, 열릴 뻔하던 것을 막았다, 고 했던…….'

『…………』

'그때, 뭐가 나올 뻔한 건가…….'

『…………』

'『구멍』이라는 거, 어디랑 어디를 잇는 구멍인 건가? 그걸 모르면 적절한 명령이 불가능하지 않나…….'

『……**큭, 죽여랏!!**』

* *

"……그래서 원인을 알아내지 않으면 언제 또 특이종 집단이 나타날지 모르는 거예요. 괜찮겠어요? 조사도 하지 않고 이대로 돌아가도……."

마일이 돌연 생각에 잠긴 것은 '이대로 돌아가도 괜찮은지' 걱정했기 때문이라고 밝힌 후 그 내용을 모두에게 알리자, 드워프들의 얼굴이 창백해졌다.

이번에 중상자도 후유증이 남을 상처를 입은 자도, 사망자도 없이 그 특이종을 토벌할 수 있었던 건 그저 단순히 '운이 좋아서'였을 뿐임을 모르는 자는 드워프 중에 아무도 없었다.

아니, 중상자가 몇 명 있었지만 마일과 폴린의 치유마법으로 회복된 상태여서 범위에 넣지 않았다.

하지만 싸움이 끝난 시점에서는 7~8할이 부상자였고 그중 절반 가까이는 중상 혹은 후유증이 남을 수 있는 상처를 입었다. 그리고 즉사는 아니었지만 그대로였다면 마을에 돌아가기 전에 죽었을 게 분명한 자, 즉 '치명상'을 입은 자도 몇 명 있었다.

만약 마일과 폴린, 상식에서 벗어난 이 두 치유 마술사가 없었더라면 틀림없이 사망자가 나왔을 것이다.

……운이 좋았다.

그렇다. '붉은 맹세'라는 상식 밖의 파티가 마침 거기에 우연히 있었고 지원 의뢰를 받은, 믿기 힘들 정도의 요행이 있었다는 사실이 전부였다.

그래서 만약 이번 오거들이 이곳에서 자연히 발생한 것이 아니라 어딘가에서 대량 발생한 것이었다면. 그곳이 비좁아져서 무리를 나누어 이주할 곳을 찾아 이곳까지 온 것이라면. 그리고 또 다음 집단이 찾아온다면.

만약 '붉은 맹세'가 이곳을 떠난 후에 또 같은 규모의 오크와 오거 집단이 등장했을 때, 드워프들끼리 그들을 퇴치할 수 있을까?

"……조사하자!"

새파랗게 질린 대장이 딱 잘라 말했다.

"아직 남은 오거 잔당이 있을지도 모르고, 그 김에 오크 소굴도 확인해서 없애버리자. 너희가 받은 의뢰 내용은『마물 토벌 지원』이니까 계약 범주에 들어 있잖나! ……부탁한다!"

마을의 방위 담당자는 당연히 그렇게 말하겠지. '붉은 맹세' 없이는 새로운 무리는커녕 남은 소수의 오거와 오크를 상대하는 것조차, 중상자, 운 나쁘면 사망자까지 나와도 이상하지 않으니까. '붉은 맹세'가 있는 지금 전부 정리하고 싶은 게 당연하다. 그리고 거기에다가 '다음 집단이' 같은 말을 들으면 당연히 마음이 초조해질 것이다.

다행히 마일과 폴린의 치유마법으로 전력은 거의 다 회복되었다. 하려면 지금밖에 없다.

"어쩔 수 없네. 뭐, 계약 범주에 있는 것도 사실이고. 해가 질 때까지는 같이 행동할게. ……하지만 야간전은 사양할게."

레나가 그렇게 말할 필요도 없이, 원래 드워프들은 이런 곳에서 오거와 오크를 상대로 야간전을 치를 생각이 조금도 없었다.

이렇게 해서 조사가 결정되었다.

"좋아, 예정을 변경해서 광산 주변을 조사한다. 조금이라도 이상한 낌새를 느끼거나 평소와 다른 부분이 있으면 망설이지 말고 보고해. 그럼 조를 나눈다!"

조사하는데 대규모로 어슬렁거리며 돌아다녀서야 의미가 없다.

만약 오거나 오크를 발견하면 절대 자기들끼리 상대하려고 하지 말고 곧장 다른 자들에게 연락할 것. 그것을 강조한 다음 조를 나누는 대장.

……굳이 그런 말을 하지 않아도 그런 무모한 짓을 벌이려고 생

각하는 자는 아무도 없었다. '붉은 맹세' 이외에는.

"이쪽입니다."

"""""…………."""""

정처 없는 조사가 아니라 마치 처음부터 목적지가 정해져 있다는 듯, 주저 없이 갈 길을 손가락으로 가리키는 마일. 그리고 그런 마일을 수상한 눈빛으로 쳐다보는 레나 일행.

"……마, 마일이니까……."

포기했다는 듯한 레나의 말에 메비스와 폴린은 고개를 끄덕였다. 탐색마법이라도 썼겠지, 하고 생각했으리라.

그리하여 모두가 도착한 곳은…….

"뭐, 뭐야, 이거……."

변이종 오거들이 있던 갱도에서 그다지 멀지 않은, 드워프들이 이미 파악해두었던 오크 은거지와의 정확히 중간 지점에 '틈'이 있었다.

바위에 금이 갔다든지 땅이 갈라진 게 아니다. 아무것도 없어야 할 공간에 생긴 틈. 그렇다, 그것은 '붉은 맹세'가 최근에 본 적 있는 것이었다.

"이거, 파릴 사건 때……."

그렇다, 폴린이 말한 대로 그때 열렸던, 그리고 다 열리기 전에 다시 닫힌 그 공간의 틈과 비슷, 아니, 완전히 똑같았다.

"이건 아마도……."

"그런가!"

마일이 말하고 있는데 메비스가 소리쳤다.

"그때랑 똑같은 공간의 균열 같아. 균열 너머에는 다른 공간이 있고, 그 오거랑 오크들은 거기서 온 거지. 그래서 이 근방의 오거랑 오크와 겉보기는 같아도 힘이 완전히 다른 종류였던 거야. 이 구멍만 막으면 다른 놈들은 여기로 넘어올 수 없어!"

""""""""오오오오!""""""""

메비스의 추리에 드워프들이 감탄했다.

"그거, 방금 제가 말하려고……."

뾰로통한 마일은 그대로 무시당했다.

"그런데 그 마술사들이 또 같은 마법을 쓴다면……."

"그, 그래요, 우선은 범인을 잡아야……."

폴린의 말에 마일이 의견을 냈지만 메비스가 고개를 가로저었다.

"아니, 그 걱정은 안 해도 돼. 이게 마술사가 만든 인위적인 구멍이라면 그 마술사에게 어떤 목적이 있었다는 얘기니까, 아무 짓도 하지 않고 이대로 놔뒀을 리가 없어. 그리고 이 근방에는 싸운 흔적도 핏자국도 없고. 그러니까 마술사가 불러낸 오거와 오크들의 공격을 받은 누군가가 죽었을 가능성도 없겠지. 다시 말해서 이건 자연 현상일 확률이 높아. 뭐, 저번에 그 마법 때문에 공간에 균열이 잘 생기게 되었을 가능성은 있지만, 이 균열을 막으면 같은 곳에 또 균열이 생길 가능성은 별로 없을 거야. 만약 다음에 또 생긴다면 아마 다른 곳이 아닐까……."

"""""…………."""""

아연한 표정으로 메비스를 바라보는 레나 삼인방.
"메, 메비스, 너, 도대체 무슨 일이……."
"서, 설마……."
"가짜 놈아! 진짜 메비스 씨는 어디 간 거얏!"
말이 너무 심했다.
"나도 미아마 사토데일의 이계 모험담 정도는 읽는다고!"
""""아…………."""
그렇다, 과연 미아마 사토데일의 작품 속에 공간의 균열이라는 개념이 등장했었다.
그리고 메비스는 검사지만 딱히 머리가 나쁜 것은 아니었다. 어엿한 귀족가 영애로서 나름대로 교육을 받았다.
검이나 창을 쓰는 전위직은 근육 바보고, 후위 마술사가 지적이라는 것은 편견이었다. 아니, 물론 그런 사람도 많지만…….
'……나노 짱?'
마일이 살짝 나노머신에게 확인했다.
『하하하……. 아하하하!』
……정답인 모양이었다.
『아~핫핫핫하!』
……자포자기한 모양이었다. 아마도 금칙사항이었겠지…….
"아, 아무튼……, 마일이 (나노머신들에게)명한다! 이계와 이어진 공간의 균열이여, 원래 상태로 돌아가라!"
'나노머신들에게' 부분만 속으로 말한 마일.
절대 누설하면 안 되는 금칙사항인데, 사정을 전혀 모르는 메비스가 너무도 쉽게 알아맞히자 자포자기한 나노머신들이었지만, 아무리 그래도 중요한 임무는 소홀히 할 생각이 없었는지 곧 마법이 발동되었다.

……아니, 조금 전 나노머신의 태도는 그냥 '장난'이었겠지. 진심으로 자포자기하게 하는 프로그램은……, 아니, 인간은 상상도 할 수 없는 고도의 지성을 지닌 고차원 생명체가 어떤 논리 구조의 사고를 하는지는 알 수 없고 피조물에 '생물다움'을 어디까지 부여했는지도 모르는 일이다. 그래서 마일은 나노머신을 생명체와 똑같이 생각해서 그렇게 대하고 있었다.

또 나노머신에게 이 '구멍 막기'는 자신들을 만든 '조물주'가 내린 임무에서 벗어난 것이어서 자체 판단으로 할 권한이 없었지만, 그런데도 '막아야 한다'고 판단해서 모든 수단을 강구해 구멍을 막으려고 했다는 부분에서, 그 유연성이라고 할까 높은 능력이 드러났다.

만약 마일이라는 존재가 없었다면 다른 방법으로 그것을 실행하기 위한 이유를 억지로 갖다 붙이고 꾸며냈으리라.

그렇게 생각하며, 나노머신에 대한 인식을 새로이 하는 마일이었다.

한편 나노머신들은 마일의 명령이라는 이름의 '허가'를 얻어 차원 연결 구멍의 복구 작업에 들어갔다.

미리 주변 지역 일대에 있는 대량의 나노머신을 긴급 소집해두었다. ……그래서 현재 주변 지역에는 마법의 효율이 일시적으로 7할 가까이 내려갔을 터였다. 그렇게 모인 수많은 나노머신들은 시공간 유착 분리 작업을 개시했다.

마일의 '아이템 박스'라고 칭하는 이차원 창고 사용이라든지, 현지인도 쓸 수 있는 '수납마법'이라는 이름의 아공간 형성과 유지를 식은 죽 먹기로 행하는 만큼 이렇게 많은 수가 모여서 진지하게 작업하면 작은 균열 따위는 복구하는 것이 그리 어렵지 않았다.

아마도 그럴 필요는 없었겠지만, 다른 사람들에게 '마법으로 복구 중'이라는 인상을 심어주기 위해서인지 공중에 색색의 마법진이 난무하여 상당히 화려하고 볼 만했다.

『……완료했습니다. 이제 이 균열이 다시 벌어질 확률은 다른 장소에서 새로운 균열이 발생할 확률보다 훨씬 낮아졌습니다.』

나노머신의 말에 아아, 한 번 골절된 부위는 낫고 나면 이전보다 더 튼튼하게……, 하고 생각하다가 곧, 그건 새빨간 거짓말인 도시전설이고 사실은 이전보다 훨씬 더 부러지기 쉽다고 생각을 고쳐먹은 마일.

'나노 짱, 앞으로도 균열이 있으면 보고해줘. 그때마다 복구 지시를 내릴 테니까.'

『네? 아니, 이 처치에 관해서는 사전에 대처하라는 지시를 받았으니까, 꼭 이번처럼 현장에서 마법을 쓰는 수순을 밟지 않아도 저희끼리 적당히 대처하면 되는데요…….』

'그렇게 하면 내가 균열 발생 상황을 파악할 수 없으니까, 안 돼.'

『윽……』

역시 보고하지 않고 알아서 하려고 했던 모양이다.

곤혹스러워하고 있겠지, 나노머신의 그 표정을 볼 수 없는 것이 조금 아쉬운 마일이었다.

'그때마다 사후 보고만 하는 것도 생각해봤지만, 나노들이 이런저런 핑계를 대면서 대충 넘어갈 것 같은 느낌이 드니까…….'

『으윽!』

'역시!'

뭐, 이것도 나노머신이 일부러 하는 연기겠지만, 지금은 모른 척 장단을 맞춰주는 게 소녀의 소양이다.

'그럴 일은 없겠지만 만약 여기서 또 균열이 발생하면 바로 보고해.'

『뜻대로.』

"……끝났습니다. 이제 새로운 특이종이 등장할 일은 두 번 다시 없을 거예요. 앞으로 남은 건 현재 있는 것들을 전멸시키고, 절대 번식하지 못하게 하면……."

""""""""하아아아앗!!""""""""

드워프들이 기쁨의 함성을 내지르는 한편, 뭐, 마일이니까, 하는 표정을 짓는 레나 일행.

메비스가 별로 기쁜 표정이 아닌 까닭은 이번에도 마일에게 의지해서 끝나버려 복잡한 심경이었기 때문이다…….

제69장 귀환

"자, 그럼 돌아갈까요."

상황 종료라는 듯 의기양양하게 물러나려고 하는 레나였으나…….

"아니, 미안하지만 이대로 오크 소굴을 아예 파괴하고 싶어. 그 후에 살아남은 것 정도는 우리끼리도 섬멸할 수 있지만 지금은 부상자 없이 오크 소굴을 파괴할 기회를 놓치고 싶지 않아, 부탁한다!"

그야 마을 방위 책임자로서는 지극히 당연한 요청이다. 그리고 물론 그것은 계약 범위에 있었다. ……아니, 애초에 오거 소굴을 파괴했을 때 오크 소굴도 파괴하기로 이야기가 되어 있었다. 그것을 '붉은 맹세'가 승낙했으면서 레나가 깜박했을 뿐이다.

"……그러기로 했었지. 잠깐 잊었던 것뿐이야!"

레나는 일단 자신의 실수를 인정하고 사과 비슷한 것을 할 정도의 개념은 갖추고 있었다. ……츤데레지만 나름대로 말이다.

그리하여 드워프들의 안내를 받아 오크 소굴로 향했다.

……순식간에 끝난 싸움.

아니, 폴린이 '다소 약한 붉은 산들바람'을 일으킨 후 마일이 강풍으로 사방에 퍼트렸고, 곧바로 드워프들이 함성을 내지르며 돌격. '붉은 맹세'는 드워프들이 위험할 때에만 관여하고 전체적으로 싸움을 지켜보았다.

마지막은 드워프들에게 공을 돌리는 작전이었다.

그들에게도 사정이라는 게 있으니까 말이다. 자존심이라든지, 거짓말하지 않고 변이종 마물을 격파한 무용담을 가족이나 연인에게 들려준다든지 하는 이런저런 사정이…….

또 그렇게 해준다고 해서 자신의 힘을 과신해 방심하지는 않으리라. 저 오거들의 힘을 뼈저리게 실감한 지금은…….

……그렇다, '붉은 맹세' 멤버들도 타인에게 베푸는 서비스라는 개념을 이해했던 것이다. 다행히도 말이다.

"……마일, 탐색마법 결과는?"

"괜찮아요, 변이종 오거도 오크도 반응이 없어요. 일반적인 것들이라면 멀리서 반응이 잡히지만 그 정도는 드워프 분들이 문제없이 대처할 수 있을 테니까요. 그래도 몇백 년이나 이곳에 사셨으니……."

드워프들 귀에 들리지 않도록 작은 목소리로 마일에게 살짝 확인한 레나는 안심한 표정을 지었다. 아무리 뒷일은 '붉은 맹세'가 알 바 아니고 드워프들이 알아서 해야 하는 일이라고 말해도, 역시 훗날 '드워프 마을에서 마물과 싸움이 벌어져 사망자가 나왔다나 봐' 같은 이야기를 들으면 기분이 좋을 리 없다.

하지만 이미 변이종을 전부 퇴치한 사실을 드워프들에게 알려줄 생각은 없었다. 그게 그들의 미래를 위해 좋다고 판단했기 때문이다. 마일 역시 같은 의견 같았다.

……그리고 귀환.

사망자도, 후유증이 남을 만큼 다친 사람도 없이 강력한 마물 무리를 격파한 완전한 승리였다. 마을 사람들은 이 소식에 열광하며 곧바로 잔치 준비에 들어갔다.

"그럴 거라 믿었어! 다들, 정말 잘 해줬다!"

광산 탈환 부대를 칭찬하는 촌장과 마을 사람들. '붉은 맹세' 멤버들이 보기에 어린애로 보이는 여성들도 몰려들어 입을 모아 치켜세우자 탈환 부대의 젊은 멤버들, 특히 아직 독신으로 보이는 드워프들이 쑥스러워 어쩔 줄 몰라 했다.

……말이 젊지, 수염 난 아저씨 같아서 소녀로 보이는 여성 드워프들을 앞에 두고 쑥스러워하는 모습은 차마 두 눈 뜨고 봐줄 수 없었다.

"……앗, 저 애는……."

마일의 눈에, 상단이 마을에 도착했을 당시 만났던 소녀의 모습도 들어왔다. 그리고 그 아이와 수줍은 표정으로 대화를 나누고 있는 아저씨 얼굴의 드워프…….

"……그런데 저 아이, 겉모습처럼 진짜 10살이라고 하지 않았나요오오오옷?! 그런 저 아이한테 치근덕거리다니……."

무심코 소리친 마일의 어깨를 탁탁 두드리는 대장.

"너희 인간들 눈에는 어떻게 보일지 모르겠지만, 저 녀석은 소꿉친구의 연인보다 5살 많은, 15살이야. 그냥 내버려 둬라……."

""""""헉?!""""""

그대로 굳어버린 마을 일행이었다…….

잠시 후, 촌장이 '붉은 맹세'가 있는 곳으로 찾아왔다.

"이번에 도와준 것 정말 고맙게 생각하네. 너희가 펼친 활약은 모두에게 잘 들었어. 정말 잘해주었어. 오늘 밤 잔치는 모두와 함께 마음껏 즐겨주게. 물론 마을의 경비로 남아 줄 자들과 상인들도 말이야."

"네, 감사합니다."

메비스가 모두를 대표해 인사했고 나머지 사람들은 그에 맞추어 고개를 숙였다.

"오우, 고생했어. 그래, 어땠어…… 하고 물어봐야 소용없나."

"뭐, 오크도 오거도 섬멸한 모양이고, 인원도 그대로 다 모여 있고, 다친 자도 없고. ……물어볼 필요도 없지……."

대충이기는 했지만 일단은 공을 치하하는 '사신의 이상향' 리더 울프와 '불꽃 우정' 리더 베가스.

"미안하다. 마을에서 태평하게 있었으면서 의뢰비는 다 받고……. 게다가 너희가 말을 잘해줘서, 우리는 그냥 아무것도 하지 않았는데 말이야……."

"아니에요, 무슨 말씀을. 모두가 마을을 지켜주었기 때문에 전투력 높은 마을 분들을 대거 이끌고 갈 수 있었고, 마을을 신경 쓰지 않고 여유롭고 순조롭게 대처할 수 있었다고요!"

과연 메비스, 달변가다. ……아니, 메비스는 립 서비스가 아니라 정말 그렇게 생각했으리라. 그 마음이 전해져서 마을에 남은 호위 헌터들도 진심 어린 미소를 지었다.

저녁부터 마을 광장에서 연회……, 아니 성대한 마을 잔치가 열렸다.

어쨌든 마을의 존속마저 위태로웠던 상태가 해소되었고, 보고에 따르면 동종 마물이 다시 등장할 가능성도 작았다. 그러니 잔뜩 들뜰 수밖에 없었다.

다행히 식량과 술은 여유가 있었다. 지금, 축제를 열지 않으면 언제 열겠는가!

각 가정에서 만들어 가져온 요리가 진열되었고 광장 한복판에서는 고기를 구웠다. 그리고 저장고 문이 활짝 열려, 마을에서 만든 에일과 증류주가 쏟아져 나왔다. 마을 사람들이 공동 작업으로 만드는 술은 보통 판매해서 수익을 마을 예산으로 쓰지만, 오늘은 무료였다.

……다만, 아무리 마을 잔치라도 마일한테 산 술은 아무도 집에서 가져오지 않았다. 그 술은 혼자 찔끔찔끔 아껴 마실 예정이었기 때문이다. 이런 데서 단번에 들이키거나 남에게 나눠줄 수는 없었다. 절대로.

너그럽게 보여도 그런 부분에 관해서는 쪼잔한 드워프들이었다.

"오우, 좀 마셨나?"

"아, 대장님……."
"안 마셨거든!"
어느 정도 술자리가 일단락된 후 탈환 부대 대장이 '붉은 맹세'가 있는 곳으로 찾아왔다.
하지만 레나가 말했듯, 마일 일행은 음식 전문이어서 술은 마시지 않았다.
"이렇게 도수가 높아서 마시면 힘들기만 한 술 따위 안 마신다고!"
그렇다, 마일 일행, 특히 레나는 아직 술을 맛있다고 느껴본 적이 없었고, 마셔도 다소 기분이 좋아진 후에는 급격하게 기분이 나빠져 토해버리기 일쑤였다. 그래서 식사 때 달고 도수 약한 과실주를 아주 살짝 맛보는 정도였지, '술을 즐긴다'거나 '취한 기분을 만끽하는' 스타일은 아니었다.
그래서 도수 높고 쓰기만 한 이곳 술은 '붉은 맹세' 모두의 입맛에 맞지 않았다. 이 마을에는 만든 술을 몇 년씩 마시지 않고 묵혀 두는 개념이 존재하지 않았던 것이다.
"아, 맞다!"
대장이 '붉은 맹세'를 보러 오긴 했지만 이야기는 돌아오는 길에 충분히 나누었기 때문에 이제 와서 새삼스럽게 할 이야기는 없었다. 감사 인사와 겸손한 응수는 이미 질릴 만큼 반복했기에 되풀이할 생각도 없었다.
그러던 중 마일이 드워프들에게 궁금했던 점을 떠올렸다.
"저기, 드워프에 전해오는 신화에 대해 알려주실 수 있나요?"

*　*

"감사합니다!"

대장이 들려준 드워프 신화는 고룡 이하, 요정 이하였다.

……다시 말해서 엘프나 마족 사이에 전해 내려오는 것만큼 모호했다.

그러니까 엘프나 마족의 신화처럼 '우리가 바로 선택받은 종족이다!' 같은 식의 안쓰러운 내용이 아니라 '드워프, 엘프, 인간, 수인, 마족이 모두 힘을 모아 세계의 미래를!' 같은 지극히 평범한 내용이었다. 대략 고룡과 관련된 내용이면서도 큰 줄기는 다른 종족의 것과 유사했다. ……인간들 사이에서는 끊겨버렸지만.

역시 싼값에 대량의 인쇄물을 만들 수 없는 세계에서는 후세에 정보를 남기려면 세대 교대 사이클이 짧은 종족이 불리한 듯하다.

'이렇게 된 거, 내가 직접 책을 만들고 동경하던 사서로! ……아, 그건 됐어. 난 그저 한 명의 저자로서, 지구의 이야기를 이 세계에 전하는 데 전념하자. 그래, 마(魔)개조한 『일본 전래 허풍동화』로…….'

"마, 마일, 왜 그래? 갑자기 수상한 미소를 짓고……."

"아, 아, 아니, 아무것도 아니에요, 별로……."

메비스가 걱정하며 묻자, 허둥지둥 손을 휘저으며 얼버무리는 마일.

그리고 주위를 둘러보니, 오늘 축제에는 여자 드워프들도 대거 참여하고 있었다.

'마을 전체 잔치니까 당연한가……. 그래도 어제까지는 바깥에서 여자들을 본 적이 거의 없었는데. 어쩌면 그동안 언뜻 우호적으로 보였어도 사실은 상당히 경계해서 여성을 인간들 눈에 띄지 않도록 했던 건 아닐까……. 그럼 이제는 마음을 열었다는 뜻인가? 아니면 마을 잔치여서 지금만?'

마일이 무심코 쳐다보자 건너편에서 상인들이 몇몇 마을 사람들과 이야기를 주고받고 있었다.

상인들의 표정이 밝은 것을 보아 이야기가 잘되고 있는지도 모른다. 이번에는 제품 재고가 별로 없어서 어쩔 수 없지만 문제가 해결되었으니 이전과 같은 단가로 거래해도 될 터였고, 다음부터는 제조량도 원래대로 돌아갈 테니 당연하다면 당연하리라.

이번 수입은 절반에 그쳤지만, 그 정도는 커버할 만큼의 저축이 있을 테고 원래 식량 등은 자급자족이 원칙이어서 소금을 제외하면 외부에서 구입하는 물품은 사치품 중심이었기 때문에 조금만 참으면 될 일이었다.

'다행이야…….'

전부 잘 마무리되었다.

배도 빵빵하게 불러서 마침내 접시를 내려놓은 마일은 주스를 한 손에 들고 멍하니 생각에 잠긴 척하면서 마침내 그것을 시작했다. ……그렇다, '신문(訊問)'이었다.

'나노 짱?'

『……』

'묵비권을 쓰면 요구가 더 늘어난다?'

『……알겠습니다. 약속은 약속이니까요. 설령 그것이 약점을 잡은 비열한 수단에 의해 어쩔 수 없이 한 약속이라고 해도……』

'뭐야?! 뒤끝 작렬하네!'

『……』

그리하여 나노머신이 마일에게 해준 설명에 따르면…….

『사실 그 균열은 다른 차원 세계로 이어져 있고, 그곳에 사는 오크와 오거가……』

'그건 메비스 씨한테 들었거든!'

『이전에 있었던 차원 연결 마법의 영향으로 차원의 벽이 느슨해져서……』

'그것도 메비스 씨한테 들었어!'

『……』

'…….'

『…………』

'………….'

『………………』

'……………….'

그리고 마침내 포기한 듯한 나노머신이 새로운 정보를 털어놓기 시작했다.

『대략적으로는 메비스 님이 예상하신 대롭니다. 그 특이종 오크와 오거는 현재 이 세계에 있는 오크와 오거의 원종이라고 할 수 있는데,

살기 편한 이 세계에서 안온하게 살면서 점점 능력이 떨어지고 약체화된 현종과 달리, 그것들은 원래 세계에서 가혹한 환경 아래 생존 경쟁에서 살아남아 점점 강인해지는 방향으로 진화된 개체입니다.』

'엥? 원래 세계……? 그럼 오크랑 오거는…….'

『네, 원래 이 세계의 생물이 아닙니다. 다른 마물 대부분을 포함해서……』

생각해보면 당연했다.

한 대형 생물이 발생해서 고정화되기까지는 얼마나 긴 세월이 필요한가.

원숭이에서 갈라져 나와 오거가 되기까지. 그리고 돼지와 원숭이가 교잡해서 오크로……, 아니, 애당초 그렇게 전혀 다른 종의 이종 교배가 가능한가.

그럼 원래 그런 계통인, 아주 먼 옛날부터 있었던 종족?

하지만 이 세계는 몇 번인가 문명의 붕괴를 경험한 세계다. 그, 세계 규모로 진화한 문명 시대에, 인간을 위협하는 종족이 그대로 방치되었다고 생각하기란 어렵다.

……동물원에 가두어 보호했던 것이 문명 붕괴 후에 번식했나?

아니, 그전에 위험을 느낀 인간들이 전멸시켰을 것이다. 하룻밤 사이에 문명이 멸망한 것은 아닐 테니까…….

그럼 왜 위험한 마물이 전 세계에 만연한 걸까?

'……그 이유가, 이건가요…….'

위험한 이세계 생물의 대량 유입과 정착.

그것이 이 세계가 옛날에는 고도 문명을 쌓았음에도 불구하고 현재 전 세계에 위험한 생물이 만연한 이유.

원래 이 세계 생물이 야생화된 것이 '동물'이고, 그중에서 위험한 것이 맹수라든지 야수 같은 이름으로 불리고 있다. 그리고 이 세계에서 대량으로 유입되어 번식한 위험한 생물들이…….

『그래요, 마물이라고 불리는 것들입니다.』

'…….'

'그래서, 어느 쪽이 먼저야?'

『네?』

마일의 갑작스러운 질문에 순간 당황한 듯한 나노머신. 딱히, 항상 마일의 사념파를 모니터하고 있는 건 아닌 모양이었다.

'아니, 그러니까 문명이 멸망한 다음에 마물이 늘어난 거야? 아니면 마물이 만연해서 문명이 멸망한 거야?'

『…….』

'…….'

『………….』

'………….'

『………………』

'………………'

"마, 마일 씨, 저쪽에 가서 같이 춤추지 않을래요?"

"엥?"

용사, 등장하다!

"저쪽에서 댄스파티가 시작된 것 같으니까, 같이……."
'허, 허허허, 헌팅이다아아아앗!'
아마도 말투로 보아 청년이리라. 그렇게 생각하기는 했다.
하지만 그는 수염이 나 있었고 목소리가 굵은 데다가 외모도 아저씨 같았다…….
"저, 저기, 저저저는 춤이라면 오클라호마 믹서랑 마임마임(이스라엘 민요에 맞춰 추는 군무) 밖에 몰라서……."
아델이라는 이름으로 귀족 영애 생활을 했던 건 여덟 살 때까지였기에 사교댄스를 배우지 못했던 것이다.
'파친코에서 확률 변동에 들어갔을 때 추는 기쁨의 댄스……, 아, 그건 『사행성 댄스』!'
아무래도 착란 상태에 빠진 듯했다.
뭐, 드워프들이 추는 춤은 물론 사교댄스 따위가 아니라, 굳이 분류하자면 포크 댄스 혹은 본오도리(일본에서 음력 7월 15일에 남녀가 추는 윤무)에 가까웠는데…….
"마일 씨의 그 팔 힘, 인간이라고 생각하기 힘들 만큼 작은 키와 조신한 가슴……. 앞으로 많이 먹어서 좀 더 통통해지면 엄청난 미인이……."
"쓸데없는 오지랖이에요오오옷! 그리고 이건 제가 아직 13살이어서 그런 거라고요, 한창 성장기에 있는 어린이여서 그렇다고옷! 곧 나이스 바디가 될 거라고요오옷!"
이런 말을 들은 것도 벌써 두 번째다. 하지만 두 번째라고 해서 익숙해지는 것은 아니어서, 마일은 또 격하게 화를 냈다.

"그런 건 레나 씨한테나 말해욧! 벌써 열여섯 살이니까 성장기도 끝났을 레나 씨한테!"

"야!"

너무 화난 나머지 레나를 손가락으로 가리키며, 절대 해선 안 될 말을 입에 담고 만 마일.

덜덜덜덜덜……

이미, 말을 걸어온 남성의 모습은 보이지 않았다. 아무래도 위기 탐지 능력이 뛰어난 모양이었다.

"마일, 방금, 뭐라고 했어……?"

"아."

마일이 필사적으로 레나에게 사과하는 동안, 남자 드워프들이 메비스에게 말을 붙이고 있었다. 그것도 떼거지로.

……다만 그들은 외모도 실제 나이도, 모두 완전한 '아저씨'들이었다.

"부탁할게, 검 좀 구경시켜 주라!"

"엥……."

그렇다, 그들은 메비스가 특이종 오거를 쉽게 베는 모습을 목격한 광산 탈환 부대의 대장장이들과 그들의 이야기를 듣고 달려온 공방 주인들이었다.

"부탁이야, 살짝 보여주면 돼, 부탁한다니까!"

"아주 살짝! 아주 살짝이면 되니까!"

"끄트머리만 조금 보여줘도 되니까!"

누가 들으면 이상하게 오해할 수도 있는 대사를 연발하자 곤란해진 메비스가 마일 쪽을 쳐다보았는데, 마일은 레나와 티격태격대는 중이어서 정신이 하나도 없어 보였다.

"으~음……."

당혹스러워 끙끙 앓았지만 마음씨 착한 메비스가 필사적으로 애원하는 드워프들을 뿌리치기란 불가능했다.

마일이 확실히 거절하라고 지시하면 그 말에 따르겠지만, 지금은 마일에게 확인받을 상황이 아니었다.

""""""""부탁합니다아앗!""""""""

"……아, 알았어요……."

적과 대치할 때나 전투할 때가 아니면 밀어붙이기에 약한 메비스였다…….

그녀는 허리춤에서 검집째 풀어서 드워프에게 건넸다.

그나마 단검은 드워프들 앞에서 쓴 적이 없어, 그걸 보여 달라는 요구를 받지 않은 게 다행이었다.

보통 예비무기는 긴급할 때만 쓰기 때문에 많은 돈을 써서 명검을 준비하진 않으므로 그다지 신경 쓰지 않았던 것이리라.

……사실 메비스의 경우는 단검이 훨씬 엄청난 대물이었지만.

""""""""ㅇㅇㅇㅇㅇ음…….""""""""

드워프 중 하나가 받아든 검을 뽑아 뚫어져라 관찰했고, 나머지 드워프들도 가까이 다가가 얼굴을 모으고 들여다보았다.

"소재의 주성분은 강철인 것 같은데 다른 금속이 많이 섞여 있어……. 그리고 이, 살짝 금빛을 띠는 불그스름한 색깔은 왜 그런지 모르겠네…….”

검을 쥔 드워프의 말에 다른 자들도 고개를 끄덕였다.

“그런데 그때 발광했던 현상은 뭐지? 또 겉보기에 칼이 막 잘 드는 것처럼 보이지도 않는데, 그건 왜 그런 걸까?”

“과연……. 으음…….”

그렇다, 이미 나노머신들에 의해 갈려진 칼날 부분은 단검과 마찬가지로 위장하기 위한 코팅처리가 되어 있었다. ……예전에는 그럴 필요가 없었지만.

그래서 겉으로 보기에는 예전과 마찬가지로 지극히 평범한 ‘힘에 의지해 때리고 베기 위한 일반적인 검’으로밖에 보이지 않았던 것이다.

“어디서 났어? 누가 만들었어?”

“보기만 한다고 했잖아요!”

약속과 다르다며 불평하는 메비스였지만, 대장장이 외길 인생들이 그런 것을 마음에 담을 리가 없었다.

“재질은 뭐야? 성분 비율은?”

“달구는 온도는 얼마나 돼?”

“그때 분명 발광했잖아? 그건 뭐였어?”

메비스를 빙 둘러싸고 잇따라 쏟아내는 질문 폭풍.

“아, 아우…….”

오거 무리에 둘러싸였을 때도 꿈쩍하지 않은 메비스이건만, 지저분한 아저씨들 무리에 포위당하는 것에는 약한 듯했다.

“모, 몰라요! 제가 만든 게 아니어서요!”

필사적으로 소리치는 메비스를 보며 드워프들도 과연 '좀 무리 있는 질문이었나' 하고 반성하는 모양새였다.

"그, 그럼, 적어도 이걸 산 가게만이라도……."

하지만 반성하는 것과 추궁을 그만두는 것은 별개의 문제였다.

이들이 쉽게 포기할 리 없었다. 처음 본 미지의 기술이니만큼, 대장장이로서 더 높은 경지로 올라갈 기회를 잡기 위해서라면 설령 남은 수명이 절반으로 줄어든다고 할지언정 개의치 않고 계약할 것이다. 다들 그런 자들이었으니까.

"으으……."

과연 이쯤 되니 마일과 레나도 상황을 알아차렸다.

이 일은 메비스와 마일의 능력과 관련된 문제였고, '붉은 맹세'에게 극비사항이었다. 개인적인 싸움을 우선해서 그냥 지켜볼 수 있는 건이 아니었다.

"……그건 헌터의 극비사항이야. 더는 묻지 말아줬으면 해."

마일의 관자놀이를 마구 누르고 있던 레나가 메비스를 에워싸고 있는 드워프들에게 말했다.

그리고 마침 잘 됐다며, 조금 전 사건을 흐지부지하게 끝내기 위해 마일도 이어서 말했다.

"그건 어느 귀족 가문에서 대대로 내려오는 비전이에요. 너무 집요하게 캐물으면 정보 은닉을 위해 그에 응하는 대처를 할 수밖에 없어요……."

헌터의 극비사항.

귀족 가문의 비전.

그리고 정보 은닉을 위해 '그에 응하는 대처'…….

그러한 말들이 가리키는 것은 '입막음' 말고 아무것도 없었다.

아무리 '대장장이 외길 인생'인 드워프들이라도 그걸 모를 만큼 바보는 아니었다.

"""""""""""…………. """""""""""

무슨 뜻인지 잘 알았다.

하긴 그 정도 검이면 세계의 상식이 확 뒤집히리라. 그런 검의 존재를 알면 군이, 귀족이, 아니 왕궁이 가만히 내버려 둘 리 없다. 바로 불러서 그 비밀을 토해내게 하겠지.

하지만 잘만 하면 부하로 들어갈 수 있고 귀족 신분이 되는 것도 꿈이 아닐지도 모르는데 이렇게 일개 헌터의 신분으로 만족한다는 것은 '그런 뜻'이리라. 본인의 의지인지 일족이 정한 규칙인지는 몰라도 그건 분명 '금기'인 것이리라.

그렇게 생각한 드워프들이었지만, 이미 알아버린 초기술의 존재를 쉽게 잊을 수는 없었다. 그 애타는 표정은 도저히 내일부터 심기일전해 단야 작업에 집중할 수 있을 것 같지 않았다. 아마 마음이 혼란해서 그럴 생각도 들지 않으리라.

그것을 꿰뚫어 본 마일이 어쩔 수 없이 수습에 나서기로 했다.

"……별수 없네요. 이대로라면 여러분이 일에 집중하지 못할 것 같으니까 아주 조금만 알려드리죠. ……단, 절대 남에게 말하면 안 돼요. 한마디라도 소문을 흘린다면 이 이야기를 들은 모두의 입을 막을 수밖에 없어요. 그래도 괜찮다면……. 휘말리고 싶지 않은 분은 이 자리를 떠나 듣지 말아 주세요."

“““““““““정말이냐!!”””””””””

아무도 자리를 뜨지 않았다.

그러기는커녕 마을의 모든 대장장이, 아니 그뿐만 아니라 단야를 생업으로 하지 않는 전투 요원, 사냥꾼, 나무꾼, 채굴자, 농부, 기타 모든 마을 사람들이 모여들었다.

과연 어린아이들은 무심코 말해버린 위험이 있어서인지 어머니가 멀리 떼어놓는 듯했지만…….

“우선 이건 검의 힘이 아니에요.”

“““““““““뭐?”””””””””

마일의 첫 한마디에 웅성거림이 사라졌다.

그리고 정적이 감도는 분위기 속에서 마일이 가까이에 있던 탈환 부대의 일원이었던 한 드워프에게 부탁했다.

“그 검을 좀 빌려주실래요?”

영문을 알 수 없었지만 순순히 검집째 허리춤에서 풀러 마일에게 건네는 드워프.

“그건 마법의 일종이에요. 이런 식으로…….”

자신의 왼쪽 허리에 검집을 두고 오른손으로 검을 휙 뽑은 다음, 왼손 엄지와 검지로 검신의 칼날 바로 밑 부분을 잡은 마일. 그리고 그대로 스윽 손가락을 놀렸다.

그러자 금색 빛을 내뿜는 검신. 그렇다, ‘미스릴의 포효’ 멤버 글렌과 싸울 때 썼던 비기, ‘광선검’의 요령이었다. 검신은 그대로이고 그 외부를 마력으로 코팅. 그리고 칼날 부분에는 단분자 두께로 마력도가 형성되어 있었다.

""""""""""오오오오오!""""""""""

드워프들 사이에서 탄성이 쏟아져 나왔다.

"메비스 씨, 두 팔에 안을 수 있을 만큼 돌을!"

"알았어!"

마일의 지시에 따라 근처에 있던 적당한 돌을 줍기 시작하는 메비스.

그리고 그것을 마일을 향해 포물선을 그리듯 가볍게 던졌다.

"비기 참암검! 하아앗!"

마일이 날카로운 기압과 함께 검을 휘두르자 두 동강이 나서 땅에 떨어지는 돌.

"도, 돌이……, 자연석이, 검에 베이다니……."

"그것도 지지할 곳 없는 공중에서 갈라지고 깨지는 게 아니라 절단, 이라니……. 마, 말도 안……."

"어, 어어어, 어라, 우리 공방의……, 내, 내가 벼린 검……, 오오오오오오……."

"이렇게 검에 마법을 덮어씌우면 칼날이 훨씬 잘 들거든요. 여러분이 만든 검은 이렇게 강한 마법을 씌워도 버티지 못해 부러지거나 하지 않는 뛰어난 검이라는 사실이 지금, 증명되었습니다. 충분히 메비스 씨의 검에 견주어도 뒤지지 않는 상품입니다."

""""""""""오오오오오!""""""""""

기쁨의 함성이 터져 나왔고, 드워프들이 술을 벌컥벌컥 들이키기 시작했다.

점점 혼돈에 빠져드는 축제……라고 할까, 이미 그냥 대규모 술자리였다.

그리고 마일의 설명을 전부 믿지는 않는 '사신의 이상향'과 '불꽃 우정' 멤버들만이 마일 일행을 의심쩍은 눈빛으로 지켜보았다.

'거짓말은 아니야. 그건 나노 짱들이 한 일이고 그건 다시 말해 『마법에 의한 결과』니까. 검이 잘 드는 것도 그렇고 전부 마법 때문이야! 응, 틀림없다고!'

잔치가 끝난 후 상인 대표자가 호위들이 있는 곳으로 와서 체재일수를 연장해달라고 부탁했다.

"철제품 판매 이야기가 원점으로 돌아갔습니다. 양은 절반밖에 안 되지만 지금까지와 같은 단가에 살 수 있을 듯합니다. 그래서 귀환을 모레로 연기하고 싶은데……."

멀리 원정 나온 헌터가 하루의 여유도 없이 다음 일에 들어갈 리가 없다. 그리고 구속 기간이 늘어난 만큼 보수 금액도 늘어나므로 호위들은 흔쾌히 승낙했다.

그리고 다음 날, 상인들은 물건을 사러 가고 '붉은 맹세'는 마을 구경, 특히 마일은 대장간이며 주조장 등을 견학, 드워프 소녀에게 청취 조사 등을 하느라 바빴다.

"마일, 드워프 소녀들한테 뭘 물으러 돌아다닌 거야?"

"그건, 비밀이에요!"

레나가 질문했지만 어떻게든 받아넘기는 마일.

사실 자신의 체격이 인간과 엘프와 드워프의 평균치가 아닌지 의심하고 있던 마일은 드워프 소녀의 성장 속도가 궁금해서 그 부분을 조사해 직접 드워프의 평균을 내려고 했다.

그것을 알았다고 해서 뭐가 어떻게 바뀌는 건 아니지만, 마일은 그렇게 하지 않고서는 성에 차지 않았던 것이다.

……이런저런 사정이 있다. 그렇다, 이런저런 사정이 있는 것이다, 소녀의 마음은.

* *

"출발!"

상단 운행 책임자인 상인 리더의 호령에 드워프 마을 그레데마르를 뒤로하는 일행.

이제부터는 아무 일도 일어나지 않은 경우의 루트 선택, 야영 타이밍 등은 상인 리더가 지시하고, 마물이나 도적이 나타났을 경우의 대처나 행동은 호위 리더인 울프가 지시하게 되어 있었다.

앞으로는 판단 하나하나, 쌓인 짐을 던져버리는 것까지 포함해 돈, 목숨, 마차와 말, 그리고 위험과 장단점을 저울에 달아가며, 자신들의 목숨을 게임 칩으로 삼은 도박이 펼쳐질 것이다.

자신들도 언젠가 호위 리더가 되는 날이 올지 모른다.

아니, 짐마차 2~3개 정도의 호위라면 '붉은 맹세'가 단독으로 수주할 수도 있다. 그럴 경우에는 당장 내일에라도 리더라는 역할이 찾아올지 모르는 일이다.

베테랑인 울프가 어떻게 판단하는지 제대로 보고 배워야 한다.

합동 수주는 그 모든 과정이 신인에게는 배움의 장이니까. 멋모르는 신입들을 통솔하는 리더로서 자신이 제대로 해야…….

그렇게 생각하고 정신을 바싹 차리는 레나에게 메비스가 말을 걸었다.

"……저기, 일단은 내가 리더인데……."

"어라, 내가 말로 했나?"

"얼굴을 보면 다 안다고!"

"정지!"

마을을 출발한 날 오후, 마부 역할을 맡은 상인 중 한 사람이 크게 소리쳤다.

모두 마차를 세우고 모이자, 한 마차의 바퀴가 구덩이에 빠져 있었다. 이 부근은 교통량이 적다……고 할까, 거의 없어서 길이라고 부르기도 민망할 정도였기에 이런 일이 일어나는 것도 그리 드물지 않았다.

어느 정도 기세가 붙은 상태면 그대로 빠져나갈 수도 있지만, 이렇게 멈춰버린 경우에는 바퀴를 웅덩이에서 빼내려면 무척 큰 힘이 필요했다. 마차에 실린 짐도 무게가 꽤 나가는 것들이었고, 마차 짐칸의 공간은 둘째 치고 무게가 꽤 나갔기 때문이다.

이번에는 철제품의 양이 적었지만 조금이라도 더 현금 수입이 있었으면 하는 드워프들의 소망에 따라 철제품만큼은 아니라도 어느 정도 이익이 되는 목공제품과 잉여 밀가루 등 일단 있는 것을 거의 자원봉사 하듯 닥치는 대로 매입했던 것이다.

뭐, 자원봉사 같다고 말은 했어도 수익이 다 나는 물품들이었지만. 아무리 그래도 적자 날 각오로 장사할 수는 없는 노릇이니까. 자선사업은 아니니까. 그리고 나쁜 전례를 만드는 것은 서로를 위한 일이 아니니까.

이번에는 위험하거나 귀찮으면 거래하지 않는, 이익도 별로 안 되는 물품까지 매입했지만, 이는 단순히 '공기를 옮길 바에야 은의와 신용을 옮겨라'라는 상인의 신조를 지킨 것에 불과했다.

그러한 물품은 도적이나 마물의 공격을 받아 위험해졌을 경우 제일 먼저 버릴 예정이지만, 판매한 드워프들과는 상관없는 이야기였다.

"아~, 이거, 이대로는 무리야. 다른 마차 말을 데려와서 억지로 끌면 바퀴나 차축이 망가져버릴지도……. 일단 짐을 전부 내려서 무게를 가볍게 만든 다음에 끌 수밖에 없어."

베테랑 마부의 말에 지긋지긋하다는 표정을 짓는 상인들. 그리고 상인들의 눈이 호위들 쪽으로 향했다.

"쳇, 알았어. 하역 일은 계약에 없지만 시간을 낭비하는 것도 그러니까. 무료로 도와주지. ……단, 절반은 망을 봐야 하니까 남긴다. 호위가 전부 하역 일을 하다가 공격을 받아 전멸이라도 당하면 웃음거리가 될 거야. 죽게 될 우리는 그렇다고 쳐도 남겨진 마누라랑 자식들에게 창피한 기억을 주고 싶진 않다."

호위 리더 울프가 그렇게 판단했기 때문에 호위의 절반만 돕기로 했다.

"그럼 『붉은 맹세』 전원이랑 『사신의 이상향』에서 한 명, 『불꽃 요정』에서 두 명 빼고, 나머지는…….”
“잠깐만요!”
울프의 지시를 중간에 자르고 마일이 끼어들었다.
“그거, 저희한테 맡겨주시면 안 돼요?”
“““““엥……?!”””””
마일의 말에 네 상인이 놀라서 소리쳤지만, 다른 호위 파티 사람들은 이제 와서 새삼 놀라진 않았다.
“……맡길게. 해봐라.”
“네!”
놀라는 상인과 마부들을 그대로 무시하고 마일이 메비스에게 지시를 내렸다.
“메비스 씨, 진 신속검 모드로 신체 강화를. 근육과 허벅지, 뼈의 강도 증가를 가장 우선해서 근출력을 조금만 억제하는 정도로. 차체에서 약한 부분을 잡으면 부서지기 쉬우니까 원래 마차 무게를 지탱해주는 부분에……, 아, 마부 아저씨들, 저랑 메비스 씨한테 한 명씩 붙어서 지시를 내려 주세요!”
두 명의 마부가 고개를 끄덕이며 각자의 옆에 붙었다. 나머지 한 사람은 웅덩이에 빠진 바퀴 상황을 확인해주었다.
“네, 좋아요! 그럼…….”
그리고 무영창으로 중력 마법을 거는 마일.
과연 너무 무리해서 차축이 망가지거나 한다면 괜히 시간만 낭비하게 되므로 중력 마법이야말로 안전책이었다. 다만 ‘붉은 맹세’ 이외에는 아무도 몰라야 했다.

'마차 전체에 가하는 인력의 8할을 차단!'

"메비스 씨, 살짝, 천천히 들어 올리세요!"

"알았어!"

그리고…….

으랏차차!

““““““““““엥……””””””””””

쿵!

““““““““““…………””””””””””

"바퀴랑 차축 모두 괜찮은 것 같네요!"

““““““““““…………””””””””””

"자, 그럼 출발할까요??"

““““““““““…………””””””””””

"저기……."

““““““““““…………””””””””””

"그게……."

““““““““““…………””””””””””

((((거북해애애애애~~!!))))

왠지 미묘한 분위기가 되어버리고 만 상단 일행이었다…….

야영 저녁식사 때 솜씨를 발휘해서 겨우 원래 분위기로 돌릴 수 있었던 '붉은 맹세' 일행.

"그나저나 엄청난 괴력이었어……."

마일에 대해서는 생각하기를 포기했던 울프 일행이었지만, 자신이랑 같은 검사에다가 착해 보이고 상식적인 인간인 줄 알았던 메비스 마저 '마일(그쪽) 같은 부류'이라는 사실을 알았을 때 받은 충격은 이루 말할 수 없었다.

((((((괴물들만 모였냐…….))))))

그 무언의 생각을 꿰뚫어 본 메비스가 속으로 소리쳤다.

'아니야! 나를, 마일을 보는 것과 같은 눈빛으로 쳐다보지 말라고오오~~~!!'

그리고 메비스의 표정을 보고 속마음을 읽은 마일.

"사람을 뭐로 보는 거예욧?!"

""""""""""…………""""""""""

모처럼 돌아온 분위기가 다시 나빠지고 말았다.

"그런데 마일……."

"왜요?"

메비스가 조금 언짢은 표정인 마일을 불렀다.

"왜 그때 흙마법을 써서, 박힌 마차 바퀴 앞에 비스듬히 유도로를 만든다거나 파인 곳을 메운다거나 하지 않았던 거야? 그게 훨씬 간단하고 안전했을 것 같은데……."

"윽……."

메비스의 지적에 경련이 온 얼굴로 굳어버린 마일.

"그보다도 일단 마차를 수납마법에 넣었다가 조금 앞쪽에 다시 꺼냈으면 됐을 것 같은데……."

"크헉!"

폴린의 무자비한 지적에 결국 무너지는 마일이었다…….

마법이나 마일의 능력에 익숙하지 않은 상인이나 '사신의 이상향', '불꽃 우정' 멤버들이 아이디어를 내지 못하는 것은 어쩔 수 없다. 하지만 마일 본인이 생각하지 못한 것은 어떠한가.

마일은 우울해졌지만, 연민의 시선이 모여 조금 전까지의 미묘했던 분위기가 사라진 것은 잘된 일일까 아닐까…….

제70장　보고

“의뢰 완료 보고입니다.”

길드 접수창구에서 메비스가 그렇게 신고했다. 다른 두 파티 리더인 울프와 베가스도 함께였다. 파티마다 받은 수주여서 각각은 개별 계약이었다. 접수원 아가씨는 물론 류테시였다.

‘좋았어, 이번에도 이 아이들이 무사했네! 전부 『사신의 이상향』과 『불꽃 우정』을 붙인 내 덕! 이 아이들은 내가 지킨 거나 다름없어!’

류테시는 자신의 판단과 지시가 소녀들을 구하고 한 뼘 성장시켰다고 믿어서 우쭐한 상태였다.

……아니, 만약 ‘붉은 맹세’가 일반 신인 파티였다면 류테시의 판단과 행동은 정말 그렇게 자부해도 이상하지 않은 것이었다. 업무 종료 후 사적으로 굳이 두 파티의 파티 홈까지 찾아가서 이 의뢰 수주를 부탁하는 등 신인 여성 파티를 지키려고 했던 그 열의와 노력은 칭찬해 마땅하다.

……어쩌다가. 어쩌다가 그게 ‘붉은 맹세’였던 바람에 헛수고로 끝난 것일 뿐이다.

“여러분, 고생했어요. 그리고 『사신의 이상향』과 『불꽃 우정』 여러분은 어린 파티를 보호하는 임무까지 완수해주셔서 정말 감사합니다!"

"""""""""""…………."""""""""""

류테시의 말과 길드 직원 및 다른 헌터들이 보내는 칭찬의 시선에 복잡 미묘한 표정을 짓는 두 파티 멤버들.

……그렇다고 이 자리에서 '붉은 맹세'의 능력을 폭로할 수는 없었다.

다만 길드 상층부에까지 입을 꾹 다물고 있을 수는 없는 노릇이었다. 다른 헌터들과 일반 주민에게 위험이 닥칠 만한 특이한 사건에 대해서는 보고해야 하니까.

"길드 마스터 있나? 보고할 게 있는데."

"어…… 네, 방에 계시는데요……."

울프의 진지한 표정에 다소 놀라면서도 그렇게 대답하는 류테시.

울프 일행도 헌터 길드의 일원이니까 길드 마스터를 "계신다"고 경어를 쓰는 것은 문제없었다. 헌터 길드의 접수원 아가씨는 꽤 고급 인력인 엘리트직, 소녀들이 동경하는 직업이었다. 그래서 그런 부분에서 실수하지는 않았다.

"좀 만나고 싶은데."

울프의 말에 류테시는 자리에서 일어나 서둘러 2층으로 올라갔다.

"그래, 굳이 무슨 보고를?"

늘 다르지 않은, 드워프 마을로 가는 상단 호위 의뢰를 받은 파티의 보고.

바쁜 길드 마스터가 굳이 직접 만나 들을 안건은 아니었지만 위험도에 비해 결코 높다고 할 수 없는 보수 금액이어서 절반은 자원봉사 하듯 받아준, 몇 안 되는 '사람 좋고 신뢰할 수 있는 베테랑 헌터 파티'들이었기에 시간을 조금 할애하는 것 정도는 해줄 수 있었다.

게다가 그 '신뢰할 수 있는 베테랑 헌터 파티' 멤버들이 길드 마스터에게 직접 보고해야 한다고 판단한 일이니, 지금은 당연히 '들어야 하는 안건'이라고 생각해야 마땅했다.

"……신종 오크와 오거가 등장했습니다. 개체의 차이나 단발적인 변이종이 아니라 집락 하나가 통째로 그런 특성을 가진, 하나의 종이었습니다. 오크는 마치 오거 같았고, 오거는 마치 오거킹처럼 강했습니다. 한 마리뿐이라든지, 상위종 같은 것이 아니라 한 마리도 빠짐없이 전부……."

"뭐라고?!"

울프의 보고에 의자를 벌떡 박차고 일어선 길드 마스터.

무리도 아니다. 그런 게 번식했다간 마을이 없어지고 도시가 무너지고, 나라가, 인간이라는 종이…….

그런 위험한 것이 이미 집락을 형성할 만큼 개체가 불어났다! 이대로라면 분명히 번식한다!

진실인지 아닌지 같은 바보스러운 질문은 하지 않았다. 이런 농담으로 길드 마스터를 놀릴 헌터 따위는 아무도 없으니까. 자칫 잘못했다가는 길드에서 제명 처리가 될 것이다.

그리고 신뢰할 수 있는 베테랑 파티 둘에, 다른 나라에서 수행 여행을 떠나온 전도유망한 젊은 파티가 하나. 도저히 악질적인 헛소문을 퍼트릴 거라는 생각은 들지 않았다…….

"거기가 어디야! 지금 당장 확인하러 조사단을 꾸려야겠다. 안내를 부탁한다! 아니, 길드에서 강제 지명 의뢰를 내는 거니까 거절할 수 없어!"

그런 위협과도 같은 말을 굳이 하지 않아도 거절할 사람들이 아니었다. 그 사실을 잘 알면서도 자기도 모르게 그렇게 소리치고 만 길드 마스터. 그만큼 위기감과 불안감이 컸다는 뜻이겠지.

"아, 진정하십시오, 길드 마스……."

"이게 진정할 수 있는 문제냐고! 이 도시가 생긴 이래로, 아니, 어쩌면 이 마을은 물론이고……."

"아니, 이미 다 정리되었으니까요! 전멸시켰습니다!"

"뭐……?"

머엉.

그것 말고 다른 표현은 떠오르지 않는 길드 마스터의 얼굴.

"무, 무슨……. 오거킹 무리에 필적하는 놈들을 너희들끼리 어떻게……. 날 놀리는 거야? 네놈들, 그게 무슨 짓인지 알고는 있나!"

새파랗게 질렸다가 이번에는 분노로 얼굴을 붉으락푸르락 하며 소리치는 길드 마스터.

"아니아니, 저희도 바보가 아닙니다! 그런 짓을 했다가는 어떻게 될지 정도는 잘 알고 있다고요!"

"……처음부터 빠짐없이 말해봐."

과연, 지방 도시라고는 하나 길드 지부가 있는 것에는 다 그만한 이유가 있다. 닥칠 위험이 사라졌음을 알자 길드 마스터는 곧바로 차분함을 되찾고는, 자기도 모르게 일어났던 의자에 다시 앉았다.

"자세한 설명은 이 녀석들……, 『붉은 맹세』가 할 것입니다."

자신들은 토벌에 나서지 않았다. 그래서 전체 상황을 제일 잘 아는 것은 '붉은 맹세' 멤버들이었다.

또 자신들이 설명하려면 아무래도 '붉은 맹세'의 특기와 전투 능력을 어느 정도 말해야 할 필요가 있다.

길드와 여신에게 했던 맹세에 따라 길드 마스터가 비밀을 흘리거나 그것을 악용할 가능성은 상당히 낮았지만, '어디까지 말할지' 균형을 잡는 일은 당사자들에게 맡기는 편이 마음 편했다. 그래서 울프는 설명하는 역할을 곧바로 넘겼던 것이다.

"티루스 왕국 왕도 지부 소속, 수행 여행 중인 C등급 헌터 파티 『붉은 맹세』의 마일이라고 합니다……."

그리고 마일의 각본을 바탕으로 한 이번 사건의 설명이 시작되었다.

"……믿기 힘든 이야기군……."

마일의 능력과 '핫마법'은 적당히 생략하고 반대로 메비스의 검기를 조금 부풀린 보고에 길드 마스터는 회의적인 반응이었지만, 마일 일행이 딱히 특별 보수를 요구하는 것도 아니고 이런 거짓말을 해봐야 아무런 이익도 얻을 수 없었다. 그러기는커녕 길드의 신뢰를 무너뜨릴 뿐인 행동이었다. 절대 제대로 된 헌터가 할 짓이라고는 생각하지 않았다.

"아니, 꼭 믿어주실 필요는 없어요. 만일 같은 일이 일어났을 때 전례를 아는 것과 모르는 것에 따라 초동 대응이 크게 달라지니까, 헌터의 의무로 사건 개요를 알려드렸을 뿐입니다. 이걸 길드 전체에 알리든, 농담이라면서 한 번 웃고 말지는 길드 마스터가 알아서 판단하시면 됩니다. 다만 『저희는 제대로 알려드렸다』는 것일 뿐이고, 그것만은 이곳 기록에 똑똑히 남겨주시길 바라요."

"뭐라고?! 너, 그 말은……."

마일의 말에 표정이 굳은 길드 마스터.

그렇다, 만약 이 이야기를 다른 지부에 알리지 않았다가 무슨 일이 생겨 큰 피해가 났을 때, 그것은 네 탓이다, 라고 말한 것이나 마찬가지였다. 길드 마스터가 새파랗게 어린 미성년 소녀에게…….

위험은 무릅쓰고 싶지 않다.

하지만 이런 이야기, 통보하는 편지만으로는 믿어줄 것 같지 않다. 운 나쁘면 길드 마스터인 자신의 신뢰가 땅에 추락할 것이다. '일반 헌터의 시시콜콜한 농담에 길드 통보까지 한 어리석은 길드 마스'라고…….

"젠장……."

알리는 것도 위험하고, 알리지 않는 것도 위험하다.

알리고 난 후에 어떤 곳에서 똑같은 사건이 일어나주면 제일 고맙겠지만, 그것을 바랄 만큼 철면피도 아니었다.

"증거는 없나!"

고뇌로 가득한 얼굴로 그 말을 짜낸 길드 마스터에게 마일이 시원시원하게 대답했다.

"있는데요?"

"엥……."

"우선 같이 싸운 드워프 분들이 얼마든지 증언해주실 거예요. 그건 단단히 약속을 받아냈어요. 그리고 특이종 오크랑 오거 사체를 가지고 돌아왔어요. 그걸 보면 조금은 증명할 수 있을지 않을까 하고……."

"아……, 아아, 그러고 보니 용량이 엄청난 수납 보유자라는 소문이었지, 너희 파티는……. 좋다, 해체장으로 가자!"

그리하여 바로 해체장으로 향하는 일행이었다…….

"고라센, 잠깐 와봐."

길드 건물 옆에는 예외 없이 해체장 겸 창고가 있고, 그 한쪽에는 마법을 쓴 냉동 보존고가 있었다. 그곳으로 모두를 데려간 길드 마스터는 어떤 초로의 남성을 불렀다.

"잠깐 감정해줬으면 하는 게 있어. ……여기에 꺼내줘."

뒷말은 마일에게 한 지시였다. 마일은 그 말에 따라 바닥에 특이종 오크와 오거를 내려놓았다.

마일과 레나, 메비스는 깜짝 잊고 있었고 폴린은 드워프들이 인간이 쓰는 화폐를 별로 가지고 있지 않을 것 같아 굳이 말하지 않았기 때문에 토벌한 마물들을 전부 그대로 마일의 아이템 박스에 넣어두었던 것이다.

그것들을 바닥 위에 전부 꺼내 놓았다.

""뭐, 뭐뭐뭐, 뭐야, 이게에에에에~~!""

길드 마스터와 고라센이라는 이름의 나이 든 남자가 소리를 빽 지르자, 해체 작업 중이던 사람과 창고에 있던 사람들이 모여들었다. 그리고 바닥에 널브러진 대량의 오크와 오거를 보고는 다들 말문이 막혔다.

"……이것은……."

굳어버린 작업원들 중 고라센만 재빨리 원래 상태로 돌아왔다.

"상위종? 아니, 그건 말도 안 돼! 이렇게 대량으로 있을 리가 없잖아……. 그리고 몸 색깔도, 송곳니 모양도, 일반종과 똑같아. 아니, 하지만 이 크기와 근육, 단단한 피부를 봤을 때 무척 강했을 텐데. 지방이 아니라 근섬유다발이 솟아오른 모양이……."

다른 자들이 마일의 엄청난 수납 용량에 놀라서 굳어 있는 반면, 고라센의 관심은 어디까지나 '사냥물 감정'에 있었다. 딱히 '감정 마법' 같은 편리한 게 있는 것도 아니어서, 순전히 오랜 세월에 거쳐 차곡차곡 쌓아온 지식과 경험에 의해 자기 실력으로 하는 감정이었다.

"……어디서 잡았나?"

"…………."

"어디서 잡았느냐고 묻잖아!!"

대답이 조금 느린 길드마스터에게 버럭 화를 내는 고라센. 아무래도 이렇게 많은 특이종을 보고 그 위험성을 깨달은 모양이었다.

길드 마스터에게 호통친 것은, 그가 길드 마스터가 신출내기 헌터였을 시절부터 보살펴주었던 전 베테랑 헌터였기에 무심코 옛날 버릇이 나온 것이리라. 그래서 길드 마스터 역시 딱히 기분이 상한 것 같지는 않았다.

"……전멸시켰다고 해. 말 그대로 암컷과 새끼까지 한 마리도 남기지 않고. 일단 다른 무리가 더 있다는 정보는 없어."

"…………그런가……."

길드 마스터의 대답에 다시 이성을 되찾은 고라센.

"그래, 이 녀석들이 나온 이유와 다시 발생할 가능성은?"

"지금은 없어. 뭐라 했더라? 으음, 차원의 문인가 뭔가……."

"『디멘션 게이트(이차원의 문)』인가!"

"엥? 아, 알고 있어? 고라센."

"나도 『미아마 사토데일』 정도는 읽는다고!"

고라센은 접수원 아가씨에게서 책을 빌려 읽는 것이 취미였다.

하지만 그런 취미가 없는 길드 마스터는 무슨 말인지 전혀 이해할 수 없었다.

"몇 마리는 냉동 창고에 보관하지. 그리고 세 마리 정도를 특제 마차에 실어 왕도로 보내야겠군. 실력 좋은 마술사를 붙여서 마법으로 차갑게 유지해가며 말이야. 냉동해선 안 돼, 해동시키면 피부와 근육 강도가 약해져서 이 녀석들이 얼마나 굉장한지 정확하게 전달하지 못할 가능성이 있으니까."

"오, 오오……."

누가 길드 마스터인지 모르겠다.

"어이, 누가 접수창구로 달려가서 지금 있는 헌터랑 길드 직원 전부 불러와라! 사체가 신선할 때 이 녀석을 이용해서 위협도 시범을 보이는 거다! 그 경험이 이 도시의 존망을 결정하는 갈림길이 될지도 몰라. 한 명도 빠짐없이 불러와라! 아, 그 김에 주점에도 가서 말하고 오너라!"

고라센의 명령에 몇몇 젊은 사람들이 달려나갔다.

"……저기…… 길드 마스터는, 나인데……."

풀 죽은 길드 마스터에게 메비스가 가여운 듯한 시선을 보냈다.

*　*

"좋아, 많이 모였군……."

고라센이 주위를 둘러보며 말했다.

이제 길드 마스터는 완전히 포기했는지 소심하게 구석에 서 있었다.

"이건 방금 막 받은 신종 오크와 오거다. 보다시피 겉모습은 일반종이지만, 오크는 오거에 필적하고 오거는 오거킹에 필적하는 몸이야. 싸운 자들의 이야기에 따르면 실제로도 그랬다는군. ……그래, 언뜻 일반종처럼 보이는 이것들이, 전부 말이야!"

웅성거림이 커졌다.

당연하다. 그건 그 마물들을 만난 헌터의 분명한 죽음을 의미했으니까. 그런 괴수가 이렇게 많이 늘어서 있다. 그러니 당연히 웅성거릴 수밖에 없었다.

"……안심해라. 여기에 이렇게 많은 사체가 있다는 건 말이지……."

고라센이 하는 말의 의미를 겨우 알고 마음을 놓는 헌터들.

"그래. 그러니까 이렇게 많은 수가 잡혔다는 건, 이제 하나도 남아 있지 않다는 걸 뜻한다! 『사신의 이상향』과 『불꽃 우정』, 그리고 또 하나는, 으으음……, 아, 그렇지, 『붉은 맹세』라고 했었나, 그들에게 고마워해라!"

""""""""""오오오오오오오!!""""""""""

다른 파티가 목숨을 건 대활약을 펼쳐 자신들을 위험에서 벗어나게 해주었다. 그것도, 신뢰하는 견실한 베테랑 파티인 '사신의 이상향'과 '불꽃 우정'이 말이다.

공명심에 날뛰는 젊은이라면 모를까, 안전제일을 추구하는 견실한 그들이 큰 위험을 무릅쓰면서까지 모두를 위해 애써주었으니 감사하고 칭송할 만했다.

지난번, 신입 파티를 보호하기 위한 마물 무리 물리치기, 그리고 이번 자원봉사 요소가 강한 호위 의뢰를 받아들인 점 등, 이 도시와 헌터들을 생각하고 하는 행동이 많은 두 파티에, 칭찬을 담은 수많은 눈이 쏠렸다.

((((((그러지 마! 그러지 말라고오오오~~!!))))))

그리고 속으로 괴로움에 몸부림치는 '사신의 이상향'과 '불꽃 우정'.

"어이, 너희, 거기 있는 오거를 베어봐라."

"엥……."

고라센의 지시에 당혹스러워하는 헌터.

"언젠가 맞닥뜨릴지도 모르잖아, 그때 도움이 될 거다!"

그 말에 몇 명인가가 검을 뽑았다. 그 모습을 보고 주위에 있던 사람들이 조금 뒤로 물러나 공간을 만들어 주었다.

"하앗!"

한 사람이 있는 힘껏 검을 휘둘렀다. 오거가 아무리 바닥에 누워 있는 상태라지만 검으로 바닥을 때릴 만큼 미숙한 자는 없었다.

오거의 몸통을 때린 검은 살을 살짝 파고드는 데서 그쳤다.

"……윽, 너무 단단해!"

대상이 바닥에 누워 있는 상태에서는 검을 휘두르는 자세가 나빠져서 평소의 위력을 낼 수 없다. 하지만 그렇더라도 자신이 생각했던 결과를 내지 못한 게 분명한 헌터는 분한 표정을 지었다. 그래도 오기로 재도전하지 않고 바로 다음 사람에게 순서를 양보하는 면에서, 꽤 냉정한 사람 같았다.

"으헙!"

"젠장, 설마 이 정도일 줄이야……."

하나둘 시험해 본 헌터들은 처음에 덤볐던 헌터의 상황을 지켜본 만큼 진지하게, 있는 힘을 다해 검을 휘둘렀다. 하지만 누구 하나 할 것 없이 자기 뜻과 다른 결과를 얻은 모양이었다. 창사도 뛰어들었지만 역시 생각한 만큼 깊게 찌르지 못해 앓는 소리가 커져갔다.

"……그런데 이 녀석들은 일격에 쓰러진 것 같은데! 봐, 저놈도, 저놈도, 몸통이 깔끔하게 반으로 갈라졌어. 어이, 울프, 이거 너희 작품이야? 도대체 무슨 수를 쓴 거야? 좀 보여줘!"

다들 옛날부터 잘 아는 사이였다. 함께 의뢰를 수행한 사람도 많아서 '사신의 이상향'과 '불꽃 우정' 멤버들이 천재 검사도, 마검이나 신검을 가진 것도 아니라는 사실은 잘 알았다. 지난번 마물 퇴치 때도 그렇고, 갑자기 멋진 활약을 펼치기 시작한 두 파티의 실력을 다시금 확인하고 싶은 것도 당연하겠지.

"""""""""""…………."""""""""""

하지만 본인들은 몹시 곤란한 상황이었다.

그도 그럴 터. 자신들도 그들과 별반 다르지 않으니까.

궁지에 몰린 그들을 보다 못해 메비스가 옆에서 나섰다.

"제가 대신 보여드릴게요."

딱히, 그 정도는 상관없다.

'붉은 맹세'가 사람들 앞에서 별로 보이고 싶지 않은 건 세상의 일반 상식에서 지나치게 벗어난 기술이나 권력자, 대상인, 다른 헌터와 범죄자들이 꼬이거나 악용될 걱정이 있는 마법 등이었지, 검사 하나가 B나 A등급에 버금가는 검기를 선보인다고 해도 큰 문제는 되지 않았다.

애당초 수행 여행의 목적에는 자신들의 수행 이외에 '파티의 이름을 알리는 것'도 포함되어 있었다. 자신들의 힘을 어필하지 않으면 후자의 목적이 달성되지 않는다.

그래서 편리함과 돈벌이의 효율을 우선해 감추지 않기로 정한 마일의 수납마법과 더불어 메비스의 검기도 비약 '마이크로스'의 존재만 빼고 별로 감출 필요가 없었다.

……폴린의 핫마법은 웬만하면 감추고 싶지만…….

메비스가 오거 한 마리에게 다가갔고, 레나 일행은 뒤로 조금 물러나 메비스가 검을 휘두르는 데 방해되지 않도록 충분한 공간을 만들었다.

'부탁한다, 나의 애검이여…….'

거리를 둔 구경꾼들에게 들리지 않을 만큼 작은 목소리로 그렇게 중얼거린 메비스.

메비스는 휘두르는 검의 속도는 빠르지만 근력은 그리 대단하지 않다. 아무리 단련해왔다고는 하나 그래 봐야 귀족 아가씨다. 고릴라 같은 몸이 될 때까지 단련한 것도 아니므로 아가씨 체형 그대로인 메비스의 근력은 '진 신속검'을 써서 겨우 평균 남성 C등급 헌터를 뛰어넘는 수준에 불과했다.

거기에 빠른 속도와 전투 감각이 더해져 강하기로는 이미 한 단계 위로 올라갔지만, 시험용 사체를 베야 하는 지금은 그러한 장점을 살릴 수 없다. 그래서 오거전 때처럼 검이 잘 들기만을 기대하는 수밖에 없었다.

뭐, 만약 실패하더라도 창피당하는 것은 자신뿐이다. 그래도 다른 두 파티에 민폐를 끼쳐선 안 된다는 생각으로 나섰지만 가능하다면 많은 헌터들 앞에서 웃음거리가 되는 것은 피하고 싶었다. 그래서 작은 목소리로 애검을 향해 속삭였던 것인데…….

【왔다! 올 것이 왔어!!】

메비스의 검 전속 나노머신들이 생각했다. 역시 이 역할은 따분하지 않다면서.

모집할 때 그 근처에 있었던 건 행운이었다. 그리고 천문학적인 경쟁률을 돌파한 것도.

분위기를 봤을 때 이번에는 겉멋을 중시하는 효과를 쓸 필요는 없다. 인간들이 눈치채지 못하게, 살짝 '칼날의 잘 드는 정도를 떨어트리기 위한 코팅'을 해제했다. 외관은 똑같게 하면서…….

"진 신속검!"

뎅강.

그것 이외의 표현은 없을 만큼 깔끔하게, 아래위로 절단된 오거의 몸.

물론 바닥에는 아무런 흔적도 없었다.

오거 자체의 무게에 바닥이 짓눌린 상태였을 뿐, 털끝만큼의 흔적도 남기지 않은 채 그 몸을 갈랐다. 그것은 아무리 뛰어난 근력과 명검을 지녔다고 한들 하기 힘든 기술이었다.

""""""""""…………."""""""""""

찬물을 끼얹은 듯 조용해진 해체 작업장.

모두 이제야 이해했다.

이 세 파티가 연속으로 큰 공을 세운 이유를.

"……음, 뭐, 이런 느낌으로……."

메비스가 그렇게 말하며 뒤돌아보자…….

"히익!"

헌터들에게 휩싸여 있었다.

"바, 방금 그거, 무슨 기술이야!"

“『신속검』이 뭔데? 마법인가? 아니면 검기의 정점인 비술인가?”
“그 검은 일반 검이 아닌가?”
적이 아닌 많은 사람이 둘러싸 질문을 퍼붇기 시작했다.
……메비스가 어려워하는 상황이었다.
잔뜩 굳어서 아무 말도 하지 못하는 메비스.
“아~, 그와 관련해서는 제가 설명드리겠습니다…….”
그리고 마일이 설명 역할을 자처하고 나섰다. 그렇다, 지난번에 드워프들에게 했던 설명을 반복하기 위하여.

“““““““““““…………. ”””””””””””

몇 분 후.
마일의 설명에 반신반의하는 헌터들.
무리도 아니다. 지금껏 들어본 적 없는 마법 이야기를 듣고 네, 그렇군요, 하고 나올 수는 없겠지. 게다가 그 내용은 가능하다면 자신들도 그대로 베껴 사용하고 싶다고 간절히 희망할 만한 것이었다.
“그런데 그, 그 주문은…….”
“그건 가문의 비전이어서 비밀입니다.”
메비스가 무영창으로 썼지만, 물론 속으로 재빨리 주문을 윈 것으로 되어 있었다.
“메비스 씨는 파티 멤버여서 특별히 제 명예 가족으로 선정되었거든요. 다른 분은 안 돼요.”
“““““““““““…………. ”””””””””””

그렇게 말하니 개인의 비밀을 존중해야 하는 헌터들은 아무 말도 할 수 없었다. 게다가 '가문의 비전'이라고 했으니 마일이 단순한 평민이라고 생각하는 자가 있을 리 없었다.

"……포기해라. 신인의 비전을 그대로 베끼려고 하는 얕은 생각을 하는 녀석이 앞으로 강해질 수 있겠냐! ……아니, 물론 베끼면 강해질 수야 있겠지만……."

"바보야, 설득력이 전혀 없잖아!"

길드 마스터의 너무 정직한 말에 호통치는 고라센.

"넌 그냥 입 다물고 있어라! 자, 시험해보고 싶은 사람은 줄을 서서 순서대로 베어보도록 해. 베도 되는 건 여기 세 마리만이다, 나머지는 안 된다!"

고라센이 다시 신신당부했고, 마일 일행은 축 처진 어깨로 길드 지부 본관에 돌아가려는 길드 마스터와 함께 해체장을 빠져나왔다.

그리고 다시 길드 마스터의 방으로 향한 일동.

"그래서, 너희 중 한 파티가 왕도행 짐마차에 동행해주었으면 한다. 호위 겸 설명 역할로 말이야. 당사자가 있어야 설명하기 쉬울 테니. 내가 보고자로 갈 거니까 설명 역할은 어디까지나 그쪽에서 질문했을 때에 대비한 것이고, 호위로만 계약을 맺는다. 물론 보수는 더 잘 쳐주마."

'사신의 이상향'과 '불꽃 우정' 모두의 시선이 일제히 '붉은 맹세'에게 쏠렸다.

특이종과 싸운 것은 '붉은 맹세' 뿐이었고, 조금 전 이야기했던 '실력 좋은 마술사를 붙여서 마법으로 시원하게 유지하며' 라는 대목을 봐서도 뛰어난 마술사가 있는 '붉은 맹세'가 동행하는 게 당연하달까, 그것 말고 다른 선택지는 떠오르지 않았다.

"싫어."

"저희는 거절할게요."

"사양하겠습니다."

"패스!"

즉답이었다.

"어, 어째서……."

너무 빠르게, 그리고 미리 짠 것도 아닐 텐데 네 사람의 동시 거절에 무심코 그렇게 중얼거리는 울프.

"그도 그럴 게, 우리는 왕도에서 왔거든. 수행 여행을 하는 중인데 굳이 돌아가는 루트를 고를 필요는 없잖아? 시간 낭비야."

"선택하는 건 미지의 길. 그것이 바로 헌터의 수행 여행이 아니겠어요?"

레나와 메비스의 말을 듣고, 자신도 젊었을 때 수행 여행을 해 본 적 있는 두 파티 사람들은 반론할 수 없었다. 물론 길드 마스터도 수행 여행 경험이 있다. 그래서 모두 '붉은 맹세'가 적임자라고 여기면서도 강제로 떠밀지 못했다.

그리고 '붉은 맹세'가 왕도에 가고 싶어 하지 않는 것은 물론 온 길을 되돌아가서 시간 낭비를 하고 싶지는 않다는 점, 그리고 회의적인 태도를 보이는 높으신 분들에게 굳이 필사적으로 설명하는 역할을 맡는 걸 사양하고 싶어서이기도 했지만, 최대 이유는 이것이었다.

((((그 피규어랑 과장된 졸업 검정 이야기가 퍼진 곳으로 누가 돌아가겠냐고!!))))

'붉은 맹세'가 이 의뢰를 받을 가능성은 제로였다.

* *

"그럼 여기서 이만 실례하겠습니다."

결국 '붉은 맹세'는 왕도행을 거절했다. 그리고 '사신의 이상향'과 '불꽃 우정'도.

그들 두 파티는 특이종 싸움에 함께하지 않았는데 마치 자기들이 한 것처럼 남들에게 설명할 수 있을 만큼 얼굴이 두껍지도 않았다. 게다가 대답할 수 없는 질문이 날아와도 곤란했다.

한편 길드 마스터도 꼭 동행자가 필요한 것은 아니었다. 마일 일행에게 설명을 상세히 들어두고 그 실물을 보여주기만 하면 괜찮으리라.

아무래도 길드 마스터는 '붉은 맹세'를 동행시켜 도중에 이것저것 물어볼 계획이었던 모양이었는데, '붉은 맹세'가 동행하지 않겠다고 딱 잘라 거절한 후에는 나머지 두 파티가 사양하는 것에 대해 별로 신경 쓰지 않았다.

1층 접수 카운터에서 각각 호위 의뢰 보수를 받고, 넘긴 오크와 오거 대금은 상세 조사를 거친 후 며칠 내로 치르게 되어 있어서, 대금이 나오면 삼 등분 해서 각 파티에 주도록 부탁해두었다.

삼 등분, 이라는 사실에 '사신의 이상향'과 '불꽃 우정'은 '자신들은 그렇게 많이 받을 수 없다'며 사양했으나, '붉은 맹세'는 천하의 폴린 마저도 물러서지 않고 3등분을 주장해서 결국에는 그렇게 정해졌다.

넘긴 사냥감에는 특이종 뿐만 아니라 오가는 길에 잡은 일곱 마리의 일반 오거도 당연히 포함되어 있었다.

"미안하다……. 매번 공훈이랑 사냥감을 양보해주고……."

두 파티를 대표해서 울프가 그렇게 말하자, '붉은 맹세'의 네 멤버는 가볍게 손을 휘저으며 '신경 쓰지 말라'는 듯한 몸동작을 취했다.

그리고 헤어질 때.

"아……!"

마일이 소리쳤다.

"왜?"

수상쩍어하는 레나를 그대로 무시하고, 마일이 울프에게 가서 물었다.

"저기~, 전부터 너무너무 궁금해서 참을 수 없었던 게 있는데, 물어봐도 될까요?"

"응? 아아, 상관없어. 뭐든지 물어봐라."

울프가 그렇게 말해주자 마일이 결심을 굳힌 듯 입을 열었다.

"저기, 여러분의 파티명인 『사신의 이상향』 말인데, 어떻게 해서 지은 거예요?"

그 질문에 아차~ 하는 표정을 짓는 '불꽃 우정' 멤버들과, 뭐야 고작 그거냐? 하고 조금도 동요하는 기색이 없는 '사신의 이상향' 멤버들.

그리고 울프가 이름의 유래를 알려주었다.

"사실 우리는 헌터 일로 돈을 모으면 그걸로 고아원을 만들 생각이었어……."

""""엥?""""

울프의 예상치 못한 대답에 의표를 찔려 그대로 굳어버린 '붉은 맹세'의 네 사람.

설마 그런 멋진 목적이 있을 줄은 꿈에도 생각하지 못했고, 그런데 왜 '사신'이라는 단어와 연결되는지 이해되지 않았기 때문이다.

"우리가 파티를 만들 때 신청서를 받았던 접수원 아가씨가 물었지, 『여신의 이상향』이라는 파티명으로 한 유래가 뭐냐고. 아니, 접수하는 데 필요해서 그런 게 아니고 그냥 물어본 거였어. 그래서 솔직하게 답했지. 『돈을 모아 다 함께 고아원을 만들고 싶다. 말 그대로 여신의 이상향을 말이야』라고……."

마일 일행이 어라, 하는 표정을 지었다. ……파티명이 달랐기 때문이다.

"그리고 자세히 설명했어. 『모집할 고아는 여자애들 한정. 가능하면 엘프라든지 동물 귀 소녀 등을 중심으로 모집하고 싶다』고……. 그랬더니 무슨 영문인지, 접수원 아가씨의 표정이 일그러지는 것 같더라고. 그리고 나중에 확인해봤더니, 등록 파티명이 『사신의 이상향』으로 되어 있지 뭐야……."

“““““““…………. ”””””””

이놈들…….

감동했던 거, 물려내라…….

그냥 콱 죽어버려라…….

경관님, 여기 이놈들입니다!

쓰레기를 보는 듯한 네 사람의 싸늘한 시선에 왠지 가시방석에 앉은 느낌을 받은 울프는 서둘러 자리를 떠야겠다는 생각에 ‘불꽃 우정’ 리더를 불렀다.

“가자, 베가스!”

‘테, 테크 세타!’ (만화 ‘우주 기사 테카맨’에서 주인공이 테카맨으로 변신할 때 로봇 페가스에게 외치는 말)

그리고 여전히 영문을 알 수 없는 것을 떠올리는 마일이었다…….

제71장 엘프 호위

이틀간의 휴식을 마친 '붉은 맹세'는 다음 의뢰를 물색하려고 길드 의뢰 보드 앞에 진을 치고 있었다.

"재밌어 보이는 의뢰가 없네……."

레나가 그렇게 말하며 따분하다는 표정을 지었는데, 그것도 당연했다. 지방 도시에 그렇게 흥미로운 의뢰가 있을 리는 없으니까. 위험하고 성가시면서 보수는 저렴한 시시한 일. 그것이야말로 헌터들이 받는 대부분의 일이었다. '별다른 능력 없는 사람이나 하는 밑바닥 직업'이라는 말이 괜히 있는 게 아니었다.

으~음, 하고 다들 이마에 주름을 만들며 의뢰 보드를 쳐다보고 있는데…….

"어라, 이건……."

의뢰 내용이 아니라 보수액을 기준으로 보드를 살피던 폴린이 한 의뢰에서 시선을 멈추었다.

'숲 조사 동행. 학자 두 명의 호위와 짐, 채취물 수송 포함.'

2박 3일 일정인데 한 사람당 소금화 8닢으로 보수액이 파격적이었다. 이건 도적의 공격을 받을 위험성이 상당히 높은 루트를 지나는, 소규모 상단 호위 의뢰에 필적하는 금액이었다.

폴린이 손가락으로 가리킨 그 의뢰를, 레나 일행이 차근차근

읽어 보자…….

'C등급 이상이고 총인원 수는 8~10명 정도. 단, 그중 3명 이상이 여성일 것.'

"……여성이 포함되어야 한다니, 나쁜 짓이라도 꾸미는 건가?"

"바보야, 반대지, 반대! 나쁜 짓거리를 못 하도록 여성이 있는 파티를 지정한 거야. 그러니까 클라이언트(의뢰주)가 여성인 거겠지, 아마도……."

"아……."

마일의 오해를 바로잡는 레나.

"하지만 이런 조건이면 해당하는 파티가 얼마 없겠네요. 8명 이상인 대규모는 B등급에서 A등급 파티 정도밖에 없잖아요? 이런 지방 소도시에……."

"아니, 너는 어디까지 바보인 거얏?! 여기 분명히 『총 인원수』라고 적혀 있잖아! 두 파티 합동 수주를 상정한 거야. 그러니까 인원수에 여유를 두고, 편성 자유도를 높인 거 아냐!"

"아……."

보통 이런 부분에 머리가 잘 돌아가는 마일이었는데 오늘은 무슨 영문인지 컨디션이 좋지 않았다.

"이거, 우리가 받으면 나머지 파티는 어디든 상관없죠. 남자들로만 된 파티여도 되고, 인원수도 네 명에서 여섯 명까지면 대부분의 파티가 포함되니까……."

폴린의 말이 맞았다. 만약 '붉은 맹세'가 수주하지 않을 경우, 여성 3명 이상을 포함한 파티는 무척 드물기에 여성 두 명을 포함한 파티와 한 명을 포함한 파티 조합으로 꾸리게 될 텐데 그것만 해도 해당하는 파티가 상당히 제한적이다.

먼저 받은 파티가 여성이 한 명뿐일 경우 나머지 파티는 여성이 둘 이상 포함되어야 해서, 기간 내에 호위가 제대로 갖춰질 확률이 몹시 떨어지리라.

"……할까요?"

"그래. 딱히 다른 좋은 의뢰도 없고……. 여기서는 이제 장기간 호위 의뢰를 받을 생각이 없지만, 사흘 정도라면 금방 끝나고 수송뿐 아니라 숲 조사도 있으니까 각지를 공부하는 『수행 여행』의 목적과도 맞아떨어지니까, 나쁘지 않아……."

폴린과 레나는 받을 생각이 있었고, 메비스와 마일 역시 물론 이의는 없었다.

그리하여 '붉은 맹세'가 수주 처리를 끝내고 길드를 빠져나온 직후…….

"우리가 받았다!"

"아앗, 젠장, 이놈아. 그건 우리가……."

"빠른 사람이 임자지!"

"이리 내, 그건 우리가……."

아직 모집 중이라 보드에 계속 붙어 있던 의뢰 용지의 장절한 쟁탈전이 벌어졌다.

간단하고 안전해 보이는데 보수액이 좋고, 남자들로만 이루어진 파티여도 가능한 상태가 된 데다가 재능 있는 미소녀 헌터 네 명과

2박 3일을 함께 하는 것. 게다가 '사신의 이상향'과 '불꽃 우정'의 행운까지 이제 막 확인했다. 그러니 당연한 귀결이었는데…….

*　*

"저희는 의뢰인 에이트루와 샤라릴입니다. 아카데미 연구원이에요. 이번에 사람 왕래가 별로 없는 곳의 조사를 계획하고 있어요. 여러분은 저희의 호위와 기재 및 식량, 채취물 등을 운반해주시면 됩니다."

에이트루와 샤라릴이라고 소개한 두 사람은 20세 전후로 보이는 여성이었다. ……그리고 청초한 분위기인 두 사람의 두 귀는, 끝이 살짝 뾰족했다.

"버, 벌컨인!"(영화 '스타트랙'에 나오는 외계인)

탁, 하고 마일이 머리를 맞았다.

"엘프거든! 『벌컨인』이라는 건 네 허풍동화에 나오는 『논리적인 인간』을 말하는 거지? 공상 이야기랑 현실을 혼동하지 말라고!!"

레나에게 야단맞은 마일. 클라이언트의 앞인 만큼 당연했다.

"여러분도 채취물을 찾아주세요. 그때 발견한, 저희 목적물 이외에 돈이 될 만한 것은 전부 여러분이 가져도 상관없습니다. 뭐, 진지하게 찾아달라는, 먹음직스러운 미끼죠."

고용주가 솔직하게 말했다. 하지만 피고용자로서는 대환영이었기 때문에 문제 될 것 없었다.

"다만, 보수에는 『채취물 수송』이라는 것도 포함되어 있으니까

당연히 저희의 채취물을 운반해주시는 걸 우선합니다. ……그래요, 저희의 것을 8, 여러분의 것을 2 정도의 비율로 하면 될까요? 그래서 여러분이 가지고 돌아가실 물품은 가볍고 부피가 작은 것, 가치 있는 것, 즉 고가의 약초라든지 그런 것에 한하게 될 테지요. 그리고 연구상 귀중한 것이라도 시장 가치는 별로 높지 않으니까 너무 높은 금액은 낼 수 없지만, 그래도 직접 어디 가서 파는 것보다는 좋은 돈벌이가 되리라 생각해요. 원래 지불해야 할 필요는 없지만 뭐, 위로금 정도로 생각해 주세요."

그래도 충분히 좋은 조건이었다. 보통 이런 조사에서는 고용된 호위가 발견한 것은 전부 고용주의 몫이 되는 경향이 있었기 때문이다.

예전에는 왕도에 살았지만 조사 연구를 위해 일부러 지방 도시로 이사 왔다는 두 엘프는 꽤 시원시원한 성격 같았다. 아마 연구를 하기 위해 연구자가 된 타입으로 돈에는 개의치 않으리라.

이어서 '붉은 맹세'와 또 다른 파티 하나가 자기소개에 들어갔다.

엘프들의 눈에 마일과 레나의 외모는 40~50세 정도, 메비스와 폴린은 수백 살처럼 보였는지, 별로 걱정스러워하는 기색은 없었다. 마일의 '마법 검사'라는 소개에는 '젊은이의 미래 흑역사 중 하나'라고 생각했는지 웃음이 터져 나오는 것을 간신히 참는 듯했지만…….

또 다른 파티는 검사 세 명에 궁사 한 명, 마술사 한 명으로 균형을 이룬, 전형적인 남성 5인조였다. 그래서 호위 인원수가 총

9명이 되었다.

한편 인간 도시에서 사는 엘프는 별로 없다고 들은 만큼, 비록 나라는 달라도 같은 연구자에다가 인간 도시에서 생활하는 엘프라는 요소 때문에 '붉은 맹세' 멤버들은 당연히 어떤 이름을 떠올릴 수밖에 없었다.

"엘프에 연구자라면, 크레레이아 박사랑 같은……?"

""크레레이아!!""

무심코 중얼거린 메비스의 말에 격하게 반응하는 에이트루와 샤라릴.

아, 역시 아는 사이구나, 하고 '붉은 맹세'가 생각했을 때.

""크레레이아! 그, 생 초짜배기에 사악한 작자아아아아아!""

갑자기 격노하면서 마구 소리치는 두 엘프.

역시, 아는 사이였다. ……안 좋은 방향으로.

시간이 흐른 후, 겨우 안정을 되찾은 에이트루와 샤라릴의 말에 따르면…….

"그 여자는 생 초짜배기 주제에 몇십 년 숲에 살면 누구라도 당연히 알 수 있는 당연한 지식을 앞세워서 스폰서(출자자) 귀족이나 대상인의 비위를 맞춰가며 쉽게 『박사』 칭호와 객원교수라는 지위를……. 우리는 묵묵히 착실하게 연구하면서 강사나 준교수를 목표로 하고 있는데, 그 루트를 무시하고 돈과 권력은 있어도 연구에 대해서는 무지한 상위층에게 『왕자님~』 하면서 아첨하기나 하고, 그 빌어먹을 작자가아아!"

다른 나라 이야기인 만큼 자신들의 앞길을 막은 것은 아닐 텐데도, 같은 연구자로서 도저히 용납이 안 되는 모양이었다.

그리고…….

"덧붙여 말하면 나이도 먹을 만큼 먹었으면서 창피한 줄도 모르고 아직까지 파파걸! 우리도 아버지한테 더 어리광부리고 싶지만 나이를 생각해서 필사적으로 참고 있는데! 자기는 마음껏 어리광이나 부리고, 다른 엘프들도 그걸 허용하고, 아니, 『언제까지나 아버지를 생각하는, 효심 깊고 귀여운 아이』로 칭찬한다니까! 뭐야, 그게! 웃기지 말라고오오오오오~~!"

……말실수했다.

그것만은 잘 이해하게 된 '붉은 맹세' 멤버들이었다.

*　*

"C등급 『푸른 유성』이라고 해. 잘 부탁한다."

이 일을 같이 수주한 또 다른 파티는 남성 5인조인 지극히 평범한 파티였다. 나이는 다들 20세 전후. 겉모습만 봐서는 고용주들과 또래 같았다. ……겉모습만.

의뢰주와의 첫 만남 후 그 파티가 의뢰와 관련한 대책을 세우자며 함께 식사라도 하자고 제안했고, 마일 일행은 기꺼이 따랐다.

모르는 파티가 합동 수주를 받는 만큼 그것은 중요한 과정이었다. 어떤 전투 방법을 선호하는지, 상대의 실력이 어떤지도 모르고 자신의 등을 맡길 수는 없으니까 말이다.

게다가 그 파티가 '밥은 우리가 살게.' 하고 말했기에 '붉은 맹세'로서는 거절할 이유가 없었다. 조금도 말이다.

간단한 자기소개는 조금 전 클라이언트 앞에서 마쳤지만 그것은 어디까지나 영업용이었다. 지금부터 하는 자기소개는 '동료용'이어서 처음부터 다시 시작했다.

"아까 말했듯이 나를 포함해서 검사가 세 명, 궁사랑 마술사가 각각 한 명. 리더인 내가 대검잡이로 탱커 밑 돌파 역할이고, 카락이 레이피어(세검), 래틀이 쇼트 소드(보병검)이야."

파티 리더인 그래프의 검은 지구의 무기로 말하면 버스터드 소드 아니면 클레이모어 쯤 되어 보이는 한손검, 혹은 양손검이었다. 아마 평소에는 양손검으로 쓰다가 상대에 따라 방패가 필요하게 되면 한손검으로 쓸 것이다. 그럼 남들보다 힘이 좋아야 할 텐데…….

나머지는 찌르기가 주체여서 질보다 양으로 적을 농락하는 레이피어, 수수하지만 나름대로 견실한 안정성 있는 쇼트 소드. 창사가 없어서 리치가 긴 무기는 없지만 그 정도야 어떻게든 될 것이다.

"그리고 궁사 겸 단검잡이인 케스버트랑 마술사 마레이웬. 마레이웬은 공격형인데, 그쪽의 폴린은 지원형 같으니까 서포트를 부탁할게."

그 말에 폴린이 고개를 끄덕였다.

……그렇다, 폴린은 지원형이었던 것이다. 핫마법이며 열탕마법이며 구사해서 깜빡하기 쉬운데, 원래는 치유마법과 지원마법

이 특기……일 터였다.

“우리는 완력과 지구력은 아직 좀 부족하지만 속도와 필살기는 꽤 자신 있는 파티야. 나는 리더인 메비스이고, 이쪽은 공격마법, 특히 불마법을 잘쓰는 레나, 치유마법이 장기인 폴린. ……그게 장기라는 거지, 레나도 폴린도 다른 마법에 약하다거나 못 쓰는 건 아니고 급할 때는 다른 마법도 문제없이 사용해. 그리고 그쪽에 있는 사람은, ……『마일』이야. 일단 마법이랑 검 모두 쓰는『마법 검사』로 선전하고는 있는데, 뭐, 『마일』이라는 카테고리에 속하는『마일』이라는 잡(직종)이라고 생각하면 될 것 같아.”

그게 뭐야, 하는 표정인 ‘푸른 유성’ 멤버들 그리고 그게 뭐예요, 하고 메비스에게 불평하는 마일이었다.

하지만 레나와 폴린은 그저 고개를 끄덕일 뿐이었다.

그 후 두 파티는 더 자세한 대화를 나누었는데, ‘푸른 유성’ 멤버들의 표정이 점점 굳어지기 시작했다. ……높이 쌓여가는 빈 접시들을 보고.

그렇다, 이렇게 좋은 기회인데 레나와 마일이 사양할 리 없었다. 게다가 ‘푸른 유성’ 멤버들은 여자아이들에게 좋은 모습을 보여주려고 다소 비싼 가게를 골랐기 때문에, 피해는 막대했다.

한 접시에 은화 1닢 반에서 2닢 가까이하는 요리 접시가 이미 십여 장은 쌓여 있었다. 레나와 마일, 각자의 앞에. 그리고 둘 만큼 대식가는 아니라도 메비스 역시 여자치고는 키가 크고 매일 몸을 움직이는 만큼 일반 여자들보다 먹성이 좋았다. 또 폴린은 공짜 밥이면 토하기 직전까지 먹었다. 그것도, 비싼 요리를 집중적으로.

이미 합계 금액은 은화 80닢, 즉 소금화 8닢분을 넘어섰다. 그것은 이번 일의 보수금 한 명분에 필적하는 액수였다.

“““““…………. ”””””

‘푸른 유성’이 이번 일을 받은 것은 안전한 데 비해 보수가 좋다는 부분 때문이기도 했지만 가장 큰 이유는 ‘붉은 맹세’와 함께할 수 있어서였다. 그 목적에서 봤을 때 소금화 8닢의 지출쯤이야 대수롭지 않다.

그렇게 생각하지만. ……그렇게 생각은 하지만.

““““그래도 너무 많이 먹잖아, 너희.””””

그렇다, 속으로 소리치고 마는 ‘푸른 유성’의 다섯 멤버였다…….

*　*

그리고 이틀 후 아침.

“그럼 출발!”

고용주인 에이트루의 호령에 마차가 움직이기 시작했다.

마차와 마부는 빌렸는데, 반나절 걸려서 목적지인 숲의 입구에 데려다주고 돌아갔다가 다시 이틀 후 정오 무렵에 데리러 오기로 되어 있었다.

마차 안에서는 조사와 샘플 채취 등의 이야기가 이어졌고, 점심시간 전에 숲 입구에 도착했다.

"자, 짐을 옮겨줘."

""""""엥?""""""

마차에서 내리자마자 '푸른 유성' 멤버들이 마일에게 말했다. 마차에서 짐을 내리는 것을 도우려고도 하지 않고.

"수납마법을 쓰잖아? 짐이랑 채취물 전부 맡길게. ……엥, 표정이 왜 그래? 우리가 잡은 사냥감도 전부 옮겨줄 거잖아?"

지난번 첫 대면 때 했던 자기소개와 전술 회의 때는 마물과 어떻게 싸울지에 대한 내용이 중심이었고, 그것과 관련 없는 마일의 수납마법은 화제에 오르지 않았었다. 그렇지만 마일이 수납에 대해 딱히 숨기지도 않았고 여러 가지로 저지른 게 있어서, 이 도시 헌터며 길드 직원들 중에 모르는 사람은 거의 없을 것이었다.

그래서 알려주지 않았어도 '푸른 유성'이 마일의 수납마법을 알고 있는 것은 별로 이상한 일이 아니었다.

……그건 아무래도 상관없지만, 문제는 '말투'였다.

마치 그게 당연하다는 식의 말투. 부탁이라든지 고마워하는 마음은 조금도 들어 있지 않았다.

애당초 의뢰주가 8~9명이나 되는 인원을 모집한 것은 호위뿐 아니라 채취를 돕고 채취물을 옮기기 위한 인원을 확보하기 위해서였다. 그것은 첫인사 때 충분히 설명했었다. 그런데 처음부터 짐을 전부 마일의 수납에 맡기고, 자신들은 시시한 데다 돈도 별로 안 되는 채취 말고 사냥을 할 것이며, 그것마저도 전부 마일의 수납에 넣으려고 했던 모양이다.

"엥? 당신들, 지금 무슨 소릴 하는 거지? 우리 짐을 옮기는 것도 의뢰에 속하는데, 우리 짐도 모자라 당신들 짐까지 저 여자애들한테 떠넘기려고? 그 반대라면 모를까 도대체 뭔 생각이야?!"

마일 일행이 황당해하고 있자 마차에서 내린 두 고용주가 화난 얼굴로 말했다.

"아니, 하지만 이 녀석, 수납 용량이 엄청나다고. 그러니까 짐 운반을 맡겨도 상관없잖아."

뭐가 잘못인지 모르는 표정으로 태연하게 말하는 '푸른 유성'의 리더 그래프를 보고, 에이트루가 이번에는 어이없어하며 말했다.

"아무리 용량이 큰 수납 보유자라고 해도 많은 물건을 넣으면 그만큼 유지하는 데 마력과 정신력이 소모되거든요! 안전한 길이라면 모를까, 위험한 숲속에서 괜한 부담을 줘서 뭘 어쩔 셈인데요! 자기 짐은 자기가 옮기세요! 설마 당신들, 이 아이들이 저희 의뢰를 받은 걸 보고 처음부터 이 애들한테 짐을 전부 떠넘길 작정으로 의뢰를 받은 건 아니겠죠? 그리고 균등하게 나눈 저희 짐을 옮기지 못하겠다면 계약 불이행입니다. 계약 위반으로 지금 당장 계약을 해지하겠어요."

"헉……."

의뢰주인 두 엘프 에이트루와 샤라릴은 첫 대면 때 '붉은 맹세'가 아무 말도 하지 않았기 때문에 마일의 수납마법에 대해 지금 처음 안 모양이었지만, 미리 안 듯한 '푸른 유성'이 마일을 자기들 유리하게 이용하는 것을 용납할 수 없었다.

마법 능력이 뛰어난 엘프는 인간보다 수납마법을 구사하는 자가 많았기 때문에 수납마법을 못 쓰는 두 사람도 그 결점과 힘든 부분을 잘 이해하고 있었다. ……다만 마일이 그 범주에 속하지 않는다는 건 제외하고.

첫 대면 때 받은 '푸른 유성' 멤버들의 인상은 무척 성실했었다. 그런데 의뢰를 받아 현지에 온 지금, 이제 '붉은 맹세'가 의뢰 수주를 취소할 수 없다고 생각하자마자 서슴없이 '붉은 맹세'의 능력을 노린 요구를 시작한 것이다. 만약 여기서 '붉은 맹세'가 일을 그만두면 계약 불이행으로 의뢰 실패가 되고 위약금이 발생할 테니까.

그런데 여기서 설마, 의뢰주가 '『푸른 유성』 쪽을, 계약 불이행으로 의뢰 실패로 간주'하겠다고 통보한 것이다.

"으으으윽……."

계획에 착오가 생겨 끙끙 앓는 그래프.

아무래도 '붉은 맹세'에게 좋은 이미지를 심어주고 자기 파티로 권유할 생각이었던 게 아니라, 그저 단순히 '붉은 맹세'를 이용하기만 할 속셈이었던 모양이다.

여기가 왕도라면 모를까, 국경과 가까운 지방 도시에 지나지 않는 마판에서 수행 여행 중인 다른 나라 신인 파티, 그것도 실력파 젊은 피 파티가 이곳에 안주할 리 없다. 그렇게 생각해서 배려라든지 사양, 호감도 유지 등을 무시하고 이번 딱 한 번 '붉은 맹세'를 이용한 막벌이를 하려고 생각했겠지.

지금까지 있었던 두 번의 임무에서 공훈과 번 돈 모두 절반을 '사신의 이상향'과 '불꽃 우정'에게 빼앗기고도 생글생글 웃으며 사이좋게 지냈으니까, '붉은 맹세'는 선배 파티가 하라는 대로 하는 착하고 순진한 녀석들인가 보다. 그렇게 여기고 편할 대로 써먹으려고 했는데, 의뢰주가 쓸데없이 참견해버렸다.

……'푸른 유성' 멤버들은 그렇게 여겼다. '붉은 맹세' 본인들은 조금 전에 했던 자신들의 지시를 거부할 리 없는데 지시대로 따르기 전에 의뢰주가 먼저 태클을 걸었을 뿐이라고.

그렇게 믿었다.

그리고 세상에는 이런 말이 있다.

'믿는 도끼에 발등 찍힌다.'

다 함께 짐을 내리자, 마차는 도시로 돌아갔다.

그리고 모두 식사 준비에 들어갔다. 이제 곧 정오였고, 굳이 위험한 숲에 들어가자마자 식사 준비를 할 바이야 차라리 조금 이른 시각이라도 그전에 이곳에서 식사를 마쳐두는 편이 나았다.

엉덩이 통증뿐 아니라 창자를 휘젓듯 고통스러운 몇 시간이 이어지리라는 것을 알기에 마차에 타기 전 아침밥을 배불리 먹고 오는 바보는 아무도 없었다. 그래서 당연히 모두 아침을 거른 상태였던 것도 이른 점심을 먹게 된 이유 중 하나였는데.

어느 정도 길이 정비된 주요 가도라면 모를까, 지방 도시에서 숲으로 난 길이 그리 잘 닦여 있을 리 없어서, 그저 마차에 타고 있기만 했는데도 몹시 피곤했다. 그런 만큼 이 식사 시간은 체력 회복을 위한 휴식도 겸하고 있기에 굳이 서두를 필요는 없었다. 그래서 보존식을 뜯어먹고 마는 식이 아니라 불을 지피고 본격적인 요리에 들어갔다.

……다만 어디까지나 '야외에서의 본격적인 식사'라는 의미여서, 물을 끓이고 고형 스프와 말린 야채 조각들을 넣어 만든 간이 수프, 고기와 빵을 굽는 정도에 그쳤는데, 그래도 야외 활동 중인 사람에게는 충분히 호화로운 식사였다.

이번에는 마차가 계속 동행하는 게 아니어서 고용주들은 고용한 헌터의 식량까지 제공할 여유가 없었다. 헌터들의 식량을 옮기기 위해 또 헌터를 많이 고용하는 건 웃긴 일이기 때문이다. 그래서 이런 의뢰의 경우 헌터의 식사는 각자 알아서 준비하는 내용의 계약이 많았다.

이번에는 고용주를 포함해 마술사가 많아서, 물 걱정을 하지 않아도 되는 점은 고마웠다. 그래서 수프는 고용주가 모든 사람의 몫을 제공했다. 한편 식사 자체는 고용주, '붉은 맹세', '푸른 유성'이 세 그룹으로 각각 나누어 준비했다.

"에이트루 씨, 샤라릴 씨, 이거 드셔보실래요?"

마일이 수납에서 꺼낸 간이 솥과 프라이팬, 미리 블록 모양으로 썰어둔 오크 고기로 재빨리 만든 고기 샌드위치 그리고 같이 곁들일 피클을 접시에 담아 내밀자 두 엘프가 기뻐하며 받았다.

크레레이아 박사와 마찬가지로 딱히 엘프라고 해서 채식주의자는 아닌 모양이었다. 대식파 육식계 여성 같았다.

"맛있어!"

"이거 뭐야, 매운맛이 나는데 그게 오크 고기의 잡내를 잡아줘서 감칠맛이……. 그리고 육즙이 스며든 빵의 촉촉한 촉감이 혀와 잇몸을 부드럽게 자극해서……."

"맛집 리포터세요!?"
에이트루와 샤라릴의 코멘트에 무심코 한마디 하고 만 마일.
"오우, 난 고기 많은 거로 줘."
"난, 두 개."
"나도!"
"난 세 개."
"난 하나면 돼. 대신에 고기 많이!"
""""""…………………."""""""

"엥?"
"왜 냄비랑 솥을 치우고……."
"엥? 어라?"
동요하는 '푸른 유성' 멤버들에게 폴린이 무자비한 선고를 내렸다.
"식사 준비는 각 파티가 각자 알아서, 라고 했잖아요? 첫 만남 때 그렇게 들었는데요?"
""""""""엥……."""""""""
분명 그런 계약 내용이었다. 그리고 물론 '푸른 유성'도 식량은 준비했다. 딱딱한 빵, 육포, 말린 과일까지 휴대 보존식 3종 신기를.
하지만 그건 만일의 경우에 대비한 것이었다. 수납 보유자가 마물에게 죽거나 산 채로 끌려갈 가능성이 조금이라도 없진 않으니까.
하지만 그런 사태가 되지 않는 이상에는 수납마법을 쓰는 소녀가 많은 양의 식량을 가지고 있고, 또 먹을거리도 쉽게 잡아 온다. 게다가 그러한 것들을 엄청나게 싼 가격에, 혹은 무료로 내어 준다.

……그게 '푸른 유성'이 영군 병사와 상인들로부터 얻은 정보였다.

'붉은 맹세'는 수납에 대해 별로 감추지 않았기 때문에, 술을 대접받은 자들이 그 정도는 말해도 된다고 생각했으리라. 그리고 '푸른 유성' 역시 '붉은 맹세'가 그 사실을 숨기지 않는 만큼, 자신들이 알고 있는 것도 별로 문제 되지 않는다고 판단했던 모양이었다.

"……얼마야?"

소은화 몇 닢 정도라면 낼 수 있다. 그렇게 여긴 그래프가 묻자…….

"아니, 2박 3일 일정이 이제 막 시작됐으니까 식량을 아껴서 저희가 먹을 양이 부족한 일이 없도록 해야 하거든요……. 다른 파티가 준비한 음식을 빼앗으려고 하지 말고 각자 가져온 걸 드세요."

마일이 그렇게 말하며 거절했다.

"당신들, 이 애들을 어디까지 이용할 셈이야……."

"정말 황당하기 짝이 없는 사람들이네요……."

에이트루와 샤라릴이 '푸른 유성'을 향해 경멸의 눈빛을 쏘았다.

마일의 수납 용량을 모르는 두 사람의 눈에 그들은, 소녀들이 먹으려고 준비한 식량을 빼앗으려고 하는 엄청난 악당처럼 보였다.

……에이트루와 샤라릴은 자기가 받은 음식이 각각 하나씩이

었고, 너무 많이 구워 남은 것을 나누어줬다고 생각했기에 딱히 문제라고 보지 않았다. 그리고 만약 그 바람에 소녀들의 식량이 모자라게 되었을 때는 자신들 몫을 나눠줄 생각이었다.

엘프는 신진대사가 느려서 그런지 몰라도, 마음만 먹으면 물만으로 며칠을 보내도 별로 괴롭지 않았다. 마법이 특기인 엘프답게 그럭저럭 마법을 구사하는 에이트루와 샤라릴은 물에 부족함을 느낀 적이 없었으므로 그녀들이 준비한 음식을 전부 잃더라도 일주일 정도는 아무 문제 없이 지낼 수 있었다.

"이게 실화냐고……. 아니, 설마 우리, 미움받고 있는 건가?"

"""""""""""…………."""""""""""

아무 말도 없는 '붉은 맹세'와 의뢰주들.

"""""""""정말이냐고!!"""""""""

진심으로 놀란 듯한 '푸른 유성'에게, 또 진심으로 놀랐다는 듯 레나가 물었다.

"당신들, 그렇게 행동해놓고도 왜 미움받는지 몰라?! 그래놓고도 우리가 싫어하지 않으면 그게 더 이상하지 않나?!"

그리고 그 말에 고개를 마구 끄덕이는 다섯 명의 여성들이었다……

"하, 하지만, 쐈잖아! 그렇게 와구와구 먹어놓고, 우리가 사준 밥!"

"그건 그쪽이 먼저 밥 사겠다고 했으니까 그렇지?"

그래프의 외침은 메비스의 말에 그대로 묻혔다.

"하지만 그때 그렇게 많이 먹었으니까 이번에 조금은 음식을 좀 나눠줘도……. 대신 우리가 가져온 휴대 보존식이랑 교환해도 좋아!"

"도시와 숲은 제대로 된 식사의 교환 레이트(비율)가 달라요. 이 경우 야외 레이트가 적용되므로 약 100대 1의 비율이 됩니다."

마일에게 제안을 단칼에 거절당한 카락.

"그래도 합동 수주를 받은 동료니까 물은 얼마든지 제공해드릴게요. 그러니 마레이웬 씨는 마력을 전투용으로 온존해서 싸워도 돼요. 특별 서비스입니다."

그렇게 말하며 생긋 미소 짓는 폴린.

"어쨌든 당신들은 우리를 얕보고 돼먹지 못한 태도로 나왔어. 하지만 뭐, 배신했다거나 범죄행위를 저지른 게 아니고 단지 우리가 신입이라는 이유로 무시하고 이용하려고 한 것뿐이지. 그러니까 합동 수주 파티로서 의무는 제대로 이행할 거고 전투 지원과 치유마법 등 의뢰 임무 수행에 관한 일은 전부 제대로 할 거야. ……다만, 마음에서 우러나오는 특별 서비스는 없음!"

그렇게 총괄해서 말한 레나.

"허어억……, 하지만 『사신의 이상향』과 『불꽃 우정』 녀석들하고 대우가 너무 다르잖아! 그 녀석들한테는 공훈도 사냥감도 보수도 다 양보해놓고, 밥까지 줬잖아! 영군 녀석들과 상인이 그렇게 말했는데……."

"아아, 그야 그분들은 저희를 대등하게…… 아니, 자신들을 방패막이로 삼으면서까지 저희를 보호하려고 하셨으니까 당연하죠. 그리고 처음에 마물 퇴치 건은 수지가 안 맞아서 받을 생각이 없었는데도 저희가 걱정되어서 받아주신 거니까요. 그런 그분들과 마일의 수납을 노리고 기회를 틈타 이용하려고 든 당신들을 동등하게 대하라고요? 하!"

가식 없는 폴린의 말 공격을 받고 다섯 남자가 고개를 푹 숙였다.

"……그나저나 마판에는 입이 가벼운 영군 병사와 상인들이 많네요. 이건 도시로 돌아가면 한번……. 그래프 씨. 당신들에게 쓸데없는 소리를 줄줄 말한 병사와 상인 이름, 알려 주실래요……."

섬뜩

……무서웠다.

이번 일행 중에서 유일하게 가슴 큰 소녀의, 소름 돋는 미소가 무서웠다…….

하지만 자신들도 헌터로서의 자존심이 있다.

"뉴스 소스(정보원)는 밝힐 수 없어!"

"호오……."

"호오……."

"호오……."

"호호홋, 호호호호호!"

"무서워, 너네! ……그리고 마지막 그건 뭔데!"

* *

숲속을 나아가는 두 엘프와 아홉 명의 호위 헌터들.

"이 근방부터는 인간이 들어간 적 없는 구역입니다."

고용주인 에이트루의 말에 호위들이 조용히 고개를 끄덕였다.
인간이 들어간 적 없다고 해서 꼭 아무도 가지 못하는 미지의 땅이라거나 흉포한 마물이 나오는 것은 아니다. 그저 단순히 '수지가 맞지 않아 인간이 오지 않는 것'이다. 그게 전부였다.
굳이 오지까지 와봐야 외곽보다 딱히 돈벌이가 될 만한 사냥감이 있는 것도 아니고, 비싼 채취물이 잔뜩 있는 것도 아니다. 오히려 잡은 마물과 동물을 숲 밖까지 옮길 때 터무니없는 노동력과 시간만 들 뿐이다.
……그럴 바이야 아무리 사냥 자체의 효율이 절반 이하라고 하더라도 외곽부에서 잡는 편이 훨씬 효율 높았기에, 굳이 이런 곳까지 사냥하러 오는 사냥꾼과 헌터 따위는 없었다.
이번 에이트루 일행의 목적은 '학술적으로 가치 있는 식물의 분포 조사, 샘플 채취, 동물과 마물 번식 상황 확인' 등이어서 그 채취물도 학자로서는 귀중해도 시장 가격, 즉 환금성이 별로 없었다.
그래서 '푸른 유성'은 채취를 돕는 일은 '붉은 맹세'에 떠넘기고 자신들은 고기와 뿔, 상아, 발톱, 모피 등이 소재로 좋은 값에 팔리는 것들 사냥에 나서려고 했다. ……물론 의뢰주의 안전을 확보한 다음에 말이지만. 과연 그 정도까지 썩지는 않았다.
하지만 그것도 마일의 수납마법을 자신들도 자유롭게 쓸 수 있다는 것을 전제로 한 그림의 떡에 지나지 않았다.
"그럼 슬슬 조사 협력을 시작해보죠."
에이트루의 말에, 2열 종대로 쭉쭉 앞으로 나아가기만 하던 방식을 바꾸어 이번에는 옆으로 넓게 퍼져서 식물을 관찰하며 천천히 걷기 시작한 일행. 허리를 숙이지는 않고 등을 곧게 뻗은 채였다. 계속 허리 숙여 작업했다간, 금세 몸이 비명을 지르고 말리라.

찾는 식물에 대해서는 미리 그림과 함께 설명을 들었고, 동물과 마물은 자연히 맞닥뜨리는 것만 기록할 뿐 먼저 찾아다니지 않을 것이다.

조금 전까지는 아무래도 '푸른 유성'이 선두를 맡았지만, 이번에는 횡대여서 모든 인원이 직접 앞에 있는 풀과 나뭇가지를 헤치며 나아가야 했기 때문에, 땅을 샅샅이 훑기 어려워 진행 속도가 뚝 떨어졌다.

하지만 인간이 들어온 적 없는 곳에 길이 나 있을 리도 없었고, 이번에는 조사가 목적이어서 이동 거리는 중요하지 않았기에 천천히 여유를 가지고, 찾는 것들을 놓치지 않도록 조심하면서 걸으면 되었다.

"레나 씨, 1시, 2m!"
"……아, 있다. 에이트루 씨, 여기!"

목표물을 발견하더라도 멋대로 채취하지 않는다. 서식 장소, 햇빛을 받는 정도, 같이 서식하는 다른 식물 등 모든 것을 기록하지 않으면 의미가 없었고, 채취할지 그대로 둘지 판단할 필요도 있었다. 이는 물론 고용주가 맡았다.

"폴린 씨, 1시 반, 1.5m!"

"찾았습니다. 샤라릴 씨, 여기예요!"

"메비스 씨, 12시, 2.3m!"
"발견! 3호 목표네."

마일이 모두와 함께 정한 '자신이 본 방향을 12로 나누어 부르는 방법' 그리고 거리로 지시하는 방법을 통해 점점 목적 식물을 발견하기 시작한 '붉은 맹세' 멤버.
"……굉장해. 평소 같으면 절반 이상을 그대로 놓치고 지나가는데, 저런 식이면 거의 빼놓지 않을 것 같아……. 이렇게 되면 빠트린 몫의 계산 보정치를 바꿔야 해."
에이트루의 말에 고개를 끄덕인 샤라릴. 그리고 그 말을 들은 '푸른 유성'의 그래프가 소리쳤다.
"그게 아니잖아! 이상하다고! 저 녀석들이 각자 찾은 거면 그나마 이해하겠어. 눈이 좋다던가, 소재 채취를 많이 해봤다던가! 하지만 마일이 어째서 멀리 있는 것까지 전부 찾아내서 지시를 내릴 수 있는 거냐고! 눈이 아무리 좋은들 풀이랑 나무가 시야를 가려서 보일 리가 없을 텐데!"
하지만 고용주인 두 엘프는 그래프를 아예 무시했다. 물론 '붉은 맹세' 멤버들도.
"뭐라고 말 좀 해!"
자신들은 하나도 못 찾겠는데 '붉은 맹세'가 계속 발견하는 게 마음에 안 들었는지 그래프가 버럭 화를 냈지만, '붉은 맹세'가 대응하기 전에 에이트루가 나섰다.

"……헌터는 서로의 특기와 능력을 캐묻지 않는다는 규칙이 있을 텐데?"

"윽……."

명문화되지는 않았지만 이 암묵적인 규칙을 깨는 헌터는 없었다.

만약 깬다면 그건 '너를 이용해서 내가 이득을 취하겠다'라고 선언하는 것이나 마찬가지로, 상대가 검을 뽑아도 할 말 없는 행위였다. 그래서 그 말에는 아무리 '푸른 유성'이라도 더 말할 수 없었다.

그리고 옆에서 지켜보고 있던 마일 일행은 그저 가볍게 어깨를 으쓱해 보일 뿐이었다…….

'……어라?'

잠시 후 마일은 어떤 사실을 알아차렸다.

"저기~, 에이트루 씨. 2호 목표인 리이렌초 말인데요, 좀 이상한 점이 있어요……."

물론 마일은 탐색마법을 써서 대상을 찾고 있었다. 그리고 그 탐색마법은 처음 탐색마법을 썼을 때 비해 크게 진보한 상태였다.

먼저 최초 1세대는 음성 유도식인 '자동차 네비냐!' 방식.

그리고 고작 수십 초 만에 끝난 1세대 대신, 제2세대는 PPI스코프(Plan Position Indicator scope) 방식. 전쟁 영화나 만화에서 흔히 보는, 레이더 화면에서 녹색 빛 막대가 360도로 뱅글뱅글 도는 그것이었다.

그리고 지금 마일이 쓰는 제3세대 탐색마법은 기준점에서 주변을 향해 마력파를 쏘아 목표물을 탐지하는 방식이다. 그렇다, 액티브 소나 방식이었다. 그리고 탐지한 것은 분석 정보가 화살표나 원, 삼각형 등 도형으로 표시되고 분석 데이터가 문자로 나타난다. 그것이 망막 투영으로 시야에 AR처럼 표시되는 것이다.

물론 이번 의뢰용으로 커스터마이즈(설정 조정)해서 평소 표시 버튼과 함께 지정 목표는 붉은색 점멸로 강조 표시해두었다. 식물도, 동물도, 광물도…….

"어라, 그게 뭐지?"

특수한 마법약에 쓰이는 리이렌초는 인간이 재배하려고 해도 좀처럼 쉽지 않았다. 잘 시들었고, 어쩌다 겨우 키워내는 데 성공해도 약효가 떨어지고 작은 것밖에 되지 않았다.

포션의 원료에 쓰일 만큼 대량으로 필요한 것도 아니라서 별로 진지하게 연구하는 사람은 없었고 이따금 필요할 때에는 늘 품귀 상태여서 구하지 못하거나 비싼 탓에, 연구자를 괴롭게 하는 약초였다. 이번에 마일 때문에 그것을 벌써 다섯 뿌리나 찾아 에이트루와 샤라릴은 신나게 그 약초를 채취했다.

하지만 일단은 많은 연구자가 재배하려고 시도한 약초다. 약초학적인 면에서는 아마추어 소녀가 리이렌초 몇 뿌리를 찾았다고 해서, 뭔가를 발견할 수 있다고 생각하지 않는다.

그래도 모처럼 헌터 소녀가 적극적으로 도와주려고 하고 있으니 동기부여를 높이기 위해서라도 지금은 무시하지 않고 의견을 잘 들어주는 것이야말로 좋은 고용주의 도리다. 에이트루는 그렇게 생각했다.

"리이렌초가 서식하는 곳 옆에는 항상 타피나 나무가 있고……."

그 정도는 조금만 공부한 사람이라면 다들 알 수 있다. 하지만 단시간에 몇 번 봤다고 그 사실을 알아차렸다는 것은 상당한 재능이었다. 그렇게 여긴 에이트루와 샤라릴이 활짝 웃었는데.

"……요츠메초(草)가 근처에 있고, 구리 광석이 있죠?"

""엥…….""

깜짝 놀라는 에이트루와 샤라릴.

지금까지 리이렌초를 재배하기 위해 다양한 방법을 시도했다. 물론 타피나 나무 주변에 심는 것에서부터 온갖 흙과 비료, 약품과 강화마법에 이르기까지. 그런 식으로 리이렌초를 사람 손으로 재배하는 것에 도전해왔는데…….

그중에 타피나 나무 말고 다른 작은 식물을 함께 심고 특정 금속이 포함된 광물을 옆에 두는 조합을 시도해 본 자가 있었던가?

……아니, 둘 다 그러한 이야기는 들어보지 못했다.

어쩌면 다른 식물과 같이 심는다든지, 광물을 깬 입자들을 흙에 섞는 방법을 시도한 자는 있었을지 모르겠지만, 적어도 방금 마일이 말한 것을 조합했다거나 그렇게 해서 어떠한 성과를 얻었다는 이야기는 듣지 못했다.

"……어, 어째서 그렇게 생각했지?"

조금 동요하면서 마일에게 묻는 에이트루.

타피나 나무와 요츠메초는 그렇다고 쳐도 아연이 함유된 광물 따위, 땅에 묻혀 있는 것은 물론이고 노출된 것이라도 흙과 이끼에 뒤덮여 있거나 풀 속에 가려져 있는 등 눈으로 쉽게 확인할 수 없는 상태였다. 그리고 만약 광물을 눈으로 확인한다고 하더라도 그게 아연을 함유한 광석인지 아닌지, 문외한 소녀가 구별해낼 리 없었다.

일반적인 동광석은 황동광으로 구리 함유 비율은 200분의 1 수준. 초보가 대충 보고 '아, 구리광이다' 하고 생각할 수 있을 만한 외관이 아니다.

그런데 마일은 에이트루의 질문에 태연하게 대답했다.

"네? 아니, 탐색마법에 그렇게 표시되어 있어서요……."

""뭐어어어어엇?!""

모두 걸음을 멈춰서 무슨 일인가 싶어 다가온 '푸른 유성' 다섯 멤버들도 입을 쩍 벌렸다.

모두가 아는 '탐색마법'이란 결코 그런 것이 아니었다.

그렇다, '붉은 맹세' 이외의 사람들에게는…….

"그, 그, 『탐색마법』이라는 건……."

물론 에이트루와 샤라릴도 탐색마법 정도는 잘 알고 있었다.

하지만 마일이 지금 말한 내용을 이해하지는 못했다.

그건, 뭔가가 다르다.

"……탐색마법인데."

"헌터의 특기와 능력을 캐묻지 말아 주세요."

마일에게 맡기면 무슨 소릴 할지 모른다. 그렇게 여긴 레나와 폴린이 옆에서 끼어들자 아무 말도 못 하는 에이트루와 샤라릴.

자신들도 처음 만난 사람에게 '지금까지의 연구 성과를 전부 가르쳐 달라' 같은 소리를 들으면 순순히 따르지 않을 것이다. 그렇게 생각하면 헌터가 자기 밥줄이자 생명줄인 능력을 술술 털어놓을 리 없었다.

"""…………."""

"저기, 이 탐색마법을 쓰는 방법은 말이죠……."

물컹!

"뭘, 다 말하려는 거얏?! 나랑 폴린이 하는 말을 어디로 들었어?!"

레나에게 양 볼을 꼬집힌 마일.

마일에게 이 정도 탐색마법쯤은 딱히 밥줄도 생명줄도, 아무것도 아니었다. 전혀.

공격마법도 아니고 모두에게 도움이 된다면 별로 감출 일도 아니라고 생각했는데, 그런 것을 공표했다간 일이 엄청나게 커질 것은 자명했다. 마일 본인도, 그리고 이 세상도…….

"마일, 세상의 상식이라는 걸 좀……."

"마일, 『헌터는 바보니까 집요하게 캐물으면 비술이든 비전이든 전부 털어놓는다』 같은 소문이라도 퍼지면 다른 헌터 분들에게 민폐 아닐까?"

"아……."

아무래도 메비스의 추상적인 말보다 폴린의 구체적 예시가 더 왜 닿았는지 이해한 듯한 마일.

마일은 아무래도 '탐색마법은 공격마법이 아니니까 살인이나 전투에 쓰일 염려가 없다'며 너무 쉽게 생각했던 모양인데, 쓰기에 따라서는 전쟁의 판세를 확 뒤집어놓을 만큼의 힘을 숨긴, 엄청난 마법이었다.

그리고 마일식 탐색마법의 비밀을 듣지 못한 두 고용주는 포기할 수 없다는 눈빛으로 마일을 뚫어지게 쳐다보았다.

*　*

"리이렌초, 있어요!"

식물 몇 종류를 더 채취한 후 마일이 또 리이렌초를 발견했다.

그리고 에이트루와 샤라릴이 주변을 확인하니, 과연 바로 옆에 타피나 대목이 있었고 요츠메초가 같이 나 있었다.

"……구리 광석은?"

"이거예요."

에이트루에게 그렇게 대답하고 근처에 있는 바위를 손가락으로 가리킨 마일.

"""…………."""

그것은 겉으로만 봐서는 구리 광석인지 뭔지 절대 알 수 없는 상태였다. 그리고 아무리 연구자라고는 하나 에이트루와 샤라릴의 전공은 동식물이지 광물 전문가는 아니었다. 그것이 정말 구리 광석인지 아닌지 알 방법이 없었다.

"……가지고 돌아갈 거예요?"

"아, 아아, 부탁해."

그렇게 대답해서 마일은 아이템 박스에 수납했다. ……그 바윗덩어리를.

"""헉?"""

"헉?"

"""허억?"""

""""허어어어억?""""

에이트루는 마일이 '이 리이렌초를 채취할지, 아니면 이 근방의 것을 몽땅 채취하지는 말고 그대로 둘지' 물어본 줄 알고 채취하라고 대답한 것이었다. 그런데 마일은 두 사람이 이 바위가 구리 광석인지 아닌지 알 수 없어 곤란해하고 있다는 생각에 '나중에 분석하기 위해 이 바위를 가지고 갈지 어쩔지' 물었던 것이었다.

지상에 노출된 것은 기껏해야 2~3㎥ 정도였는데, 그 바위가 사라진 후에는 거대한 구멍이 나 있었다. 바위의 대부분이 땅속에 묻혀 있었던 모양이었다.

""""""""""""…………."""""""""""""

그대로 굳어버린 고용주와 '푸른 유성'.

그리고 아~, 하는 표정으로, 이제 될 대로 되라는 식의 표정인 레나 삼인방이었다…….

'만약에. 만약에 정말로 타피나 나무에다가 요츠메초와 구리 광석이 리이렌초 재배의 열쇠라면……. 연구와 실험, 추시(追試), 검증과 그 증명, 논문 발표까지 몇 년은 족히 걸리지만 그래도, 만약 그게 정말이라면. 성공하면 강사와 준교수 자리……, 아니, 교

수 자리도 꿈이 아니야……. 아아아, 이 무슨 기회, 이 무슨 행운!'

'하지만…….'

((마일의 탐색마법과 엄청난 용량의 수납마법에 대한 비밀에 비하면 전혀 흥미가 일지 않는다고오오오!!))

역시 이 두 엘프는 크레레이아 박사와 같은 부류였다.

"아, 잠시 사냥 좀 하고 와도 될까요?"

"응? 으, 으음, 슬슬 쉬어도 될 것 같으니까……."

"아, 굳이 쉴 필요는 없어요. 여러분은 이대로 계속 조사하시면 됩니다."

마일은 에이트루의 허락을 구하고 10시 방향으로 모습을 감추었다.

그리고 몇 분도 채 되지 않아 돌아왔다.

빈손이었지만 그것을 이상하게 여기는 사람은 없었다. 그리고 그 지나치게 빠른 귀환도.

""""""아아, 수납마법인가……. 그리고 탐색마법이네.""""""

거의 '마일'이라는 생물에 익숙해진 것이다.

그저, 그것뿐이었다.

* *

그리고 야영.

"에이트루 씨, 샤라릴 씨, 같이 먹어요!"

마일의 권유에 따라 '붉은 맹세'가 설치한 간이 아궁이로 찾아온 두 고용주.

"근무 시간 중에 잡은 사냥감이니까 고용주인 두 분도 드실 권리가 있어요!"

마일의 평소와 같은 설명에 그것도 그런가 하고 받아들인 두 엘프는 사양하지 않고 함께 먹기로 했다.

그리고 마일이 수납에서 꺼낸 사슴고기를 메비스가 대충 해체한 다음, 폴린이 썰어 불에 올리고 구웠다.

""맛있어!""

미국인이 소고기보다 더 좋아한다는 사슴고기이다. 그리고 이 세계에서 사슴, 멧돼지, 소 등의 고기를 언제든지 먹을 수 있는 것은 부자들뿐이었다. 서민이 일상적으로 먹을 수 있는 고기는 마물밖에 없었다. 특히 사슴고기는 크게 축하할 일이라도 없는 이상, 일반 서민은 엄두도 낼 수 없는 종류였다.

'붉은 맹세'가 비교적 자주 그런 고기를 먹는 것은 '마일이 있어서'였지, 일반 헌터는 설령 사슴을 잡더라도 먹지 않고 전부 팔았다. 잡은 현장에서 미처 다 가져갈 수 없어 남은 몫과 내장을 먹는 것은 별개로 하고.

""""""""…………""""""""

그리고 그 모습을 한스러운 듯 바라보는 다섯 쌍의 눈.

"……왠지, 먹기 좀 민망하네. 저 사람들도 조금 나눠주는 게 어떨까?”

“근무 중에 잡은 거니까 고용주인 두 분이 그렇게 말씀하신다면. 그 몫은 고용주가 주는 특별 지급품이 되는 셈이니 문제는 없어요.”

‘푸른 유성’의 시선을 견디다 못한 에이트루의 부탁을 들어주는 마일.

“고마워어!”

“미, 미안하다…….”

아무래도 ‘푸른 유성’ 멤버들도 조금이나마 분수를 알게 된 듯했다.

“아파라파!”

쿵!

마일의 이상한 주문과 함께 출현한 대형 텐트.

“““““““…………..”””””””

이제 놀랍지도 않다.

그런, 포기한 듯 흐리멍덩한 눈빛을 한 일곱 명이었다.

“저기, 두 분도 텐트 안으로 들어오세요.”

고용주는 안전을 생각해서 세 명 이상의 여성 헌터를 지정했다. 그런데 여기서 ‘붉은 맹세’만 텐트에 들어가고 고용주인 여성 둘을 남자 다섯 명, 그것도 별로 신뢰가 가지 않는 녀석들과 함께 밖에 두는 것은, 자신들에게 주어진 임무를 저버리는 것이나 마찬가지였다.

지금은 여성 전원이 텐트에 들어가는 수밖에 없다. '붉은 맹세'가 그렇게 생각하는 것은 당연했다.

그리고 텐트 안으로 들어온 에이트루와 샤라릴은 보고야 말았다.

"침대……."

"서랍장……."

""테이블 세트…….""

더는 아무 생각도 하고 싶지 않다.

두 사람의 눈이 그렇게 말하고 있었다.

* *

조식은 딱딱한 빵과 육포로 간단히 마쳤다. 수프는 맛없는 '고형 수프'가 아니라 채소와 고기 조각을 썰어 넣고 정식으로 끓였다.

이것도 헌터의 야외 조식치고는 화려한 수준이었다. 보통은 출발 준비로 정신없는 아침에 느긋하게 물을 끓이고 수프를 끓일 여유 따위 없는데, '붉은 맹세'는 물을 끓이는 마법 구사자가 세 명이나 있기에 가능한 사치였다.

그 후 재빨리 잠자리를 정리하고 조사에 들어갔다. 어제와 마찬가지로 의뢰주가 이것저것 기록하고, 발견한 조사 대상물을 알아보고, 어떤 것은 채취하고 또 어떤 것은 그대로 두고 떠났다. 그렇게 슬슬 점심시간이 다가왔을 때.

"정지! 여러분, 빨리 모이세요!"

마일이 조금 당황한 듯, 그래도 작은 목소리로 모두에게 지시했다.

그 말을 들은 '붉은 맹세' 멤버들은 당연하고 의뢰주 두 명과 '푸른 유성' 멤버들까지 서둘러 마일에게 달려갔다. 물론 마일이 당황했으면서도 조용히 지시했으니 다른 사람들도 눈치채고 큰 소리가 나지 않도록 조심했다.

"오크 17마리, 급속 접근 중! 이미 이쪽을 알아챘습니다. 죄송해요, 탐색마법을 채취용으로 쓴다고 색적 렌즈(거리)를 짧게 설정해서 늦게 알아채고 말았습니다!"

마일이 사과했지만, 미리 알아차리고 기습 공격을 막은 것만으로도 큰 공훈이었다. ……세상 상식으로는 말이다.

"큰일 났네, 수가 너무 많아! 기습이라면 모를까, 한 번에 상대할 수 있는 숫자는 많아야 네다섯 마리다. 적을 분산시켜서 각개격파할 수 있으면 문제는 없지만, 일제히 오면 그쪽을 원호하거나 고용주를 직접 호위하는 것까지 다하기 어려워. 레나와 폴린은 고용주에게 붙어서 고정 포대, 전위 둘은 마술사와 고용주를 지켜! 마법 공격은 적의 분단을 주목적으로 하고, 뛰어다니는 우리가 한 번에 싸우는 상대가 네다섯 마리 이하가 되도록 해줘! 한 발의 위력보다 횟수 우선이다! 여유가 있으면 범위 공격으로 적을 약화해! 그리고 또 여유가 있으면 단체 공격으로 적을 해치워라!"

처음 짠 파티가 갑자기 공동 전선을 펼칠 수는 없다. 역할 분담을 해서 따로 싸우는 것이 가장 나았다. 그리고 제일 중요한 것은 고용주의 안전 확보, 두 번째로 중요한 것은 마술사 보호와 마술사를 유효하게 활용하는 것이다. 이 둘을 한곳에 모으면 보호하는 쪽이 훨씬 수월하다.

개중에는 자신들의 안전을 최우선으로 하는 헌터도 있는 반면, 그래프의 지시는 의뢰 임무를 우선으로 한 성실한 내용이었다.

파티 인원수, C등급이 되고 난 후로 쌓은 경험 등을 기준으로, 이번 종합 지휘관은 당연히 '푸른 유성'의 리더 그래프가 맡았다. 사전 대책 회의 때의 모습을 보고 그래프의 전투 지휘는 특별히 문제가 없다고 판단해서 그렇게 받아들인 '붉은 맹세'였는데, 지금까지 보인 행동과는 전혀 딴판인 그래프의 유능함에 깜짝 놀랐다.

"기동방어……."

그리고 왠지 마일이 감동하고 있었다.

"뭐, 오크 정도는 별거 아니잖아. 우리가 달려가서 뚝딱……."

"아니, 지금은 호위 지시관의 지시에 따라야지."

레나의 태평한 말을 메비스가 뚝 잘랐다.

"이번에는 두 파티의 공동 수주고 호위 지휘관은 그래프 님이야. 그리고 평소 태도와 어울리지 않게, 그래프 님의 지휘는 빈틈없어. 여기서 우리가 멋대로 행동해서 혼란을 초래하는 건 좋은 방책이 아니야. 그리고 우리는 『남이 하라는 대로 움직이는 법』도 배워야 하지 않을까?"

"윽……."

그 말이 옳았다. 천하의 레나도 '붉은 맹세'에서 가장 헌터 경력이 긴 사람으로서 그 말을 부정할 수 없었다.

……다만, 말은 그랬지만 두 사람 다 '순진하게 지시에만 따라

서『푸른 유성』이 위험에 빠져도 자리를 벗어나지 않는' 행동을 할 생각은 추호도 없었다. 물론 마일과 폴린도.

그래프의 지휘 아래에 모두의 힘을 최대한 발휘하려고 노력하고, 만약에 고용주와 호위 동료가 위험한 상태에 빠지면 즉시 독단 진행 모드로 바꿀 계획이었다.

"와요!"

마일이 경고한 직후, 나무 사이로 오크 무리가 등장했다.

지능이 별로 발달하지 않아 모두 모여서 일제히 덤비자는 생각이 없는 것인지, 아니면 과반수가 '암컷'인 연약한 인간에게는 그런 배려조차 필요 없다고 생각한 것인지, 오크들은 달리는 속도 차이에 따라 앞뒤로 무리가 흩어진 상태였다. '푸른 유성' 입장에서는 대환영이었다.

"어스 니들!"

"아이스 니들!"

이미 속으로 영창을 마친 레나와 폴린이 니들 마법을 발동했다.

이름은 비슷하지만 전자는 흙을 굳힌 것이고 후자는 얼음으로 된 것으로, 마법 속성으로 볼 때 전혀 다른 마법이었다. 숲속에서는 특기인 불마법을 쓸 수 없는 레나는 흙마법을 쓸 수밖에 없었다.

그러한 범위 마법은 포물선을 그리며 선두 오크 몇 마리를 넘어 그 뒤에 있는 오크들에게 쏟아져 내렸다.

니들계 공격마법은 일격필살 같은 위력은 없지만 쏟아지는 마법공격에 얼굴을 보호하기 위해 오크들이 걸음을 멈추므로 선두와의 거리를 벌릴 수 있다. '푸른 유성'의 요청에 의한 것이었다.

"어스 네일!"
마술사 마레이웬은 오크 선두 집단을 향해 흙마법 '어스 네일(흙못)'을 쏘았다.
탄 수와 공격 범위는 니들계에 뒤처지지만, 위력이 더 강하다. 물론 이것도 오크를 쓰러트릴 만큼의 위력은 아니지만, 적의 기세를 멈추게 하고 적의 전투력을 깎아 전위에게 큰 도움이 된다.
10의 전투 능력을 갖춘 전위 세 사람이 상대할 때 8의 전투 능력을 갖춘 적 세 마리보다 5의 전투 능력을 갖춘 적 다섯 마리 쪽이 더 안전하게 쓰러트릴 수 있다. 그래서 지금은 어스 재블린 같은 단발 공격마법이 아니라, 위력은 약해도 광범위 마법으로 적 전체의 전투력을 깎는 것이 정답이었다.
전위 세 사람이 확실하게 적을 막아주리라 굳게 믿었기에 후위는 직접적인 공격을 할 수 없어도 불안할 이유가 없었다.
그리고 중위인 케스버트는 재빨리 화살을 쏜 후 단검을 뽑아 전위에 합류했다. 활은 '여신의 종'의 궁사처럼 근처에 던지지 않고, 등에 멨다.
……아마 이 상황에서 던지면 밟혀서 부러질지도 모른다고 생각했기 때문이리라.
그러나 싸우기 전 타격을 입어서 전투력이 떨어진 오크 2진이 생각보다 빨리 달려들었다. 아직 1진을 미처 다 쓰러트리지 못한 '푸른 유성'이 위험하다고 생각한 순간.
"어스 재블린!"
"아이시클 랜스!"

두 개의 공격마법이 날아와 오크 두 마리를 찔렀다.

마법사와 거리가 멀고 이미 '푸른 유성'과 오크의 거리가 가까웠기 때문에 오발을 염려하여 범위 공격마법은 쓰지 않은 것이리라. 그리고 그 단체 공격마법을 쓴 사람은 레나와 폴린이 아니었다.

……그렇다, 엘프는 인간보다 마법 능력이 뛰어나고, 딱히 고용주가 전투에 참여하지 않을 이유도 없었다.

"마일, 여기를 부탁해도 될까?"

갑자기 메비스가 마일에게 그렇게 말했다.

이곳에는 레나와 폴린, 그리고 공격마법을 쓰는 엘프 둘에 마법과 검을 쓸 수 있고 튼튼한 배리어를 칠 수 있는 마일이 있다. 그러니 의뢰주와 레나 일행이 위험에 빠질 일은 없으리라.

그래서 메비스는 '푸른 유성'을 도울 생각이었다.

이대로라면 가만히 서 있다가 전투가 끝날 것 같다고 생각하니 참을 수 없었던 모양이다. 그리고 '푸른 유성'은 절대 약하지 않지만, 오크 수가 너무 많아서 혼전이 이어지고 있었으며, 거리가 너무 벌어져 마법 지원이 어려워지면 조금 위험하다고 생각하기도 했다.

"네, 여차하면 배리어를 칠 거니까 괜찮아요!"

지금은 공격마법을 써야 해서 배리어를 치지 않았지만, 마일이면 배리어 따위는 한순간에 칠 수 있다. 그래서 메비스와 마찬가지로 '푸른 유성'을 걱정한 마일은 두말하지 않고 메비스의 부탁을 들어주었다.

"저도 돕겠습니다!"

"오오, 그럼 고맙지!"

메비스의 참가는 그래프의 지시를 무시하는 형태였지만, 전투는 종잡을 수 없고 저쪽은 나머지 멤버로 충분하다고 판단했을 터이며, 솔직히 말해서 이대로라면 버티기 어려울 것 같았다. 그리고 메비스의 참전은 길드 해체장에서 시연을 본 '푸른 유성'에게 든든한 전력으로 느껴졌다.

그리고 메비스는 그 기대를 배신하지 않았다.

"진 신속검!"

메비스의 검이 하나둘 오크를 갈랐다.

"""""""……가, 강해!"""""""

'푸른 유성'이 경악해서 소리 지르는 중에도 메비스는 계속해서 검을 휘둘렀다.

공격마법과 '푸른 유성'의 노력으로 수가 확 줄어든 오크.

상대는 오거보다 훨씬 약한 오크.

저번에는 오거는 물론이고 그 위인 하이퍼 오거 무리를 상대로 상처 없이 끝냈다. 오크 20마리, 30마리 쯤, 대수롭지 않다.

몇몇 오크가 의뢰주와 레나 쪽으로 달려갔지만, 마일이 있어서 아무 걱정도 없었다. 아마 레나 아니면 다른 누군가가 공격마법을 쓸 테니, 마일이 나설 것까지도 없겠지. 마일과 폴린은 그렇다고 치고, 레나는 자기가 나설 기회가 오지 않으면 나중에 몹시 언짢아하니까, 딱 좋다.

오크 몇 마리 정도, '마이크로스'를 먹을 필요도 없다. 기력을 다듬은 '진 신속검'만으로 충분하다.

적과 아군이 한데 뒤섞인 상태에서는 공격마법 지원이 어렵지만, 이 정도 적이라면 상관없었다. '푸른 유성' 멤버들이 다치지 않도록 서포트해주자…….

그렇게 생각하고 오래간만에 생긴 활약의 장에 다소 설렌 메비스.

그리고 마일 일행도 메비스가 오크 따위에게 당할 거라고는 생각하지 않아서 자신들을 향해 오는 몇 마리 오크에 주의를 집중했다. 그런데…….

"크헉!"

메비스가 오크의 일격을 받고 움직임을 멈췄다.

방심했는지, 아니면 사각지대에서 들어온 불시의 공격이었는지, 뒤에서 오른쪽 옆구리로 들어온 일격은 메비스의 늑골을 뚝 부러트린 게 분명해 보였다.

부러진 늑골이 내장을 찔렀는지 어떤지 알 수 없지만 메비스의 발이 멈추었고, 혼전의 전쟁터에서 움직임을 멈추었다는 것은 확실한 '죽음'을 의미했다.

약한 놈부터 쓰러트린다. 그것이 싸움의 철칙이었고, 지능 낮은 오크도 그 정도는 알고 있었다.

그리고 마일 일행이 이변을 알아차리지 못하는 동안, 오크 여러 마리의 공격이 메비스에게 집중되었다.

'죽겠다!'

메비스는 반사적으로 '기'의 힘을 써서 몸을 강화했지만, 그 정도로는 어떻게 할 수가 없었다.

메비스의 머릿속에, 과거의 추억들이 주마등처럼 놀라운 속도로 흘러 지나갔다.

부모님과의 대화. 아직 어렸을 무렵, 세 오빠와 검 훈련 흉내를 냈던 일. 오빠의 기사 서임식을 보고 자신도 기사가 되기로 맹세했던, 그날들.

그리고 헌터 양성 학교에서 만난 세 동료들.

꿈도 이루지 못하고, 가족들에게 은혜를 갚지도 못하고, 동료들을 남겨둔 채 이런 데서 오크 따위의 손에 죽다니.

어째서?

적을 오크 '따위'라고 얕봤기 때문에.

'마이크로스'와 기력, 그리고 특제 검 덕분에 조금 강해진 것일 뿐인데, 자신의 능력을 과신해서 우쭐댔기 때문에.

동료와의 연대를 생각하지 않고 혼자 멋대로 싸우려고 했기 때문에.

오랜 시간 생각한 것 같지만 실제로는 찰나의 순간이었다.

그러면 시간이 길게 늘어진 것만 같은 자신의 체감 시간을 이용해 오크의 공격을 피하면 되지 않을까, 하고 생각했지만 실제로 엄청나게 가속된 것은 뇌 속에서 흐르는 기억의 영상들뿐, 다른 사고와 몸이 고속화된 것은 아니었는지, 그 꿈은 이루어지지 못했다.

'죄송해요, 아버님, 어머님, 오빠들. 그리고, 모두들…….'

푸욱!

뿌직! 뚝! 빠지직! 으드득!

살이 눌려지고, 뼈가 으스러지고, 살점이 찢어지는 소리가 이어졌다.

……메비스의 주위에서.

"어……."

멍한 메비스의 눈에 비친 것은 자신과 오크 사이에 끼어들어 오크들의 공격을 몸으로 받으면서 그중 한 마리의 배에 쇼트 소드를 찔러 넣는 검사 래틀. 그리고 측면에서 전력을 다해 대검으로 오크들을 때리는 그래프. 숨골에 가는 검을 박는 카락. 단검을 있는 힘껏 휘두르며 오크의 숨통을 끊는 케스버트. 그리고 마침내 영창을 끝내 공격마법을 쏘는 마레이웬이었다.

모두 자기 몸을 지키기보다 메비스에게 달려드는 오크들을 공격하는 것을 우선하는 바람에 그때까지 상대했던 오크들의 공격을 받아 상처를 입었지만, 알고 받는 공격이어서 치명상을 입지는 않았기에 전투를 계속하는 데에는 지장이 없었다.

통증 따위, 신체의 이상을 알리기 위한 신호에 지나지 않는다. '아아, 그건 이미 아니까!' 하고 무시하면 그만이다. 한창 싸움 중인 전사들에게 싸움의 발목을 잡을 뿐인 '알림 서비스' 따위는 필요 없다.

"우오오오오오!"

"얕보지 마라아아아아!"

"빌어먹을 놈들이이이이!"

래틀은 오크와 지나치게 가까운 데다가, 또 무리해서 오크와 메비스 사이에 끼어드는 바람에 자세도 나빠서 검을 휘두를 수 없었다. 그래서 오크의 몸에서 검을 뽑은 후 손잡이로 오크의 눈을 때리고 목에 닿은 칼날을 억지로 밀어 박아 넣었다.

아무리 일본도처럼 칼날이 예리한 검이 아니어서 밀고 때리는 것이 주목적이라고 해도 완전히 들지 않는 것은 아니다.

그리고 다른 사람들도 검을 휘둘러서 메비스를 둘러쌌던 오크를 쓰러트리거나 밀어냈다.

"마일!"

"갑니다!"

이제야 겨우 상황을 알아차린 레나 일행이 바로 반응했다.

적과 아군이 섞여 있어서, 멀리 떨어진 장소에서 마법 공격은 할 수 없었다. 그래서 마일이 전속력으로 메비스를 향해 달려갔다.

"어스 재블린!"

"아이스 스피어!"

레나와 폴린이 보류해두었던 단체 공격마법으로 마일 앞의 오크들을 치웠다. 마일에게는 큰 장애물이 아니었지만 검을 휘두르면 그만큼 속도가 떨어지기에 그것을 피하기 위함이었다.

"아이스 니들!"

"아이스 애로우!"

그리고 에이트루와 샤라릴이 또 공격마법을 두 발 쏘았다.

사선에 오크가 정리된 것을 확인하고, 폴린이 마일의 뒤를 따랐다. 마일이 간 이상, 이제 필요한 것은 공격마법을 잘 쓰는 레나가 아닌, 치유마법이 특기인 폴린 쪽이었다.

의뢰주를 방치할 수는 없기에 공격력이 강한 레나가 남아 이곳을 사수할 필요가 있었다.

……아마, 더는 이쪽으로 올 오크가 남아 있지 않겠지만, 그래도 만일의 사태에 대비해야 했다. 이것은 의뢰 임무이고, 의뢰주의 목숨이 걸린 문제니까.

"젠장, 추태를…… 아니, 그런 건 아무래도 좋아! 나 때문에 『푸른 유성』 분들에게 무슨 일이라도 생기면……!"

일시적으로 메비스와 오크 사이에 거리가 생겼다.

그리고 메비스는 그 기회를 놓치지 않고 주머니에서 꺼낸 용기 셋의 뚜껑을 열고 단숨에 전부 삼켰다.

"일단 통증만 안 느끼게 해줘! 고치는 건 나중에 해도 돼. 부탁이야, 마이크로스으으!"

일어선 메비스가 오크를 필사적으로 막고 있는 '푸른 유성' 사이에 파고 들어가 검을 휘둘렀다.

"엑스트라(EX) 진 신속검!"

슈욱!

푹!

휘익!

"헉? 움직일 수 있어?"

"다친 덴?"

슈웅!

퍼어억!

쿠웅!

“““““““가, 강하다…….”””””””

메비스의 ‘EX 진 신속검’을 초근접 거리에서 보고 경악한 ‘푸른 유성’ 멤버들.

하지만 놀랐다고 해서 움직임을 멈추지는 않았다. 과연 그런 아마추어는 아니다.

그리고 수가 상당히 줄어든 오크들은 메비스의 연속 공격으로 이미 지금까지의 전투에서 큰 타격을 받은 몇 마리만 남았다. ‘푸른 유성’이 그들을 덮쳤다.

“메비스 씨, 구하러 왔……, 앗…….”

그리고 마일이 검을 들고 달려왔을 때, 서 있는 오크는 한 마리도 없었다.

“윽…….”

갑자기 ‘푸른 유성’ 중 한 사람이 땅에 쓰러졌다.

그렇다, 메비스를 구하려고 오크 사이에 끼어드는 바람에 오크의 공격을 수차례 받은 검사 래틀이었다.

아드레날린인가 도파민인가 아무튼 그런 물질이 막 나와서인지 지금까지는 비교적 멀쩡한 듯이 싸웠지만, 오크의 공격을 그렇게 받았으니, 아무리 방어구를 차고 있어도 인간에게 맞는 것과는 차원이 달랐다. 전투가 끝나고 위험이 사라졌다고 생각한 순간 긴장이 풀리면서 바로 반동이 찾아온 것이리라.

"어이, 래틀, 괜찮아?! 젠장, 메비스, 너 그렇게 멀쩡했으면서 치명상을 입은 것처럼 구는 바람에 래틀이……."

자신도 조금 다친 그래프가 꾸짖자, 메비스가 고개를 푹 숙이더니…….

"컥! 크헉!"

피를 엄청나게 토하며 쓰러졌다.

"""""허어어어억?!"""""

"메비스 씨!"

마일이 허둥지둥 달려와 오른손을 뻗어 메비스의 몸 위를 훑었다. 그렇다, 의료용 트라이코더(휴대용 진단장치)를 떠올리며 나노머신에게 메비스의 몸을 스캔하도록 시켰다.

"늑골 3개 분쇄골절, 부러진 늑골이 폐를 찔러 손상, 오른팔 단순 골절, 인대 손상, 왼발 아킬레스건 단열, 기타 손상 부위 다수…… 아니, 몇 갤 먹은 거예요!"

"컥, 세, 세 알……."

마일은 순간 욱했지만, 흥분을 가라앉히고 그 이야기는 나중에 하기로 했다.

속도가 느린 폴린도 벌써 도착했고, 오크가 전부 처리되었다고 판단한 레나도 고용주들을 데리고 와 있었다.

"폴린 씨, 래틀 씨를! 부상이 꽤 큰 모양이니까 골절만 아니라 내장 손상과 뇌출혈도 잘 살펴주세요. 레나 씨와 에이트루 씨, 샤라릴 씨는 다른 분들을 치료해주세요!"

"아, 알았어!"
"알았어……."
제일 많이 다친 메비스를 자신이. 그리고 다음으로 많이 다친 래틀을 폴린이. 그 외에는 타박상이나 찰과상 정도, 심하면 뼈가 한두 개 정도 부러진 정도여서 일반 치유마법이면 되었다. 나중에 혹시 모르니 마일과 폴린이 다시 확인하면 될 것이다.
엘프는 보통 치유마법에 뛰어나기 때문에 아마 레나가 담당할 사람이 제일 불운하리라.
……그래도 레나 역시 남들 이상으로 치유마법을 잘 쓰긴 하지만 말이다. '불마법만큼 잘하지 않는 정도'일 뿐이지 결코 못하는 것은 아니었다.

"미, 미안, 말이 심했어. 잊어주라……."
메비스의, 늑골을 제외한 상처 대부분이 오크의 공격 때문이 아니라 '마이크로스'의 반동에 의한 것이라는 걸 모르는 그래프는 중상을 참아가면서까지 싸운 메비스를 심하게 모욕했다고 생각하고 후회로 가득한 표정을 지었다.

"뼈를 제 위치로 이동, 파편을 맞춘 다음 접합. 힘줄을 늘려서 접합, 혈관과 신경을 복구, 근육을 복원. 응급처치로 세라믹이나 금속판이랑 볼트, 인공……, 아니, 나노 공근육 조직 사용을 허가. 자기 치유력 증강 처리, 세균 섬멸……."
주문을 외우는 마일의 뒤로 폴린이 '푸른 유성'의 래틀에게 같은 주문을 외우고 있었다. 그리고 레나와 에이트루, 샤라릴은 지극히 평범한 '이 세계의 치유마법다운 주문'을 외웠다.

"거짓말……."

"어째서 저렇게 빨리, 저렇게 깔끔하게 고치는 거야……."

에이트루와 샤라릴은 마일과 폴린의 치유마법을 보고 아연실색했다.

"부탁이니까 딴 데 정신 팔지 말고 치료에 전념해주라……."

그래프와 카락이 울면서 애원하자, 도중에 중단되었던 치유마법을 다시 허둥지둥 영창하는 에이트루와 샤라릴이었다.

*　*

"……자, 어떻게 된 일인가요!"

땅에 두 무릎을 꿇고, 마일에게 힐문당하는 메비스.

"미, 미안해. 오크를 너무 안이하게 생각해서 방심……."

"그걸 묻는 게 아니잖아요! 어째서 3알이나 먹었냐고요! 평소에는 한 알만, 정 안 되겠다 싶을 때는 2알, 그리고 그때는 많은 주의가 필요하다고 그렇게나 신신당부했는데……. 지난번『지도』를 잊어버렸나요!"

메비스가 그것을 잊을 리 없었다. 대 고룡전 후 몇 시간에 걸친 마일의 그 지옥 같은 설교는…….

"하, 하지만 나 때문에『푸른 유성』사람들에게 무슨 일이라도 생기면……."

메비스는 마일이 어쩌면 부위 결손도 원 상태로 되돌릴 수 있다는 사실은 몰랐다. 그래서 사망하거나 부상 때문에 헌터 일을 그만두게 될 가능성을 생각하면 아무리 마일과 폴린이 뛰어난 치유마법을 구사한다고 해도 그 '만에 하나'라는 가능성을 모른척할 수 없었다.

그 말을 들으니 마일도 마음이 약해졌다. 마일 본인도 '남이 자기 때문에 100엔을 손해 볼 바에야 차라리 자신이 1,000엔 손해 보는 게 낫다'고 생각하는 인간이었고, 남을 몇 분이라도 기다리게 할 가능성을 없애기 위해 수십 분 전에 미리 가서 기다리는 타입이었으니까.

하지만…….

"그, 그래도, 2알까지예요! 3알이면 신경이 잡아 뜯기는 충격을 견디지 못해서 정말로 죽을 가능성이 있단 말이에요! 그것도, 낮지 않은 확률로……."

물론 처음 마이크로스를 건넸을 때 메비스는 그 설명을 들었다. 그 후 설교 때도 정말 진저리가 날 만큼…….

하지만 '푸른 유성'의 목숨을 대신할 수는 없다. 그래서 전부 알고도 그렇게 행동한 메비스는 마일에게 필사적으로 사과했지만, 얼굴에는 자신이 범한 위험에 대한 공포와 동요, 그리고 후회의 기색 따위 조금도 실려 있지 않았다.

또 같은 상황이 온다면 똑같이 행동할 것이다.

그것이 기사였고, '메비스 폰 오스틴'이라는, 기사를 꿈꾸는 소녀였으니까.

……아무리 말해도 소용없다.

그렇게 생각한 마일이 어깨를 움츠렸다.

사실 마일 본인도 같은 상황이 펼쳐지면 같은 선택을 할 것이다. 그것을 잘 아는 만큼 더는 해줄 말이 없었다.

'이제는 메비스 씨의 자기 책임이라고 해두자…….'

그렇게 생각은 했지만, 자신이 준 약 때문에 동료가 죽는다면 도저히 못 견딜 것이다.

'실패한 건지도…….'

메비스에게 마이크로스를 준 것을 후회하는 마일이었지만, 지금 와서 빼앗을 수는 없었다.

자신이 양식 레벨링 해서 레나와 폴린을 치트화 하고 말았기에, 실력 차이로 고민하고 괴로워한 메비스. 그런 메비스가 그렇게나 기뻐했는데 그 마이크로스를 어떻게 다시 빼앗겠는가…….

그리고 애당초 마이크로스가 없었더라면 메비스나 '푸른 유성'의 누군가가 죽었을지도 모른다. 만일에 대비해 준 약이 만일에 쓰였다. 마일이 그것을 비난할 수 있을까.

'결국 전부 내 탓이야…….'

그리고 마일과 메비스의 대화를 듣고 있던 '푸른 유성' 멤버들은 안색이 나빴다.

설마 메비스가 목숨을 잃을 위험이 있는 마법약을 써가면서까지 자신들을 구하러 와주었다고는 생각지도 못했기 때문이다. 게다가 그런 마법약에 도대체 얼마만큼의 가치가 있을지, 상상조차 되지 않았다.

그때 메비스가 달려오지 않았더라면, 잠시 후 자신들의 전선은 붕괴하고 말았으리라. 그렇게 되지 않도록 도와주고, 죽을 수도 있고 구하기도 힘든 마법약까지 마시고, 평소 같으면 움직이지도 못할 치명상을 입은 몸으로 싸우고 자신들을 구해주었다.

그런 은인에게 자신들이 한 말은 '너 그렇게 멀쩡했으면서 치명상을 입은 것처럼 구는 바람에 래틀이…….'였다.

"""""""아아아아아악!"""""""

자기혐오와 엄청난 한심함, 미안함에 머리를 쥐어뜯으며 끙끙 앓는 '푸른 유성' 멤버들.

그 경이로운 탐색마법, 엄청난 용량의 수납마법에 이어서 '인체 강화 마법약'이라는 터무니없는 것을 목격하고는 그대로 굳어버린 두 엘프.

그리고 바위에 걸터앉아, 모두가 차분해지기를 느긋하게 기다리는 레나와 폴린이었다.

*　*

"미안했다! 정말로, 미안했어!"

재차 메비스에게 고개 숙여 사과하는 그래프 이하 '푸른 유성' 일동.

메비스는 천만에요, 하고 몸 둘 바를 모르겠다는 표정으로 고개를 숙였다.

메비스의 입장에서는 무모하게 달려들고 방심해서 실수를 저지른 자신을 구해주려고 제 몸을 방패막이로 삼아준 래틀을 비롯하여, 자기 몸을 지키기보다 메비스에게 달려드는 오크를 우선해서 막은 '푸른 유성'이 생명의 은인이었고, 자기 때문에 다친 사람들이었다.

서로 상대를 은인이라고 생각했기에 사죄 대결은 좀처럼 끝날 줄을 몰랐다.

"적당히 하라고! 공동 수주한 동료니까 서로 돕는 거야 당연하잖아!"

그리고 레나의 일갈에 겨우 정리되었다.

"마일, 오크를 수납해줘. 이런 데서 잡았으니 토벌 보수는 못 받지만, 고기는 소재로 좋은 값에 팔 수 있으니 수입이 꽤 좋겠어. 아,『푸른 유성』분들의 몫도 같이 넣어드려."

"네~에!"

레나의 지시에 따라 오크 사체를 차례차례 수납마법(으로 되어 있는 아이템 박스)에 넣는 마일.

"엥? 그, 그래도 돼?"

그 모습을 보고 그래프가 놀라서 물었다.

"고용주를 지키기 위해 함께 싸웠고, 몸을 던져가며 메비스를 보호해줬잖아. 성의 있는 태도를 보여주는데도 계속해서 고집부릴 만큼 어린애는 아니거든!"

흥, 하고 콧방귀 끼며 말하는 레나였지만, 쑥스러워서 그러는 것이 눈에 훤히 비쳤다. 아무래도 메비스를 구해준 것을 몹시 고마워하고 있는 듯했는데, 말로 표현하는 것이 서툴렀다.

"하하, 고맙다, 덕분에 살았어……."

레나의 마음을 대충 알겠는지 그렇게 말하며 쓴웃음 짓는 그래프.

그리고 폴린, 메비스, 마일은 속으로 중얼거렸다.

'저렇게 마음 씀씀이가 좋고 자기 몸을 방패로 삼으면서까지 다른 파티 사람을 보호해줄 정도로 기개가 있는데 어째서 처음부터 그런 태도로 나오지 않았을까. 나쁜 사람이 아니고 실력도 괜찮은데 그런 식이면, 죽을 때까지 여자한테 인기 없을 텐데…….'

하지만 이 세상에는 서투른 남자, 바보 같은 남자가 아주 많다.

자신의 장점을 어필하지 못하는 사람, 사실은 나쁜 놈인데 겉모습은 착해 보이는 사람 등 별별 사람이 다 있는 것이다. 그중에서 그들의 장점을 알아보는 여성이 나타나기를 기다리는 수밖에…… 하고 생각하다가 마일 일행은 마침내 깨달았다.

'이 사람들이 독신이라거나 여자친구가 없다고 우리 멋대로 단정지었는데, 어쩌면 유부남일 수도 있고 여자친구가 있을지도 몰라. 하지만 그런 걸 물으면 자기들한테 관심 있는 줄 알아서 일이 귀찮아질 것 같은데. 아아아, 왠지 궁금하지만 물어볼 수가 없네…….'

그리고 괴로워하는 마일과 멤버들을 의아한 표정으로 쳐다보는 레나였다…….

"저, 저기, 마일……."

"네?"

갑자기 에이트루가 말을 걸자, 마일이 어리둥절한 표정으로 대답했다.

"마일, 이 의뢰가 끝나면 우리 전속 헌터가 되어줄 생각 없어? 아, 물론 다른 세 사람도 함께, 우리 연구를 도와주기도 하고 조사에 동행을……."

마일이 자세히 보니 에이트루의 눈이 수상쩍게 빛나고 있었다.

예상하지 못한 제안에 마일이 순간 대답을 망설이고 있는데 옆에서 폴린이 끼어들었다.

"……그거, 마일한테 연구의 도움을 받으려는 게 아니고 마일『을』 연구하기 위한 도움, 인 거 맞죠?"

"""윽……."""

에이트루와 샤라릴이 입을 꾹 다물었다.

"역시……."

폴린이 두 엘프를 계속해서 추궁했다.

"아마 마일의 용량이 엄청난 수납마법을 이용하겠다든가 신기한 마법의 비밀을 캐내겠다든가, 이것저것 계획하고 있을 텐데, 그런 건 됐어요. 어차피 돈이나 명예 따위, 마일이라면 얼마든지 얻을 방법이 있겠죠. 하지만 마일은 이렇게 저희와 헌터를 하고 있어요. 왜 그런지 잘 생각해보세요. 그리고 지금까지 그런 유혹이 전혀 없었다고 생각하나요?"

"으윽……."

이해했나, 하고 폴린이 생각했을 때.

"하, 하지만 너희, 크레레이아랑 아는 사이지?! 그 녀석이 이렇게 구미 돋는 연구 대상을 놓칠 리가 없어! 달려들 게 뻔하다고!

그런 녀석한테 빼앗기느니 우리가 연구하는 게 훨씬 더 좋은 성과를……."

"맞아요! 팔자 좋게 놀면서 살려고 연구자의 가면을 쓴 그런 사악한 인간한테 넘길 바에야 차라리 이 손으로……."

""""""""""""""어허어허어허어허어허어허어허어허어허어허!!""""""""""""""

너무 위험한 발언에 '붉은 맹세' 뿐 아니라 '푸른 유성'까지도 제동을 걸었다.

"아, 아니, 이 손으로 연구를, 이라는 의미였어요, 당연히……."

""""""""""""""……………….""""""""""""""

"아, 아무튼 마일은 그런 거에 관심 없거든요!"

폴린이 그렇게 말하며 퇴짜 놓았지만 둘은 더욱 집요하게 물고 늘어졌다.

"우리는 그쪽 말고 마일에게 물었거든요! 자, 마일, 우리랑 같이 지내요! 원하면 엘프의 마법을 조금 가르쳐드릴 수도 있답니다? 인간들은 모르는, 엘프 특유의 마법이요. 마일이 이것저것 가르쳐준다면 조금 정도는 장로님들도 허락해주실 거예요…….
그래요, 특별 우호자로 엘프 마을에 초대할 수도 있을 거예요!"

"윽……."

그것은 마일에게 너무도 구미가 당기는 유혹이었다.

엘프의 마법은 둘째 치고, '엘프 마을에 초대'라는 부분이.

"우. 우우. 우우우우……."

되겠다!

그렇게 생각한 에이트루와 샤라릴이 회심의 미소를 지은 순간, 마일이 마침내 결심이 선 듯 말을 쥐어짰다.

"……매, 매니저랑 얘기하세요!"

""""""""""매니저?""""""""""

무슨 소리인지 몰라 어리둥절한 일동이었다…….

"그 이야기는 저녁 먹을 때 하는 게 어떨까? 해가 지기 전까지 조사에 전념하는 편이 좋을 것 같아서. 오크와 싸우느라 시간이 상당히 지체되었고……."

""""""""""아……."""""""""

그래프의 말을 듣고 과연 그렇다며 납득하는 '붉은 맹세'와 에이트루, 샤라릴.

"그래프 씨, 항상 그런 태도면 여자들한테 인기 있을 텐데……."

"시끄러워! 쓸데없는 오지랖이다!"

마일이 무심코 지적하자, 버럭 화내는 그래프.

이렇게 나오는 걸 보니, 역시 부인이나 여자친구는 없는 듯했다.

* *

"맛있어!"

저녁은 이번 조사 최후의 '제대로 된 식사'여서 마일이 모처럼 솜씨를 발휘해 만들었다.

내일 아침 식사는 간단하게 마치고 점심도 숲 밖에서 마차를 기다리는 사이에 뚝딱 해치울 예정이었다. 내일 저녁은 도시에 가서 먹을 수 있기에 점심은 대충 먹어도 상관없었다.

이번 저녁 식사를 특별히 신경 쓴 까닭은 몸을 던져 메비스를 보호한 '푸른 유성'에 대한 마일의 감사 표시였다.

물론 죽지 않는 이상, 마일의 치유마법이면 웬만한 부상은 다 낫는다.

하지만 여러 마리의 오크에게 얻어맞은 공포와 고통은 메비스의 몸과 마음 깊은 곳까지 새겨졌을 테고, 그게 원인이 되어 헌터 구실을 못 할 가능성도 있다.

애당초 그 정도로 동시에 공격을 받으면 메비스가 즉사할 가능성도 충분히 있었다.

아무리 강해도 그래 봐야 메비스는 가냘픈 골격에 근육밖에 없는 여성인 것이다. 그리고 방어구도 기동성을 중시한 가죽제에 중요 급소만 부분적으로 방호하게 되어 있어서, 머리는 무방비였다. 구하려고 생각하는 쪽이 무리였다.

……즉, '푸른 유성'은 말 그대로, 메비스에게는 생명의 은인이었다. 그리고 그것은 곧, '붉은 맹세'의 은인이기도 했다. 그래서 첫날 못되게 굴었던 것에 대한 사과의 의미도 담은, 마일 혼신의 실력 발휘였다.

"뭐야, 이거! 따끈따끈하고 베어 물면 감칠맛이, 쑤욱, 하고……."

"바위도마뱀 튀김이에요. 가열한 식물기름에 튀겼어요."

"이 조림, 알싸한 매운맛이……."

"에헤헤, 좀 비싼 향신료를 듬뿍 사용한, 평소 서민 음식점에서는 재료비 때문에 나오지 않을 요리죠. 저도 별로 못 만들어요, 폴린 씨가 하도 뭐라고 해서…….”
“이 독특한 요리는…….”
“『달걀로 덮은 토마토 치킨라이스』예요. 제 고향 요리로, 회심의 요리랍니다!”
“이 수프, 맛있어…….”
“수프를 대표하는, 조개가 잔뜩 들어간 미네스트로네입니다.”
“‘“…………..”’”
맛있다 맛있다를 연발하며 계속해서 더 달라고 부탁하는 ‘푸른 유성’ 멤버와 묵묵히 먹기만 하는 두 고용주. 그리고…….
“마일, 너, 우리 집 가정부로 들어올 생각, 없어?”
“누구더러어어어어어!!”

“……그런데 원래라면 어제도 이런 밥을 먹을 수 있었던 건가……. 아깝네…….”
“아니아니, 오늘은 감사의 의미도 담은 특별 서비스예요! 평소에는, 그렇지, 오크고기 스테이크랑 채소수프라든지, 아니면 멧돼지 고기 생강구이랑 버섯 수프, 같은 거예요. 그리고 채소요리 하나라거나……. 이렇게 많은 요리를 만드는 건 뭔가를 축하할 때나 신작 요리 시식회 때뿐이에요.”
그렇게 말하며 래틀의 말을 부정하는 마일.
“아, 그러고 보니…….”
마일이 뭔가 생각났는지 다시 입을 열었다.

"메비스 씨가 쓴 약에 관해서 여러분은 아무것도 묻지 않는군요. 이것저것 물어올 줄 알았는데……."

그 말에 쓴웃음 짓는 '푸른 유성' 멤버들.

"헌터의 능력이나 특기는 캐묻기 금지인 것도 물론 이유 중 하나지만, 그건 어느 곳의 비약이겠지? 그런 게 세상에 나돌지 않는다는 건 은닉되고 있기 때문일 거잖아. 그리고 어차피 실력이 엄청난 치유마술사가 아니면 못 쓰는 거겠지? 낮에 메비스의 상태도 그렇고 대신관님보다 실력 좋은 치유마술사가 둘이나 있는 것도 그렇고, 일반 헌터가 쓸 수 있는 약이 아니라는 것쯤은 알 수 있어. 아마 우리가 쓰면 바로 자멸해서 죽고 말겠지? 그런 것에 손댈 만큼 어리석지는 않아."

검사 카락의 대답에 고개를 끄덕이는 마일.

"과연 베테랑 헌터네요. 전부 다 꿰뚫어 보신 건가요……."

마일은 '푸른 유성'이 마이크로스에 흥미를 가지면 어쩌나 걱정해서 단념시키기 위해 어떻게 설명해줘야 할지 고민하고 있었는데, 마일이 설명할 필요도 없이 거의 마일이 생각한 것과 똑같은 내용을 '푸른 유성'이 먼저 말해준 것이다.

'진짜, 생각보다 더 생각 깊은 사람들이었네. 그런데도 어째서 그렇게 안타까운 언동을……. 아깝다. 꽤 좋은 사람들인데, 그래서야 여자들한테 인기를 절대 못 얻는다고요…….'

그 부분이 아무래도 안타까운 마일이었다.

"그런데 마일의 재취업에 대해서 말이야……."

"그건 됐다니까 그러네요!!"

좀처럼 단념하지 않는 에이트루와 샤라릴에게, 과연 슬슬 피로를 느끼기 시작한 마일이었다.

*　*

조식은 전날 저녁 먹고 남은 수프를 따뜻하게 데운 것과 딱딱한 빵 그리고 과일.

이래도 따뜻한 수프와 과일이 있다는 것은 호화로운 편에 속했다. 아침에는 출발 준비를 하느라 정신이 없기에 느긋하게 불을 지피는 등은 하지 않는 게 일반적이었으니까.

마술사가 있으면 손쉽지만, '푸른 유성'의 마술사 마레이웬은 마력이 별로 많은 편이 아니어서 출발 전에 쓸데없이 마법을 쓰는 것이야말로 '사치'였던 것이다.

자신들의 생명줄인 마력을, 아침에 마실 거리를 위해 소비하는 것이니 이보다 더한 사치도 별로 없으리라.

마력이 풍부한 마술사를 셋이나 보유한 '붉은 맹세'가 비정상. 그저, 그런 것뿐이었다.

"그럼 출발 지점으로 돌아갈게요. 정오 무렵에는 약속 장소에 도착하니까 간단히 식사하면서 마차를 기다리겠습니다. 루트는 올 때랑 조금 다른 코스가 될 테니, 채취물과 조사할 것들은 놓치지 않고 봐주세요. 그럼 출바알~!"

그리고 에이트루의 맥 빠진 호령에 맞추어 움직이기 시작하는 조사단 일행.

출발한 지 한 시간 정도 지났을 무렵, 마일이 몇 번째인지 모를 조사 대상 발견 보고를 했다.

"아, 샤라릴 씨, 특 A급 목표, 군생이에요!"

""허어어어억?!""

샤라릴과 에이트루가 무심코 소리쳤다.

특 A급 목표. 그것은 만약 발견했을 경우 반드시 만지지 말고 최우선으로 보고하라고 일러두었던 조사 목표였다. 즉, 초희귀종이다.

"……저, 정말이다……. 피포르시아초가 무, 무더기로 있어……."

"거짓말……."

그것은 마일 일행이 이제껏 본 적 없는 식물이었다.

때마침 개화 시기였는지, 연분홍 꽃을 단 그 식물은 겉모습도 화려했지만 물론 진정한 가치는 약초 효과였다.

"이, 이이, 이거 전부 채취해서 돌아가면, 어마어마한 돈을……."

"바보야, 무슨 소리를 하는 거야! 돈은 쓰면 끝이지만 이곳을 아카데미에서 확보해서 이대로 피포르시아초 재배지로 하면……. 잘만 하면 우리가 재배를 담당할 수 있을지도 모른다고! 그럼 발견한 공적과 함께 우리 둘 다 못해도 준교수 자리는 떼 놓은 당상! 이곳에 대해 보고하면 곧바로 아카데미가 권리를 확보해서 숲 출구까지 길을 닦고 재배 담당자랑 호위들을 위한 거주 시설을 짓고 이 근방을 개발해서……."

""""…………."""

"채취 대상 제외. 계속 갑시다."

갑자기 진지한 얼굴로 걷기 시작하는 샤라릴과 에이트루.

""""""""""""""허어어어어억!""""""""""""""

불과 조금 전까지 잔뜩 흥분해서 말하던 것은 다 뭐였다는 말인가.

'붉은 맹세'와 '푸른 유성'은 입을 쩍 벌리고 어이없어했다.

"……말했잖아. 이곳을 보고하면 길이 닦이고 건물이 세워질 거라고."

끄덕끄덕.

샤라릴의 말에 고개를 끄덕이는 사람들.

"즉, 많은 나무들이 잘려나가고 식물이 짓밟히고, 자연 속에서 아름답게 핀 피포르시아초는 인간의 손에 관리된 화단 속 꽃이 될 거라는 얘기야."

""""""""""""""아…….""""""""""""""

"의뢰 내용에 있어서, 비밀 엄수 의무 적용을 선언합니다. 의뢰 임무 수행 중에 알게 된 피포르시아초 존재에 관한 내용은 일절 언급을 금합니다. 만약 이 비밀 엄수 의무를 깼을 경우, 즉시 길드에 보고하겠어요."

헌터들은 모두 고개를 끄덕였다.

의뢰인이 모처럼 출세할 기회를 내던지고 자연을 지키고 싶다고 하니 따를 수밖에 없었다.

인간인 자신들도 자연을 파괴하고 이 군생지를 짓밟는 것에 불쾌감을 느낀다. 하물며 엘프인 이 둘이 그보다 더한 마음을 품는 것은 조금도 이상하지 않았다.

……게다가 길드에 비밀 엄수 의무 위반 보고라도 올라가는 날에는 일이 커진다.

아무 일도 없었다. 아무도, 아무것도 보지 못했다.

그거면 된다. 그저, 그것뿐인 이야기였다.

"……바보들만 있네요."

폴린이 작은 목소리로 독설을 내뱉었지만 별로 기분 나빠 보이지 않는 얼굴이었다.

"케스버트 씨, 1시 반, 5미터. 카락 씨, 11시, 7미터!"

"편하네……."

"저기 마일? 그러니까 임시 고용으로라도……."

마일은 '푸른 유성'의 몫까지 보고했고, 마일의 수납 용량을 이해한 고용주들은 지나치게 많이 캐서 생태 환경이 무너지지 않게 조심하면서도, 그 밖의 다른 것들은 닥치는 대로 채취를 명했다.

과연, 아무리 학술 연구와 명성을 얻는 것이 목적이고 돈에는 별로 관심이 없다고는 하나 땅에 떨어져 있는 금화와 은화를 줍지 않을 만큼 달관한 것은 아닌 모양이었다. 그리고 머리로는 이해하면서도 땅에 굴러다니는 마일(보석)을 단념할 수 있는 만큼도 아닌 듯했다.

"그런데 항상 그렇게 위험한가요, 조사라는 거……."

마일이 문득 궁금하던 것을 물었다.

아무리 호위를 고용했다고는 하나 어린 ……아마도 엘프치고는…… 여성 둘이서 자주 그렇게 위험한 장소에 다닌다면 그 긴 수명이 무색하게 빨리 죽어버릴 듯한 느낌이 들었다. 그렇게 여긴 마일은 조금 신경 쓰였다.

"으~음, 인간종(인간, 엘프, 드워프)이 별로 다니지 않는 장소니까 상황을 잘 몰라서 정확한 위험도 판정이 안 돼……. 하지만 보통은 한 번에 등장하는 게 고블린이랑 오크 열 마리 정도여서 호위를 열 명 정도 고용하면 별로 위험하지 않았어. 우리도 공격마법이랑 지원마법은 쓸 수 있으니까. 그런데 열 마리쯤 되는 사냥 집단이 있다면, 또 그것들이 이따금 전멸된다면, 다음에는 수가 더 많은 집단이 사냥에 나서도 이상하지 않네. 아무리 오크라고 해도 그렇게 바보는 아니니까. 지금까지는 우연히 그런 걸 맞닥뜨리지 않았을 뿐이고. ……큰일이야. 앞으로는 호위 수를 더 늘려야 되겠어……."

"그렇군요……."

"내 실패야."

"""엥?"""

에이트루의 설명에 마일이 맞장구를 쳤을 때, 뒤에서 그래프가 끼어들었다.

"내 지휘 실수야. 원래라면 그 정도 오크 정도는 이 전력으로 중상자가 나오지 않고 대처할 수 있었어. 우선 우리만 전위를 맡고, 『붉은 맹세』를 전부 후방에 고정 포대와 고용주 호위에 세운 것부터 잘못이었다. 그러는 바람에 전위의 공격력 부족, 난전에 들어간 후부터 마법 지원의 단절을 초래했어. 원래라면 고용주도 공격마법을 쓸 수 있으니 치유마법과 지원마법에 특화된 폴린과 검을 쓰고 근접 방어도 되는 마일을 호위로 남기고 메비스와 레나도 전위로 뺀 다음 레나에게는 단체 공격마법으로 정밀 공격, 마레이웬에게는 지원마법에 전념하게 만들어야 했는데. 의뢰주는 보호해야 하는 존재라고 여기고 전력에 넣지 않았던 점, 메비스의 검 실력을 해체장에서 봐놓고도 『그래 봐야 귀족 아가씨의 도장 검술이겠지』라고 여기고 실전에서는 위험하다고 여겨서 앞에 나오게 하는 걸 주저한 내 판단 실수야. 미안하다……."

""""""허어어어억!!""""""

'붉은 맹세' 일동, 경악했다.

"다, 다다다, 당신, 왜 그래! 뭐 이상한 거라도 먹었어?!"

"어젯밤부터 너희가 준 것밖에 안 먹었거든!"

레나가 무례하게 묻는 것도 무리가 아니었다. 너무도 옳은 그래프의 자기분석은 첫날 그들의 태도를 생각하면 도저히 상상할 수 없는 내용이었다. 어제 많은 부분을 다시 보긴 했지만 그래도, 너무나 뜻밖의 이야기였다.

'그러고 보니 예전에 왕도 길드 지부에서 소재를 사들이던 아저씨가 그랬었지. 『남자 헌터들은 여자를 가볍게 보고 이것저것 잡일을 떠넘기지만 그건 그저 조금 얕봐서 그러는 것뿐이지, 중요한 순간이 오면 목숨 걸고 여자를 지킨다』라고……. 그리고 그래프 씨가 말했던 『판단 실수』라는 건, 그거야. 『전쟁터에서 여자 병사를 전선으로 보내면 파탄난다』고 했던……. 남자는 본능적으로 여자를 지키려고 하니까 여성 병사의 안전을 지나치게 중시한다거나 위험으로부터 지키기 위해 무모한 짓을 해서 오히려 피해가 커지고 만다고 했었지. 이번에도 우리를 안전한 위치에 두려다가 자신들이 부담이 너무 커져서 『푸른 유성』이 오크 수에 밀려버렸고…….'

지난번과 지지난번에 함께 싸웠던 '사신의 이상향'과 '불꽃 우정'은 접수원 아가씨가 엄선한, 그 도시에서 가장 추천하는 파티였으리라. 실력도 그렇지만 태도와 신념이라는 면에서도.

……뭐, '사신의 이상향'의 기호와 목적은 그렇다고 치고.

그리고 여기 이 '푸른 유성'이 지방도시의 전형적인 C등급 헌터의 대표적 예일 것이다. ……아니, 그보다는 조금 위일지도 모른다.

실력, 신념, 그리고 약간의 능글맞음.

지금까지 비교적 우수한 파티만 만나온 '붉은 맹세'로서는 이번, 지극히 일반적인 헌터와의 공동 임무가 여러 가지로 많은 공부가 되었다.

오크를 하찮은 사냥감으로 다루다가 찾아온 위기. 설령 약한 적을 상대하더라도 전투의 추세를 좌우하는 것은 '수'라는 사실. 그리고 실력을 파악하지 못한 다른 파티를 지휘하는 것의 어려움…….

((((아직 한참 멀었네…….))))

레나 이외에는 비교적 겸손했던 '붉은 맹세' 멤버들.

하지만 속으로는 그 메비스조차도 사실은 자신들이 B등급에 해당하는 실력을 이미 갖추었다고 여기고 있었다. 남은 건 그저 C등급 헌터로서 최소년수만 지나기를 기다렸다가 자격 조건이 채워지면 바로 승급 신청을 하면 그만이라고.

하지만 과연 순간적인 전투력, 공격력은 B등급을 넘는 실력이 있을지 몰라도 'B등급 헌터'로서의 종합적 능력은 아직 한참 못 미쳤다.

그렇게 생각했는지 레나마저도 복잡한 표정으로 생각에 잠겨 있었다.

* *

"이번에는 정말 감사했습니다. 특히 래틀 님의 몸을 아끼지 않은 조력이 없었더라면 아마 전 살아서 돌아오지 못했을 겁니다. 진심으로 감사합니다."

쑥스러워서 제대로 인사도 못 하는 레나와 달리, 기사를 꿈꾸는 메비스는 감사와 상대에 대한 칭찬의 말을 부끄러워하지도 않고 솔직하게 표현했다. 마찬가지로 솔직한 마일이라든지 '말로 표현하는 건 공짜니까요' 하고 마음에도 없는 말을 태연하게 내뱉을 줄 아는 폴린도 있었지만…….

마차가 오기로 한 약속 장소에 도착하자 마일은 아이템 박스(수납)에서 꺼낸 샌드위치(오늘 아침, 모두 잠든 사이에 먼저 일어나 만들었다고 설명했다)와 과일, 초소형 파이어 볼로 끓인 수프로 구성된 간단한 식사를 마친 후, 메비스는 다시 '푸른 유성'에게 정식으로 감사 인사를 늘어놓았다.

……참고로 마일이 아니라 레나가 파이어 볼로 요리하는 것을 본 에이트루와 샤라릴은 얼빠진 미소를 흘릴 뿐이었다.

"아니, 우리야말로 계획이 틀어지는 바람이 위험할 뻔했는데 도움을 받았어. 그 바람에 일어난 위기인 거니까 그건 우리 잘못이고 여자애를 보호하는 건 당연한 일이잖아."

"우리와 함께 있던 여자애가 다쳤다는 소문이라도 퍼지면 장차 곤란해질 거고 말이지……."

그렇게 말하며 겸손하게 구는 그래프와 래틀의 호감도가 올라갔다. 그래서 마일과 폴린도 대화에 합류했다.

"아니아니, 마구 덤벼드는 오크 앞에 뛰어들어서 몸으로 막아 여성을 지키다니, 보통은 못 하는 일이에요! 훌륭해요!"

"여자애라면 그런 모습 한방에 홀딱 반해버리고 만다니까요?"

"잠깐, 마일, 폴린!"

……말이 너무 많이 나갔다.

아니, 명백하게 메비스를 놀리면서 놀고 있었다.

하지만 그 말에 기분이 좋아졌는지 '푸른 유성'이 재빨리 서로 눈빛 교환을 했다. 그리고 파티 리더인 그래프가 대표로 도화선에 불을 댕겼다.

"너희 『붉은 맹세』가 수행 여행 중이라는 거, 그리고 최종적으로는 모국으로 돌아간다는 거 잘 알아. 그래서 말인데, 우리 『푸른 유성』이 앞으로 너희의 여행에 동행하는 것은 어떨까…. 우리는 모두 자유의 몸이고 가문의 대를 잇는다거나 부모님을 보살펴야 하는 것도 아니라서, 그대로 다른 나라에 정착해도 문제없어.”

“너희만으로는 전위가 너무 부족해. 우리가 함께하면 균형이 잡혀서 안전한 파티가 될 거라고 생각하는데…….”

“응, 정말 좋은 생각이네!”

그래프에 이어서 필사적으로 말을 잇는 래틀과 케스버트. 그리고 대답은 물론.

“““““사양합니다!!”””””

즉답이었다.

“어, 어째서……! 아까 그렇게 비행기 태우더니 왜 갑자기 떨어트리는 거냐고!”

그리자 마일이 의기양양한 얼굴로 결정타를 날렸다.

“어차피 당신들은 별똥별. 아무리 빛나도, 결국에는 떨어질 운명인 것을…….”

고개를 축 떨구는 ‘푸른 유성’의 다섯 멤버였다…….

제72장 이동

"자, 여기에 꺼내줘."

"알겠어요!"

고용주인 에이트루가 지시하자, 연구소로 보이는 곳의 창고 한 구석에 아이템 박스에서 꺼낸 채취물을 늘어놓는 마일.

""""""이, 이게 뭐야아아아~~!!""""""

입회했던 노인들이 그 어마어마한 양에 깜짝 놀랐다. ……아무래도 이곳의 높은 사람들인 모양이다.

"에이트루 님, 샤라릴 님, 이, 이게 도대체……."

채취물의 양에 놀란 것일까, 아니면 용량이 엄청난 마일의 수납마법에 놀란 것일까…….

"그 이야기는 보고회에서……."

에이트루는 그렇게 말하고 넘겼지만, '고용한 헌터가 엄청난 용량의 수납 보유자였다'는 사실 말고는 달리 설명할 방법이 없으리라.

'어라, 에이트루 씨, 말단인 것처럼 말하더니 꽤 정중하게 대우받네…….'

마일이 조용히 중얼거리고 있는데, 메비스가 작은 목소리로 가르쳐 주었다.

'그야, 엘프가 굳이 숲에서 나와 인간 연구 조직에 들어와서 협력해주는 거니까 특별 대우를 해주는 게 당연하지. 일반적인 젊은 연구자와 같이 대할 리가 없잖아. 그리고 아마도 둘은 저 노인들보다 훨씬 나이가 많을걸.'

'아, 그렇구나…….'

아무래도 '강사와 준교수를 꿈꾸고 있다'고 했지만, 둘은 엘프니까 그런 자리와 상관없이 특별 대우를 받는 듯했다. 그런 낮은 직책을 주는 건 실례다, 같은 생각으로.

그것을 깨닫지 못한 두 엘프는 다른 사람들이 점점 강사나 준교수가 되는데 자신들은 되지 못하자 조바심내고 있었고, 또 인간 측은 그 사실을 깨닫지 못하고 있는…….

'아~…….'

대충 상황을 이해한 마일이었지만, 정말로 그런지는 알 수 없었고 제삼자가 쓸데없이 나서는 것도 실례인 것 같아 그냥 넘어가기로 했다.

"아, 구리 광석도 여기에 꺼낼까요?"

"자, 잠깐만! 그건 단야부 쪽에 가서 꺼내줘!"

광석을 꺼내려는 마일을 당황하며 말리는 에이트루.

"엥? 채취물이니까 여기에 꺼내면 되는 거 아닌가?"

"바닥에 구멍 뚫려요! 그리고 실내에서 그런 걸 꺼내버리면 여기서 두 번 다시 못 움직이게 된다고요!"

안색을 바꾼 에이트루와 샤라릴을 보고 눈이 휘둥그레진 노인들.

하긴, 그것은 대장장이들에게 떠맡겨서 구리를 정련시키는 수밖에 없으리라. 그렇게 하면 돈벌이도 조금 된다.

그리하여 에이트루가 지시한 야외 장소에서 구리 광석을 꺼내는 것을 끝으로 모든 계약 사항이 완료되었다.

"수고 많았어요. 자, 이거, 의뢰 완료 증명서입니다. 『붉은 맹세』 거랑, 이쪽이 『푸른 유성』 거. 두 파티 모두 이번에 정말 많이 애써 주었어요. 덕분에 몇 회 분에 해당하는 자료 소재 채취와 연구비에 상당한 보탬이 될 물자들을 획득했습니다. 감사합니다……."

의뢰 완료 증명서를 보니 둘 다 A 평가로 되어 있었다. 보통은 C, 운이 좋으면 B를 매기는 만큼 고마운 일이었는데…… 사실 '붉은 맹세'의 경우는 당연한 평가였지만 말이다.

""""""""""""""감사했습니다!""""""""""""""

의례적인 모든 수주자들의 인사.

그리고 길드 지부로 가려고 발걸음을 돌리는 '붉은 맹세'에게 뒤에서 누군가가 말을 걸었다.

"……그런데 마일? 헌터를 그만두고 우리한테 올 생각 없어? 뭣하면 헌터 신분은 그대로 남겨둬도 괜찮으니까……."

마일에 대한 집착이 강한, 전혀 포기하지 않은 에이트루와 샤라릴의 지나친 집요함에 마침내 참다못한 폴린이 필살기인 공격 주문을 읊었다.

"역시 같은 엘프여서 그런지 크레레이아 박사랑 같은 부류네요……."

"가, 같은 부류……. 그 크레레이아랑, 같은 부류……."

경악한 둘이 고래고래 소리쳤다.

""그런 거랑 똑같은 취급하지 말라고오오오~~!!""

그리고 '붉은 맹세'의 네 멤버는 두 고용주가 큰 충격을 받아 그대로 굳어버린 사이에 냉큼 그 자리를 빠져나왔다.

"에이트루 님과 샤라릴 님은 정말 크레레이아 박사를 싫어하는가 보구먼……."

"그러게 말일세……."

이웃 나라의 엘프 객원교수와 동급이라는 소리를 듣고 그대로 굳어버린 두 객원 연구원을 보며, 아카데미 학부장들이 그렇게 중얼거렸다.

"두 분이 이웃 나라 크레레이아 박사에게 강한 반발심을 가지고 있으니까, 객원교수인 크레레이아 박사보다 더 높이 대우해드리려고 객원 연구자로 초빙한 것인데, 그래도 오히려 반발심이 더 커진 것 같구먼."

"엘프끼리 느끼는 근친증오 같은 것일까. 이것만큼은 우리 인간이 도저히 어떻게 손 쓸 방법이 없으니……."

그들은 알 턱이 없었다.

에이트루와 샤라릴이 '객원 연구원'이라는 자리가 '객원교수라는 직책에서 학생들을 가르치는 일만 뺀 것이고, 연구에만 전념할 수 있는 자리'라는 것을 모른다는 사실을.

그리고 그것이 그냥 손님 대하듯 하는, 일개 말단 연구원 자리라고 여기고 있다는 사실을.

준교수와 강사, 조교보다 낮은, 조수나 포닥(박사 연구원) 같은 자리라고 여기고 있다는 사실을…….

에이트루와 샤라릴, 두 엘프의 출세에 대한 불안함과 갈망은 좀 더 오래 이어질 것만 같았다.

*　*

"수고하셨습니다!"

""""""수고하셨습니다~!""""""

'붉은 맹세'는 길드에 의뢰 완료 증명서를 제출하고 보수금을 받은 뒤 소재 매입 창구에서 오크를 팔고 돈을 나눈 다음 '푸른 유성'과 헤어졌다.

'푸른 유성'이 저녁 식사를 함께하자고 권했지만, 지금까지 사흘간 함께 밥을 먹어놓고 왜 일이 끝난 후에도 같이 밥을 먹어야 하는지 잘 모르겠다며 거절했다. 그러자 그들은 실망해서 축 늘어진 어깨로 다른 헌터들에게 쓴웃음 섞인 위로를 받았다.

*　*

"『동진연기(東進緣起)』입니다!" ('봉신연의'와 일본어 발음이 비슷한 것을 이용한 말장난)

"또, 이상한 소리를……."

"저번에는 『동방 프로젝트예요』, 라는 말도 하지 않았었나?"

이제는 마일의 기행에 익숙해져서 그렇게 말하고 가볍게 흘리는 레나와 메비스. 하지만 폴린은 달랐다.
"동쪽으로 가면 재수가 좋다는 거 아닐까요? 슬슬 다음 도시로 출발하고 싶다는 말이야? 마일."
과연 폴린이었다. 마일의 패턴을 읽고 있었다. 하지만 '봉신연의'라는 원작을 모르는 이상 거기까지가 한계였다.
"원래 이번 일을 이 도시의 마지막 임무로 할 계획이어서, 단기간 의뢰를 받은 거니까. 이동은 예정했던 대로지. 이 도시에서는 공부할 만큼 했고."
그렇게 말한 레나가 메비스를 힐끔 쳐다보았다.
과연 메비스에게 큰 공부가 되었고 반성해야 할 일이 많았는데, 레나 역시 남 말할 처지가 아니었다.
"자, 그럼 출발할까요!"
폴린의 말에 모두 입을 모아 말했다.
""""하아!""""

* *

"……그런데 왜 이 루트야……."
투덜투덜 불평하는 레나.
"몇 번이나 설명했잖아요! 궁금하니까 이웃 나라로 갈 때는 이 루트로 이동하고 싶다고……. 레나 씨도 알겠다고 했잖아요!"
"그야 그렇지만……. 그래도 가도를 걷는 것이랑 비교하면 너무 귀찮단 말이야."

여전히 마일에게 불평을 이어가는 레나.

그렇다, '붉은 맹세'는 현재 숲속을 나아가고 있었다. 편하게 걸을 수 있는 가도가 아니라.

그리고 이 숲을 걷는 것은 이번이 처음이 아니었다.

……이곳은 이 도시에 와서 처음 받은, 마물 퇴치 의뢰를 수행했던 그 숲이었다.

"레나, 불평만 하지 말고 소재 채취에 전념해요! 이 주변에는 의외로 비싼 값에 팔리는 약초라든가 고가의 식재료가 많으니까! 봐요, 저기 있는 저 버섯, 소은화 3닢은 쳐줄 거예요!"

모두의 훈련을 위해서라며, 이번에 마일은 탐색마법을 쓰지 않았다.

폴린이 조금 불평했지만, 과연 마일에 대한 의존도가 너무 높다는 데에 위기감을 느끼고 있던 레나와 메비스가 마일을 지지했기 때문에, 마일의 제안이 가결되었다.

폴린도 그것은 알고 있었지만, 모처럼 숲 깊은 곳을 가로질러 가는 만큼 값비싼 소재를 몽땅 싹쓸이하고 싶다는 유혹에 사로잡혀 있었다.

……아니, 애당초 소재가 되는 동식물을 몽땅 쓸어가는 것은 금기사항으로 사냥꾼, 기타 마을 사람들, 그리고 물론 헌터들도 절대 그렇게 하지 않았다. 아무리 그대로 떠나는 여행자라고 해도 그런 짓을 했다가 들킨다면 큰일이다.

그리하여 폴린의 계획은 다른 세 사람에 의해 물거품이 되었고, 적어도 자기 힘으로 채취할 수 있는 것만이라도, 하고 모두를 설득하는 폴린이었다.

"모처럼 숲속 깊은 곳을 지나가는 거니까 열심히 소재를 채취해서 다음 도시 숙박비랑 식비 정도는 그걸로 충당하자고요!"

""""네~에……."""

이번에 마일이 제안한 숲 종단을 받아들이면서 폴린이 강력히 주장했던 것이다. '그 루트 이동에 찬성해줄 테니 그사이에 기회가 되면 돈을 벌자!'라고.

"마일, 오크가 나오면 절대 놓쳐선 안 돼! 메비스는 괜히 멋 부린다고 검으로 베서, 놈의 소화기관 내용물을 속에서 터트리거나 간을 찌그러뜨리는 등 상품 가치가 떨어지지 않게 할 것!"

"""네네……."""

"『네』는 한 번만!"

"""네네……."""

"""성가셔 죽겠네~~!"""

*　*

"슬슬 국경을 통과합니다."

마일의 목소리에 묵묵히 고개를 끄덕인 세 사람.

상대국을 적대하는 의뢰를 받지 않은 이상, 헌터가 가도가 아니라 숲이나 산악부를 통해 국경을 넘는 것은 아무런 문제도 되지 않았다. 헌터는 특별한 경우를 제외하면 국가에 대한 납세 의무가 없기 때문이었다. 물론 상인이 그랬다가는 밀수로 간주해 엄벌을 받는다.

"자, 오늘은 여기까지만 이동하고 야영에 들어가요. 내일 중이면 숲 외곽부에 닿을 것 같으니."

예전에 상공에서 숲의 끝부분을 본 적 있는 마일이 하는 말이니, 틀림없으리라. 이동 속도를 억제하지 않고 나아갔을 경우로 계산하지 않았다면…….

그리고 다음 날 저녁, '붉은 맹세'는 마일의 말대로 숲 외곽부에 도착했다.

도중에 오크를 몇 마리 잡았기 때문에 폴린의 표정도 밝았다.

일행은 숲에서 나가지 않고 외곽부 조금 앞에서 마지막 야영을 했다.

숲을 나가서 야영하는 편이 더 안전하고 쾌적하지만 '붉은 맹세'에게 '안전' 따위는 새삼스러웠다. 그리고 숲 밖에서 야영하면 근방의 주민들이 알아차릴 것이다. 요리를 위한 모닥불은 아주 먼 거리에서도 눈으로 확인할 수 있으니까.

별로, 알아차린다고 해서 무슨 문제가 생기는 것은 아니다. 하지만 마물이나 도적의 습격이 일상다반사로 일어나는 이 세계에서 굳이 자신들의 존재를 광고하는 사람은 없었고, 그런 사람은 빨리 죽기 때문에 자손을 남기지도 못한다. 그래서 이 세계에서는 진중한 인간이 자연스레 더 많아졌다.

……그렇다, '선택압(selective pressure)'인 것이다.

평소처럼 마일이 아이템 박스에서 텐트를 꺼내고 이어서 간이 아궁이와 테이블, 의자, 조리대, 식재료를 꺼냈다. 그리고 폴린이 재료를 다듬고 수프를 끓였다.

"가루여, 춤춰라, 마구 춤추며 뜨겁게 끓어올라라, 으싸! 으싸으싸으싸!"

각자의 수프 그릇에 물과 식재료를 담은 채 가열 조리할 수 있기 때문에 냄비에서 덜 필요도, 냄비를 씻을 필요도 없었다. 그 모습을 보고 있던 레나가 불평했다.

"역시 그게 편하네. 호위 의뢰는 수행 여행 중인 헌터의 소양이지만, 이래저래 성가신 건 참 싫단 말이지……."

그렇다, 분자 진동을 이용한 폴린의 물 끓이기 마법을 그 엘프 콤비에게 보여주면 왠지 안 될 것 같아서 호위 임무 중에는 폴린이 아니라 레나가 파이어 볼을 써서 물을 끓였던 것이다. ……그것조차도 눈이 휘둥그레져서 볼 줄은 몰랐지만.

아무튼 지금은 자유롭게 마법을 쓸 수 있다.

"윈드 엣지!"

뒤에서는 메비스가 윈드 엣지로, 마일이 아이템 박스에서 꺼낸 멧돼지의 다리를 자르고 있었다. 이것 역시 마일 이외에는 '마법이 아니라 「기」를 쓴 비전'이라고 생각했기 때문에 마법을 잘 알 것 같은 엘프 앞에서 쓰기가 망설여졌다.

게다가 만약 윈드 엣지를 보인 후에 메비스가 마법을 쓰지 못하는 체질이라는 것을 안다면, 어떻게 될지 불 보듯 뻔했다.

아직 메비스는 윈드 엣지를 사냥감의 배를 가르는 데 쓰면 내장까지 잘라버리기 때문에 그 부분은 칼을 썼다. 더 단련해야 하는 부분이었다.

모피도 팔 수 있으므로 가죽 벗기기 용 칼로 깔끔하게 분리했다.

……왠지 어디서 흐느끼는 소리가 들려오는 것 같아서, 요리와 가죽 벗기기에는 단검을 쓰지 않았다.

“““다른 사람이 없으니까 이렇게 편하고 마음이 편하네…….”””

그렇다, 남들 눈을 신경 쓰던 나날은 그녀들에게 고역이었다.

“메비스, 나중에 청정마법이랑 온수 샤워 마법을 쓸 테니까 지금 좀 더러워져도 괜찮아!”

“오오, 그거 고마운 소리네! 그럼 오늘밤에 먹을 몫 말고도 한 마리를 통째로 손질해둘까!”

물론 레나와 폴린도 마일에게 배운 청정마법과 온수 샤워 마법을 구사할 수 있어서, 땀과 사냥감의 피로 더러워지는 것을 신경 쓰지 않아도 되었다. 그리고 그 은혜를 받을 수 있는 메비스도.

……다만, 다른 파티와 고용주들이 함께하지 않을 때의 이야기였다.

*　*

“가자.”

다음 날 아침, 간단한 식사를 마치고 텐트를 수납하기만 하면 되는 초간단 철수 작업이 끝나자, ‘붉은 맹세’는 숲을 빠져나와 그대로 곧장 앞으로 나아갔다. 마을이나 도시가 있다면 위험한 숲 외곽부에서 멀리 있을 게 뻔했다.

그렇게 얼마간 걸으니 작은 오솔길이 나왔다. 숲의 혜택, 그러니까 산나물이나 과일, 약초, 장작 채취, 그리고 짐승과 마물을 사냥하는 자가 다니는 길이리라. 이 길을 따라가면 제일 가까운 마을에 도착하게 되는 셈이다.

마일 일행은 별로 마을에 용건이 있는 것도, 들를 계획이 있는 것도 아니었다. 다만 조금 피해 상황을 확인하려고 생각했을 뿐이다.

마일 일행은 머물렀던 도시의 길드 지부에서 정보를 얻었다. 그래서 지난 마물 퇴치 건으로 이 나라에도 사망자는 나오지 않았고 군사 중에 상당한 부상자, 헌터 중 몇 명의 경상자, 그리고 마을은 밭 일부가 망가졌다는 사실을 파악했다.

국군 중에 부상자가 많았던 것은 자신이 위험할 것 같으면 마물을 그대로 통과시켜 제 몸을 지키는 헌터와 달리, 군인은 있는 힘을 다해 마물을 막으려고 하기 때문이리라. 자신이 무사하면 다음 마물을 또 막을 수 있는데, 억지로 무리했다가 다치면 그 후부터는 전력이 되지 못해 아무런 도움도 안 되는데.

그런 부분이 자유인인 헌터와 군인의 차이점인 것일까…….

하지만 '붉은 맹세'에게 그건 이미 '끝난 일'이었고 지금은 아무 상관도 없었다. 자신들이 연루된 일의 '상대방 쪽' 결과를 알고 싶은 감정은 이런 일을 생업으로 하는 자들에게는 '마음의 군살'이며, 그리 칭찬받을 만한 일이 아니었다.

그것은 이후의 일에 악영향을 미치면 미쳤지 결코 좋은 결과를 가져오지 않을 테니까.

"…………."

마을은 아직 보이지 않았지만 밭은 보였다. 그리고 '예전에 밭이었을 듯한 것'도.

아마 마물이 폭주한 흔적이리라. 조금 복구하려고 한 듯한 흔적은 있었으나 마구 짓밟히고 단단해진 밭을 원래 상태로 되돌리려면 당분간 시간이 더 걸릴 것 같았다.

그러한 모습을 곁눈질하며 계속 걸어가고 있는데, 앞에 몇몇 아이들의 모습이 보였다.

"숲에서 채취하고 집으로 돌아가는 걸까요……. 하지만 그런 것치고는 시간이 너무 이른 듯한데……."

마일이 이상하다는 듯 말했는데, 폴린이 어이없다는 표정으로 대답했다.

"그건 마일이……, 아니 우리 모두, 아침에 약해서 늦게 일어나니까 그렇지. 농촌 사람들은 다들 날이 밝아질 때 즈음이면 일어나서 일해. 아침 2의 종(오전 9시)이랑 낮 1의 종(오후 0시)의 중간쯤 되는 시간에 집에 돌아가 밥을 먹고, 잠깐 쉰 다음 저녁, 어두워지기 전까지 또 일을 한다구. 그러니까 지금 집에 돌아가는 건 하나도 이상하지 않아."

"아아, 브런치랑 저녁, 일일 이식이구나……."

""""브런치?""""

"아, 아침 겸 점심을 뜻하는 말이에요."

"뭐야, 퍼스트 런치를 말하는 거였어? 너희 나라에서는 그렇게 불러?"

"아, 으음, 아하하……."

도시 사람은 옛날이면 모를까 지금은 하루에 세 끼를 먹는 것이 일반적이었고 귀족 그리고 학원 학생들도 마찬가지였다.

또 헌터들 역시 공복 상태로 정오까지 위험하고 몸을 혹사하는 일을 하거나, 퍼스트 런치로 밥을 배불리 먹어 움직임이 둔해지고 또 배를 찔리면 치명상을 입을 것 같은 상태로 식후에 일하는 것은 너무도 어리석은 행동이었다.

그래서 마일을 비롯한 '붉은 맹세'는 지금까지 줄곧 하루 세끼를 챙겨 먹는 생활을 고수했다. ……시간상 제약이 있는 의뢰 임무를 맡아 다른 사람들과 함께 행동한 몇 번의 사례를 제외하고.

자기들끼리만 있으면 간단히 밥 먹는 데 별로 시간이 들지 않는다. 마일의 수납에서 도시락이나 샌드위치를 꺼내 먹기만 하면 되니까. 이미 동료들끼리는 마일의 아이템박스(수납)의 상태 유지 비밀을 다 알고 있어서 그런 부분은 이제 자중하지 않게 되었다.

"자, 저 애들한테 살짝 말을 걸어볼까요?"

마을에 들를 계획은 없지만 이야기를 살짝 듣는 것 정도는 괜찮겠지. 그렇게 생각한 마일이 아이들에게 달려가 말을 걸자, 아이들이 잔뜩 긴장하더니 남자아이들이 어린아이들과 여자아이들을 뒤로 감추고 벽을 만들었다. ……재빠른 경계 태세였다.

"엥……."

전생해서, 기억을 되찾고 애클랜드 학원에 입학한 후로 어린아이들과 꽤 좋은 관계를 쌓는 편이라고 여겨왔던 마일은 왠지 충격을 받은 모양새였다.

"아~……. 마일, 오크 두세 마리 꺼내 봐."

"엥? ……아, 아, 네……."

영문을 알 수 없었지만 폴린이 하라는 대로 오크 세 마리를 수납에서 꺼낸 마일.

그리고 놀란 토끼 눈을 한 아이들에게 폴린이 설명했다.

"이것 보렴, 우리는 이렇게 생겼어도 꽤 실력 좋은 헌터야. 우리가 빈손인 이유는 사냥감을 못 잡았다거나 마을 사람들한테 빼앗으려고 그러는 게 아니라 돈 잘 버는 헌터 파티만 보유한다는 수납마법 구사자가 있기 때문이야. 이거 말고도 사냥감이랑 채취물이 잔뜩 들어 있어. 그러니 너희가 모은 산나물이랑 약초 같은 거 우리는 하나도 필요 없단다."

""""아……."""

절반이 미성년자(로 보이는)인, 신출내기 같은 여자 헌터 파티가 숲에서 빈손으로 나와, 채취물을 든 아이들에게 접근한 것이다. 몸에 무기를 차고.

""""그럼 당연히 경계하겠네…….""""

"그렇구나, 그래서 마을 사람들은 다들 무사하지만 병사들이랑 헌터 일부가 다쳤고 밭도 일부 피해가 났다는 이야기네?"

"응……. 그래서 우리도 조금이나마 돈을 벌어서 도움이 되려고, 숲에 들어가서 먹을 수 있는 것이나 팔 수 있는 것들을 구하고 있어……."

폴린이 잘 설명해서 겨우 안심한 듯한 아이들이 마을에 대해 이것저것 알려주었다. 별로 비밀로 할 만한 이야기도 아니고, 헌터들이나 마을 사람들도 다 아는 이야기들이었다.

"하, 하지만 위험해요! 아무리 외곽부라고 해도 숲은 숲이라고요, 마물이 나온다고요! 이 아이들만으로는 고블린은 물론이고 코볼트 몇 마리만 나와도 끝이에요!"

마일이 안색을 바꾸고 화를 냈지만 아이들은 상관없다는 표정이었다.

"원래라면 그렇겠지만 지금은 외곽부에 마물이 없어. 평소 같으면 우리끼리 숲에 가는 거 절대 허락 안 해주는데, 사냥꾼 아저씨들이 마물이 돌아왔다는 걸 확인할 때까지는 특별히 허락해줬다고."

"엥……."

아무래도 마일 때문에 일어난 스탬피드(집단 폭주)와 그들을 다시 되돌려 보내는 공방전이 너무도 격렬했기 때문에 외곽부에 있던 마물들이 '너무 많이 밀려 돌아간' 모양이었다.

고블린과 오거 등 '소재 가치가 별로 없고 해로운 마물'은 물론이고 고기와 가죽, 뿔과 상아 등이 소재로 쓰이는 '돈이 되는 사냥감'인 뿔토끼와 오크를 비롯하여 사슴, 멧돼지 등 일반 동물에 이르기까지, 그 모든 것들이.

그래서 사냥꾼들은 어쩔 수 없이 숲의 조금 깊은 곳까지 들어갔고, 그 부근에 마물이 다시 돌아올 때까지는 아이들에게 채취를 허락했던 모양이다.

"'…………'"

"뭐, 뭐예요, 다들, 그 눈은!"

나머지 멤버들이 자신을 흘겨보자 불평하는 마일.

과연, 그것은 모두에게 의논한 다음 했던 작전이니까 모두에게 비난받을 이유는 없었다. 지금은 마일이 불평해도 괜찮으리라.

……하지만.

"마일, 『한도』!"

"상식!"

"힘 조절!"

"ㅇㅇㅇㅇ……."

그리하여 아이들에게 은화 몇 닢은 벌 수 있을 만큼의 채취물을 나누어주고, 기뻐하며 달려가는 아이들을 뒤로하고 도시로 난 길을 걷기 시작한 '붉은 맹세'.

마을에는 볼일이 없지만 근처에 있는 도시는 다음 체류지로 삼고 며칠 묵을 계획이었다. 왕도로 가기 전에 지방 도시에서의 시점으로 본 이 나라 정보를 모으는 것은 그리 나쁜 일이 아니었다.

*　*

따르릉

""""응?""""

도시 길드 지부에 들어간 순간, 깜짝 놀라 걸음을 멈춘 '붉은 맹세'의 네 사람.

그렇다, 늘 '딸랑' 하는 소리였던 길드 도어벨 소리가, 이곳은 '따르릉'이었다.

굳은 네 사람을 보고 쓴웃음 짓는 헌터와 길드 직원들. 아무래도 다른 곳에서 온 헌터는 다들 같은 반응을 보인 모양이었다.

"얼마 전에 싸움이 벌어져서 길드 표준 도어벨이 망가졌거든. 지금은 새것을 주문하고 기다리는 중이지."

가까이에 있던 중년의 헌터가 가르쳐 주었다.

"가, 감사합니다……."

메비스가 감사 인사를 건넸고, 마일은 속으로 생각했다.

'역시 표준 규정이 있었구나·……. 어쩐지 어느 도시에 가도 소리가 같더라…….'

모두 같은 생각이었는지, 이제야 알겠다는 표정으로 고개를 끄덕였다.

그리고 다시 파티 리더인 메비스가 실내에 있는 사람들을 향해 인사말을 건넸다.

"티루스 왕국 왕도 지부 소속, C등급 파티 『붉은 맹세』입니다! 수행 여행 중이에요, 잘 부탁드립니다!"

""""잘 부탁드립니다!""""

메비스에 이어서 다른 세 사람도 입을 모아 인사했다.

그러자 여기저기에서 '오우'라든지, '열심히 해봐' 같은 목소리가 날아들었다. 꽤 성격 좋은 사람들 같아서 일단 마음을 놓는 마일 일행.

다음으로 늘 그렇듯 정보 보드와 의뢰 보드를 확인했다.

"……국경의 숲 외곽부에 마물과 동물 확인되지 않음, 수렵 의뢰는 숲의 조금 깊은 부분까지 들어갈 필요가 있으므로 초보자는 주의할 것, 이라……."

"""""…………."""""

메비스가 보드 정보를 읽어 내려가자 표정이 어두워진 세 사람.

아무래도 신인 헌터들에게 민폐를 끼치고 만 모양이었다.

아니, 그렇게 말한다면 마을 사람과 병사들에게도 그렇다고 할 수 있지만, 마일 일행은 그 부분은 별로 신경 쓰지 않았다. 먼저 시비를 건 쪽은 이 나라니까 반격당한다고 해서 불평할 자격은 없다.

지금까지 마일 일행이 머물렀던 나라, 마레인 왕국 주민에게 피해를 줬고, 영군 병사와 헌터들 중에 부상자나 사망자를 나오게 했으니까. 그것도 '괴롭힘'이라는 목적 때문에 고의로.

아직 이 나라 국군 병사 중에 사망자가 나오지 않도록 배려했던 만큼 오히려 고마워해야 했다.

농민들도, 자기 나라가 한 짓에 대한 대가였고 마레인 왕국 농민들도 피해를 봤으니 불평하려면 이 나라 상위층에게 하는 것이 맞으리라. ……물론 실제로는 그렇게 말하지 못한다는 걸 잘 알지만.

어쨌든 그건 길드 경유로 받은 정식 의뢰 임무를 해낸 것일 뿐인, 일개 헌터가 미안해해야 할 일이 아니었다. ……헌터의 상식으로는 말이다.

다만 신인 헌터들은 그 임무를 받지 않았을 것이고, 이 도시의 C등급 미만 신인들에게 있어서 그 숲은 소중한 돈벌이 장소였을 테니, 살짝, 아주 살짝 미안한 마음은 있었다. 헌터 양성 학교 때, 첫 자금 마련을 위한 사냥을 떠올린 네 사람이었기에.

숲에서 쏟아져 나오는 마물을 막기 위해 국군에 고용되었다가 다친 헌터들은, ……자신의 기량을 생각하고 보수를 생각해서 받은 일이기에 자기 책임이었다. 그중에는 예전에 마물 내쫓기 의뢰를 받은 자들도 있었을 테고.

용병은 적 용병에게 죽어도 불평할 수 없다. 그런 것이었다.

정보 보드에는 그밖에 별로 중요한 정보가 없었다. 그래서 의뢰 보드로 넘어갔다.

……하지만 가는 곳곳마다 재미있는 의뢰나 희귀 의뢰가 막 있을 리도 없었다. 만약 있다고 해도 이미 현지 파티가 다 낚아채 갔으리라. 그런 의뢰를 받고 싶다고 생각하는 것이 '붉은 맹세'만 있는 것도 아닐 터. 아니, 헌터 대부분은 그런 의뢰에 굶주려 있다.

"재밌는 게 없네……."

"돈 될 만한 게 없네요……."

"좋은 단련, 좋은 경험이 될 만한 게 없어……."

레나와 폴린 그리고 메비스가 사치스러운 말을 했지만, 젊은이가 수행 여행에 나서는 것은 그런 것을 원하기 때문이므로 자신도 그런 경험이 있는 연장자들은 그 말을 듣고도 쓴웃음만 지을 뿐이었다.

'……음?'

마일은 문, 음식 코너에서 식사 중이던 헌터들 중 하나가 자신을 물끄러미 쳐다보고 있는 것을 알아차렸다.

'뭐지?'

이 시점에서 마일은 '나 인기 있나 봐!' 같은 생각은 조금도 떠오르지 않았다.

……사실, 정말 그랬지만.

'처음 온 도시기도 하고, 나랑 만난 적 있는 사람인 건……아앗!'

사람 얼굴을 잘 기억하지 못하는 마일로서는 믿기 힘들었지만, 이 세상에는 딱 한 번 만나고도 상대방의 얼굴을 잘 기억하는 엄청난 치트 능력을 지닌 사람이 있는 모양이었다.

그 사실을 처음 알았을 때는 도저히 믿기 어려웠지만, 아무래도 세상에는 그런 초인이 존재하는 듯했다.

하지만 마일은 몇 번 만난 정도로는 상대방의 얼굴을 기억하지 못했기 때문에 다른 사람도 대부분 그럴 거라고 믿고 있었다. 자신과 마찬가지로, 몇 번밖에 만나지 않은 사람을 기억하는 것은 상대의 복장이나 대화 내용, 상대와 만난 장소 등을 기억하기 때문일 거라고.

'서, 서서서, 설마. 설마, 내 『갓디스 페노메논(여신화 현상)』을 봤나? 그때 마물 내쫓기 부대에 고용되었던 헌터라거나……. 그리고 전설의 치트 능력, 『딱 한 번만 보고도 상대방의 얼굴을 기억하는 스킬』의 주인인 건…….'

삐질.

관자놀이 옆으로 한 줄기 땀이 흘러내리는 마일.

그리고 자신의 시선을 마일이 알아차리고 쳐다보고 있다는 것. 또 몹시 동요하고 있다는 것을 알아차리고, 마일보다 더 당황해서 동요하고 있는 20대 후반의 남자 헌터.

"""…………."""

"너, 뭘 남자랑 시선 교환을 하고 있어?!"

"아, 아니, 그런 게 아니라……."

당황한 마일.

그리고 근처 자리의 헌터들에게 놀림 받는, 역시 당황한 모습의 남자.

수상쩍다는 표정을 짓는 레나 삼인방.

((아아아아아아아아~~!!))

마일과 낯선 남자의 마음의 소리가 하나로 겹쳐졌다.

본인들은 그런 것을 전혀 모르는 눈치였지만.

*　*

"……이 근방인 것 같은데……."

마일이 별빛 아래에서 그렇게 중얼거렸는데…….

"기다리고 있었습니다."

"꺄악!"

갑자기 뒤에서 목소리가 들려와 마일은 무심코 작게 비명을 질렀다.

"아, 죄송합니다, 놀라셨나요……."

그렇게 말하며 나무 그늘이 드리워져 있던 곳에서 등장한 사람은 그, 낮에 길드 지부에서 마일과 시선이 마주쳤던 남성 헌터였다.

그 후, 헌팅하는 척하면서 가까이 다가온 이 남자는 다른 자의 눈을 피해 살짝 마일에게 종이쪽지를 건넸는데, 거기에 이 장소와 시간이 적혀 있었다. 그리고 마일은 일단 이야기를 들어보자며, 레나 일행이 잠들고 난 후 예의 소음마법과 진동 차단 마법 등을 구사해 스리슬쩍 숙소를 빠져나왔다.

……일단은 입을 틀어 막……으면 위험하겠지만, 입단속을 시키기 위해서.

"C등급 헌터, 라이크스라고 합니다. 그동안 여신님께서는 평안하셨는지……."

"쿨럭! 하, 하지 마세요, 그런 말투……."

지금까지 몇 번이나 여신인 척해온 마일이지만, 직접 보고 그런 말을 들으니 등에 닭살이 돋는다고 할까, 소름이 돋는다고 할까……. 아무튼 그런 말투는 참을 수 없었다. 그리고 비밀 유지라는 관점에서도 문제가 있었다.

"저는, 엘이라고 부르세요. ……아, 평소에는 가명을 쓰니까 남들 앞에서 절대 이 이름을 부르면 안 돼요. 그리고 가명은 제 정체와 관련지어서 쓰는 일이 없도록!"

"네, 여신 엘 님……."

“…………”

그 후, 열심히 설득해서 겨우 ‘엘 씨’라고 부르게 하는 데까지 성공했다. 아무래도 여기까지가 한계 같았다.

“그럼 여…… 엘 님…… 엘 씨는 신분을 숨겨 받게 되셔서…….”

“아아아, 무리해서 이상한 경어 쓰려고 하지 마세요! 말이 이상해지잖아요!”

“아, 역시 그렇죠? 그럼 평소대로 말하겠습니다.”

본인도 좀 무리가 있다는 것을 자각한 모양이었다.

“그런데 저를 부른 이유가 뭐죠?”

마일의 질문에 그 남자, 라이크스가 자세하게 설명해주었다.

처음에는 이 도시 헌터들도 국군에 고용되어 마물 내쫓기에 참가했지만, 국군은 길드를 통하지 않고 헌터를 직접 고용하는 이른바 ‘자유 계약’이었기 때문에 보수가 싸고 길드 공적 포인트도 없으며 다치거나 사망할 경우에도 길드가 지원해주지 않았다. 그래서 점점 국군에게 고용되는 현지 헌터의 수가 줄어들었고, 지금은 왕도에서 고용한 불량하고 밥줄 끊긴 헌터나, 헌터도 아닌 부랑배들도 데리고 다니는 듯했다.

하지만 현지 사람이 한 명도 없으면 길 안내를 해줄 자가 없고, 타지 사람들만 모인 집단이 숲에 들어가면 무슨 짓을 저지를지 알 수 없어서 길드 마스터의 직접적인 부탁으로 라이크스가 동행했다고 한다.

물론 군이 주는 의뢰비에 더해서 길드 지부에서도 보수가 나온다.

"아니, 마물 무리가 폭주해서 왔을 때는 더는 안 되겠다며 포기했었는데, 엘 씨 덕분에 목숨을 건졌습니다! 감사의 뜻으로 뭐든 돕겠습니다! ……아, 아니, 꼭 은혜를 갚는 게 아니라도 여신님이 시키시는 일에는 무조건 따르겠지만요, 물론!"

허둥지둥 사족을 붙이는 라이크스. 여신님을 상대로 꽤 허물없이 굴었다.

그래서 기꺼이 궁금한 것을 전부 묻는 마일.

"엥, 이 도시의 헌터는 아무도 마물 내쫓기를 돕지 않는다고요? 아아, 라이크스 씨가 이번 일을 길드에 정식 보고하고 소문을 마구 퍼트려서 그런가요…… 아니 잠깐? 혹시 숲 외곽부에 남았던 두 소대는 박살이 났고 숲에 진입한 두 소대는 멀쩡한 것과 다치지 않은 쪽 병사들이 보인 수상한 태도, 그리고 지휘관이 길드 마스터에게 전한 '절대 마물을 이웃 나라로 쫓아 보내지 마라, 알겠나, 절대로!' 라는 명령――아니, 명령권은 없으니 요청이었겠지만, 거의 명령이라고 할까, 애원하다시피 하고 서둘러 왕도로 가버린 게 라이크스 씨의 말에 신빙성을 준 건가요? 으~음……."

그리고 너무도 필사적인 그 모습들에 길드 측도 '월권행위다. 길드가 국군에게 그런 명령을 받을 하등의 이유가 없어!' 하고 말하지도 못하고, 그냥 받아들일 수밖에 없었던 모양이다.

"……그런데 신분을 감추고 이 마을에 오신 이유는 역시 그것입니까……."

"네?"

어두운 얼굴로 마일에게 묻는 라이크스.

그리고 라이크스가 무슨 소리를 하는 건지 몰라서 어리둥절한 마일.

"부탁입니다! 이 마을에도 바른 사람이 50명은 넘을 것입니다! 그러니 제발 마을을 없애지 말아 주……."

"소돔과 고모라냐고요오오옷!!" (성경에서 신의 심판으로 멸망한 도시)

겨우 설명해서 오해를 푼 마일.

"동료들도 저에 대해 모르니까 쓸데없는 말은 하지 말아 주세요."

"아, 네, 잘 알겠습니다! ……그런데 이번에 굳이 여기까지 오시라고 한 이유 말입니다만, 급하게 전해드릴 게 있어서……."

"그럼 처음부터 그걸 말했어야죠!"

뭐가 더 중요한지 모르는 라이크스를 보고 무심코 목소리가 거칠어진 마일. 처음에 방음 결계를 제대로 쳐두었기 때문에 조금 시끄러워져도 사람들이 모여들 염려는 없었다.

"실은 이번 사건을 조사하려고 왕도에서 사람이 왔다는 소문이……."

"엥? 하지만 알아낼 수 있는 게 하나도 없을 텐데……."

그렇다, 여신 본인을 만나기라도 하지 않은 이상, '이쪽'에서 알아낼 수 있는 것은 없으리라. 기껏해야 농지 피해 상황 확인과 숲 외곽부에 있던 국군을 돌파한 마물들을 막기 위해 긴급 의뢰로 모여서 싸운 헌터들의 증언을 들을 수 있는 정도였고, '숲에서 쏟아져 나온 마물을 막기 위해 싸웠다'라는 증언 말고 다른 이야기는 들을 수 없을 터였다. 숲에 들어간 자들은 라이크스를 제외하면 전부 왕도에서 온 사람들이었으니까.

"……그렇게 생각하는데요, 뭐, 일이 일이니까요. 사실 여부도 확인하지 않고 현장 보고만으로 지금까지 해오던 것을 그만두자니 체면이라든지 자존심 같은 게 걸렸겠지요."

라이크스의 설명에 하긴 그럴 수도 있겠다며 받아들인 마일.

어차피 '마일'로서의 자신과는 상관없는 이야기였다. 관여하지 않으면 그뿐인 문제였다.

'……하지만 그러면 『사실을 증명할 증거 없음』이 되어서, 마물 내쫓기 행위를 멈추지 않을지도 몰라. 윗사람이 명령하면 아무리 그때 지휘관이 반대해도 소용없지. 그리고 다음에 다른 부대에게 명령하면 그 사람은 어쩔 방법이 없을 테고……. 큰일이네. 소대장님이랑 길드 사람들한테 『다음은 없겠죠』 하고 잘났다는 듯이 말했는데. 어쩐담…….'

하지만 그 사건에 관해서는 레나도 같은 죄였다. 다 함께 논의해서 결정했고, 다 함께 '다음은 없다'고 호언장담했으니까…….

'그래. 다 함께 의논해보자!'

"알겠어요. 굳이 이렇게 보고해줘서 고맙습니다. 그럼 오늘 밤은 여기서 이만. 부디 평소의 저는 평범한 신입 헌터라는 사실을 잊지 마시고……."

"물론입니다! 목숨을 구해주신 것, 절대 잊을 수 없어요!"

사실 그 '목숨의 위기' 자체가 마일 탓이었는데, 그 사실을 모르는 라이크스로서는 마일, 아니 '여신 엘'은 그야말로 생명의 은인이었다. 그래서 배신하거나 약속을 깨는 행동은 절대 하지 않을 터였다.

아니, '생명의 은인' 이전의 문제로 여신에게 싸움을 거는 자 따윈 존재하지 않는다. 적어도 이 세계에서는. 그렇게 생각한 마일은 라이크스에 대해서 특별히 걱정하지 않았다. 불러내기 위한 전언 메모를 봤을 때는 불안했지만, 호의적인 이유로의 접촉이었기에 한시름 덜었다…….

'……그나저나 어떻게 손을 써줘야 하나…….'

그렇게 생각하며 조금 우울해진 마일이었다.

"그게 무슨 말이야!"

다음 날 아침, 마일에게 사정을 들은 레나가 화나서 소리쳤다.

"우선, 마일. 너, 왜 우리한테 말도 없이 나간 거야! 이게 벌써 몇 번째냐고!"

"아, 그게, 『제가 여신님이라는 사실은 동료들에게 비밀』이라는 설정이어서……."

"그건 상대방한테만 그렇게 말하면 될 일이지! 우리한테 그 남자를 만나러 가겠다고 미리 말하지 않은 이유가 될 수는 없어! 야밤에 남자랑 단둘이 만나다니, 만약 무슨 일이라도 일어났으면 어쩔 셈이었어?!"
레나가 계속해서 화를 냈는데…….
"그건 아니지……."
"그럴 일은 없죠……."
메비스와 폴린이 부정적인 견해를 내놓았다.
"마일을 힘으로 어떻게 할 수 있는 남자가 있다고는, 도저히 생각이 안 들어……."
"일단, 무리네요……."
"듣고 보니……."
메비스와 폴린의 말에 레나도 정신을 차리고 현실을 직시한 듯했다.
"하지만 마일이 힘으로 어떻게 하는 거라면……."
"""아……."""
"안 그러거든요!"
레나가 중얼거렸고, 그 소리를 듣고 '그럴 수도 있겠네!' 하는 식으로 메비스와 폴린이 나오자, 마일이 욱했다.
"아, 아무튼, 이대로는『조사 결과, 증거 없음』으로 끝나고, 다시 괴롭힘이 다시 시작될지도……."
마일이 염려하자 폴린이 이의를 제기했다.
"……마일이 그렇게 위협했는데 또 그런 짓을 할까?"
하지만 메비스는 마일과 같은 생각인 모양이었다.
"지금까지 괴롭히라고 지시한 자의 의지와 체면이 있으니까 말이지. 그리고 마일이 천재지변을 일으켜 보여준 것도 아니잖아.

여신님 분장을 한 소녀가 잘났다는 듯 설교했을 뿐이고, 마물의 진행로는 원래 국군이 있던 장소에서 조금 벗어났을 뿐이라고 하면, 그걸로 끝이야."

"하, 하긴 그러네요……."

아니, 메비스의 말은 거의 다 사실이었다. 마물의 진행로가 조금 벗어난 것은 마일의 위압 덕분이지만 마일 본인은 여신 분장을 한 것일 뿐인 일반……은 아니지만, 어쨌든 일단은 '평범한 소녀'였던 것이다. 자칭.

"엥? 하지만 마일이 굉장한 기술을 선보였잖아?"

"치유마법. 검을 휜 것. 갑옷에 구멍을 뚫은 것. 바위에 공격마법을 명중시킨 것. 현장에서 마일이 분장한 모습을 보면서 그러한 것들을 실제로 목격한 사람들은 그야 그 효과가 엄청나겠지. 하지만 꼬리 내리고 걸음아 날 살려라 하고 도망친 자들이 필사적으로 소리치는『상대가 어마무시하게 강했다』는 변명을 그대로 믿을 상사는 없을 거고, 마일이 선보였던 것을 설령 믿는다고 해도 진실은 보고 내용의 몇 할 정도라고 생각한다면, 그 하나하나는 실력이 뛰어난 마술사라면 못 할 것도 없는 거잖아?"

"윽…… 뭐, 이번에 마일이 한 행동을 열화시키고 거기에 2~3할 정도로 비슷한 것을 보일 뿐이라면 A등급 마술사라도 가능하겠지……. 그래서『보고가 몇 배로 부풀려졌다』고 생각했다면 가짜 여신이라고 여길 가능성도 있겠네, 과연……."

레나도 메비스의 설명에는 납득할 수밖에 없었다.

레나는 자신이 마술사이기 때문에 마일이 쓰는 마법이 얼마나 말도 안 되는지 뼈저리게 잘 알았지만, 자신은 마법을 쓸 수 없는(그렇다고 믿고 있는) 데다가, 꽤 거시기한 레나와 폴린의 마법에 익숙한 메비스는 마일의 마법이 어느 정도까지 말도 안 되는지 잘 와 닿지 않았다.

그래서 두 사람이 진심을 냈을 때의 마법과 마일의 마법 사이에 있는 '도저히 넘지 못하는 벽'이라는 것의 존재를 별로 크게 인식하지 못했다. 그래서 마일의 마법의 몇 분의 1 정도 효과인 마법이면 여신이 아니라도 쓸 수 있으리라 생각하는 것도 무리가 아니었다.

한편 레나도 마술사가 아닌 사람이라면 메비스처럼 생각해도 이상하지 않다고 생각했다.

"그러면 곤란한 거 아닌지……."

"곤란하지……."

"곤란하겠지……."

"엄청 곤란하죠……."

* *

"……그래, 네가 안내 역할을 맡은 라이크스인가 뭔가인가?"

왕도에서 온 사람은 건방지기 짝이 없는 관리였다. 물론 평민 출신이다. 이런 임무에 귀족이 올 리는 없었다. ……웬만큼, 어떤 흥미로운 가외 수입이라도 있지 않은 이상은.

"네."

최소한으로 필요한 대답만 하는 라이크스.

라이크스는 이 영지에 부담을 주는 무리와 한패인 이 남자에게 경의를 표하거나 배려할 생각이 눈곱만큼도 없었다. 그리고 평민 주제에 귀족인 척 거만하게 구는 것도 마음에 들지 않았다.

그리고 그 이전에 이 남자는 '여신님의 적'이었다.

상대가 귀족이라면, 역정을 샀다간 무슨 일을 당할지 모르니 조금은 생각도 하겠지만, 평민인 말단 관리 정도면 독단으로 다른 영지 영민, 그것도 국군에 고용되어 협력해주는 유일한 현지인이자 이번 사건의 증인이기도 한 라이크스에게 위해를 끼친다면 오히려 저쪽이 처벌을 받게 될 터였다.

그래서 라이크스는 저자세로 나가야 할 이유가 없었다. 이 남자는 라이크스를 어떻게 할 권한이 없는, 그냥 심부름하러 온 말단에 지나지 않으니까.

이 남자도 명령을 받아 일하러 온 것일 테니 태도만 똑바로 하면 나름 대우해 줄 생각이었다. 하지만 이렇게 노골적으로 건방지게 나오면서 자신을 무시하는 투로 말한다면 이야기는 달랐다.

"……그런데 이 어린 계집애들은 뭐지?"

그렇다, 이곳 길드 지부 회의실에는 라이크스, 왕도에서 온 관리, 길드 마스터, 서브 마스터 이외에 '붉은 맹세' 멤버들도 나란히 서 있었던 것이다.

마일 일행은 왕도에서 사자가 올 때까지 하루 만에 끝나는 일을 받아 '수행 여행'으로서의 실적을 쌓으면서 기다리고 있었다. 라이크스의 예정을 잘 확인해서, 라이크스가 도시에 있을 때는 자신들도 있었기 때문에, 일로 도시를 떠나 있는 사이에 이 사정 확인이 끝나버릴 걱정은 없었다.

"마물 내쫓기 때, 상대 쪽에 동행했던 헌터입니다."

"뭐라고?! 그럼 적이잖아!"

분노하는 관리에게, 황당하다는 표정으로 설명에 나서는 라이크스.

"거점을 떠나 이동하는 헌터에게는 나라도, 적과 아군도 상관없습니다. 말하자면 고용해주는 쪽이 아군이라고 할까요. 그러니 상대 나라를 떠나 이 나라에 온 지금, 이쪽이 고용하면 이 소녀들은 우리나라의 아군이 되는 겁니다."

"흠, 애국심이고 신념이고 아무것도 없이, 돈으로 목숨과 양심을 파는 쓰레기인가. 그럼 돈만 주면 몸도 팔겠군!"

""""""…………."""""""

빠직, 하고 네 사람의 관자놀이에 핏줄이 섰지만, 관리는 그 사실을 깨닫지 못했다. 설령 깨달았다고 하더라도 신경도 안 썼겠지만.

관리의 질문에는 라이크스가 거의 다 답하고 '붉은 맹세'는 몇 가지 질문에만 간단히 대답했다. 어차피 '찾아온 마물과 싸워서 일부를 죽이고 대부분은 다시 쫓아냈다'는 것 이외에 할 말이 없었다.

그리고 관리는 굳이 숲에 들어가 현장을 확인할 생각은 조금도 없고, 최소한의 의무만 이행하겠다는 듯 얼른 자리를 떴다.

"안 믿는 것 같지?"

“안 믿는 것 같았죠?”
“안 믿겠지…….”
“믿는 도끼에 발등 찍힌다.”

그리고 다음 날, ‘붉은 맹세’는 이 나라 왕도를 향해 출발했다.
다소 언짢은 얼굴로.
……그렇다, 그 관리가 입에 담은 모욕적 언사에 꽤 기분이 상해서…… 아니, 분명히 말하건대 화가 나 있었다. 아주 잔뜩.
그 관리는 경솔한 말 한마디에 모국에 크나큰 불이익을 초래했는데 본인도, 그리고 그 상사들도 그 사실은 까마득히 몰랐다.

제73장 경고

"역시, 그랬던 건가……."

왕궁에서는 국왕이 파견 보냈던 남자 관리의 보고를 받고 있었다.

신분이 낮은 자가 직접 국왕에게 보고할 기회는 그리 많지 않아서, 평민인 관리는 국왕의 환심을 사기 위해 마구 떠들어댔다. 라이크스가 하지 않은 말까지 말이다.

그리고 스스로 확인하지도 않은 것을 억측으로, 혹은 국왕이 원할 것 같은 내용으로 바꾸고 단정적인 어조로 보고했다.

……즉, '여신 따위는 나타나지 않았다. 그건 큰 피해를 낸 부대 지휘관이 책임 회피를 위해 지어낸 망언이다'라고, 자기가 멋대로 지은 결론을.

"아무리 마물을 국경선까지 밀어내도 저쪽 피해가 별로 크지 않군. 그러기는커녕 오히려 우리 쪽 피해가 커서 책임을 피하고자 허언을 내뱉다니, 이래서는 해결이 나지 않아. 좋다, 즉시 재침공 작전을 시행하여라. 이번에는 국경선 너머, 마레인 왕국 측의 변두리까지 군대를 끌고 가서 마물 무리를 완전히 숲에서 내보내라!"

""""""""헉…….""""""""

남자 관리뿐 아니라 배석해 있던 귀족과 군인들도 깜짝 놀라 소리를 흘렸다.

"폐, 폐하, 군의 월경 행위는 침략이나 다름없습니다! 지금까지 해왔듯이 암묵적인 이해 아래 이루어졌던 힘겨루기와는……."

살짝 초조해진 상급 사관의 말에 국왕은 태연하게 말했다.

"그게 어쨌다는 건가?"

"네?"

"우리나라의 영지를 넓히는 것이다. 일단 그 숲과 건너편에 있는 영지를 병합한다. 바로 준비하라!"

"하, 하앗!"

전쟁 개시였다.

조국의 영토를 넓히고 다른 나라의 부와 노동력을 뺐을 수 있다. 방어전이 아니라 침공 작전이어서, 약탈한 것들과 새로운 영지가 손에 들어온다. 그것은 곧, 공훈을 세운 자에게 내려지는 선물인 셈이었다. 기존 귀족가의 영지가 추가될 것인가 아니면 새로운 작위를 얻어 귀족이 되는 자가 등장할 것인가…….

너무나도 갑작스러운 이야기에 깜짝 놀라기는 했지만, 그것은 귀족들에게 결코 나쁜 이야기가 아니었다.

전쟁에서 죽는 것은 주로 일반 병사나 소집한 농민 병사들이다. 뒤에서 지휘하는 귀족 상급 사관이 전사하는 일은 별로 많지 않았고, 만약 위기가 찾아오면 항복하면 그만이었다.

나중에 몸값을 주면 무사히 조국으로 돌아올 수 있다. 포로로 잡혀있는 동안에도 귀족은 정중한 대우를 받는다. 피차 '내일은 내가'가 될 수 있으므로 이상한 짓을 하지는 않았다. 그래서 승리했을 경우의 이점과 비교하면 그러한 가능성은 그리 큰 단점이 아니었다.

이웃 나라와의 관계는 별로 좋지 않았지만, 세상이 평가하기로 갑자기 침략할 정도로 나쁜 사이는 아니었다. 그래서 이웃 나라인 마레인 왕국 측도 그렇게 갑작스러운 침공에는 대응이 느릴 터였다.

"그 숲이 자연 방벽이 되어 오랜 세월에 거쳐 서로 영지 싸움이 일어나지 않도록 막아주었지. 하지만 그것도 오늘까지다. 『자연 방벽 앞에는 그것을 지키기 위한 병력을 둔다』, 그것이 군사의 기본이다. 숲의 중앙이 국경선이면 피차 조건은 같아. 하지만 숲을 전부 우리가 먹으면 그곳을 방벽으로 삼고 유효하게 활용할 수 있어. 그리고 그 전면에 전선을 내세워서, 채취 자원이 있는 숲과 광물자원이 있는 산맥지대 그리고 그 앞에 있는 마판 부근까지 전부 빼앗는 거다!"

""""""""오오!!""""""""

* *

"……그렇다고 하는데요……."

왕도 길드 지부에서 용병 모집 벽보를 보며 어이없다는 듯 말하는 폴린.

그 관리가 보고하지 않는 한 새로운 움직임은 없을 거라면서 느긋하게 채취와 소재 수집을 메인으로 하면서 이동해 왕도에 도착한 '붉은 맹세' 일행이 길드 지부 정보 보드와 의뢰 보드를 확인하고 있는데, 그 옆에 이 벽보가 붙어 있었다.

'용병 모집. 식사 지급, 전투 수당, 공적 수당 있음. 상세한 내용은 국군 용병 담당 부서에서.'

물론 국경을 넘는다는 말은 적혀 있지 않았다. 이곳의 정보가 마레인 왕도 측에 흘러 들어가리라는 것쯤은 모두가 알고 있었다. 물론, 군과 왕궁 사람들도.

그래서 어디까지나 이번에도 평소와 마찬가지로 '뜻하지 않은 결과로 끝난 지난 마물 내쫓기 작전 재개시'로, 국경선까지 마물을 내쫓기만 하면 된다는 식의 모집이었다.

딱히 허위 기재도 아니고, 군의 행동은 헌터와 용병이 간섭할 일도 아니었다. 그리고 응모한 시점에서 어느 정도 설명과 힌트를 얻을 수 있으리라. '대인전투가 일어날 가능성 있음'이라고 한다거나…….

아슬아슬하게 계약 위반이 되지 않는 정도인 이 정보 내용을 보고 감이 오지 않는다면 그것은 자기 책임이었다.

"길드를 통하지 않는『자유 의뢰』모집 벽보를 길드 의뢰 보드 옆에 당당히 붙이다니……."

메비스도 황당하다는 식으로 말했지만, 헌터를 용병으로 모집하는 거라면 여기에 붙이는 것이 가장 효과적인 건 틀림없었다.

그리고 왕궁에서 '여기다 붙여라' 하고 말했다면 길드 지부도 거절할 수 없으리라.

딱히 길드가 고용 계약에 끼는 것도 아니라서 이 정도면 '헌터 길드는 전쟁에 개입하지 않는다'라는 원칙에 반한다고 말할 수 없었다.

물론 본직이 용병인 자들에게는 정식으로 용병 길드를 통해 의뢰를 냈으리라. 지금까지는 대인전을 상정하지 않았기 때문에 용병 길드에는 의뢰하지 않았지만 이번에는 별개였다.

그밖에도 도시의 불량배와 부랑자들도 모집했으리라. 정규병과 농민병보다 더 앞에 내세울, 쓰다 버릴 요원으로 말이다.

"아~, 그만둬, 그만둬!"

"실컷 이용만 당하고 버림받아서, 돈도 못 받고 황천길 간다고."

"그리고 너희라면 싸움이 시작되기 전에 당할걸. 수행 여행 중이라며? 이대로 쭉 다음 나라로 가라!"

앉아 있던 헌터들 모두가 벽보를 보고 있는 '붉은 맹세'에게 그렇게 충고해주었다.

"그래도……."

그리고 갑자기 목소리를 죽이고 소곤소곤 말하는 한 헌터.

"이번 일은『붉은 의뢰』야. 저번 마물 내쫓기 때『절대 건들면 안 되는 것』이 나온 모양이야. 군 내부에서는 그 이야기를 부정하고 있지만 병사와 강제 징집당한 농병들은 소문을 퍼트리면 처벌받는 모양이던데, 뭐, 그런 건 우리랑은 상관없어. 저번에 참가했던 헌터랑 도시의 건달들이 여기저기 떠들고 돌아다녀서, 이번에는 제대로 된 녀석은 참가하지 않을걸. 위험 탐지 능력이 없는 녀석이나 밥줄이 끊겨서 일을 고를 여유가 없는 녀석, 그리고 바보들이나 하겠지. 그러니 군대와 강제 징집당하는 농민 말고는 없어서 사람이 모자라. 그건 다시 말해서 부대 선두에 세우겠단 이야기지. ……뭐, 아가씨들은 『다른 임무』를 강요받을 것 같지만……. 그래도 받을 생각이야? 그 일……?"

"안 받아!"

바로 대답하는 레니.

"그러는 게 좋아. 뭐, 그 의뢰를 안 받을 거면 상관없는데, 그래도 죽을지도 모르는 전쟁터로 향하는 병사는 흥분한 상태일 거고, 자포자기한 심정인 녀석도 있을 테니까. 웬만하면 병사가 있는 곳에는 돌아다니지 않는 게 좋아. 역시 당장 다른 나라로 떠나는 걸 가장 추천한다. 그리고 돌아올 때도 최대한 천천히 어디 들렀다가 오라고."

"괜찮아요? 저 의뢰를 안 받아도……. 적의 내부에 있는 게 정보도 더 쉽게 얻을 수 있고 교란하기도 쉬울 텐데……."

길드 지부를 빠져나와 숙소를 찾으면서 계략 담당 폴린이 그렇게 말했지만, 레나가 고개를 가로저었다.

"안 돼. 정식으로 계약해서 고용되면 그게 명백한 위법 행위라거나 계약 위반, 계약 외 행동의 강요 따위가 아닌 이상, 고용주를 배신하면 안 되니까. 전쟁 때문에 용병을 고용하는 것은 위법이 아니고, 선전포고할지 말지는 국가 간의 문제인 만큼 고용된 용병과는 상관없어. 만약 병사들이 덮쳐도 그건 개인의 문제지, 고용주가 그걸 명령한 게 아닌 이상 계약과는 무관하고 말이야. 그러니 사관 따위가 신분이나 지위를 방패로 삼아서 위법 행위나 계약 외의 것을 강요했을 경우를 제외하면 고용주를 배반해서는 안 돼, 정식 계약을 맺으면. 그럼 곤란하잖아?"

"윽……."

폴린은 옳은 일을 위해서라면 거짓도 배반도 용인하는 타입이었지만, 레나는 어디까지나 헌터로서의 규범을 지키는 타입이었다.

그리고 메비스는 말할 것도 없이 기사로서 부끄러운 행위, 부끄러운 언동은 용인하지 못하는 타입이었다.

마일은…….

"레나 씨, 『그건 그거고, 이건 이거』, 『내가 하면 로맨스, 남이 하면 불륜!』이라고요!"

"시끄러워!"

어쨌든 '상대측에 고용되는 안건'은 그대로 각하되었다.

"뭐, 저희 때문에 사망자나 부상자가 나오는 건 용납할 수 없지만요."

마일이 그렇게 말하자, 그렇게 생각할 줄 알았다는 듯한 표정으로 쳐다보는 레나 삼인방이었다…….

* *

"자, 그럼 다녀올게요."

"조심해서 다녀와!"

"방심은 금물이야, 마일."

"돈 될 만한 게 있으면 가지고 돌아오는 거야!"

모두에게 신신당부…… 일부, 조금 다른 말도 섞여 있었지만…… 받으며, 마일이 밤중에 출격했다.

……그렇다, '출격'이었다.

괜찮겠지 하고 생각해서 한 일이지만 '붉은 맹세'가 고용주의 지시 없이 한 추격 때문에, 원래라면 몇 개월의 간격을 두고 벌어졌어야 할 '마물 내쫓기'가 곧 재개될 상황이다. 그래서는 마판 사람들과 군인들을 볼 면목이 없다.

또 이 나라의 병사들도 딱히 나쁜 사람들은 아니다. 그저 상관의 명령에 따르는 공무원일 뿐인 것이다. 적으로 온다면 봐줄 필요는 없지만, 그렇지 않다면 아무 의미도 없이 죽거나 다치게 할 수는 없었다.

그래서 마일 일행은 마물 내쫓기를 위한 군사 행동 자체를 미리 막으려는 것이다. 지금도, 그리고 앞으로도, 계속 그 효과가 이어질 법한 방법을 써서…….

이번에는 지금까지와 같은 괴롭힘이 아니라 군의 국경선 침범, 즉 본격적인 군사 행동이라는 것은 아직 공표되지 않았다. 그래서 마일 일행은 이번에도 평소와 같은 마물 내쫓기일 뿐이라고 생각했다.

그리고 군사 행동에는 준비에도 실제 행동에도 시간이 걸린다. 지금, 헌터와 용병을 모집하는 단계라면 실제 행동까지 이어지려면 조금 더 걸릴 것이다. 그렇게 여기고 딱히 서두르지 않았던 것인데, 귀찮은 일은 빨리 끝내는 편이 가장 낫다. 농민들도 괜히 소집되면 성가실 테니까.

"좋아, 여기가 왕궁이네……."

왕궁이 어디에 있는지는 누구한테 물어볼 필요도 없었고, 제일 높은 사람이 있을 법한 장소 역시 건물 구조를 보면 대충 감이 왔다. 경비가 삼엄해 보이는 곳으로 가면 그만이리라.

그리하여…….

"안녕하세요……."

"누, 누구냐! 호위병! 호위병은 뭘 하는 게야!"

야근 경비병 이외에는 대부분 깊은 잠에 빠진 시간대였는데, 의외로 국왕은 아직 깨어 있었고, 램프 불을 켜놓고 자료 같은 것을 읽고 있던 모양이었다.

그리고 국왕은 큰 소리로 호위병을 부르려고 했는데, 마일이 말을 걸기 전에 방음 · 방진 결계를 쳐놓았기 때문에 그 목소리는 방 밖에 서 있는 병사들에게 들리지 않았다.

"……아니, 헉……."

너무 놀라지 않도록, 말을 건 후 광학 미채 마법을 해제해서 모습을 드러낸 마일을 보고 말문이 막힌 국왕.

그것도 무리는 아니다. 그도 그럴 게, 등장한 마일의 모습이…….

화려하지는 않지만 청초하고 고급스러운 흰색 의상. 그리스 신화 같은 데서 여신이 입고 나오는 이오니아식 키톤, 같은 것과 비슷하게 생겼다.

고대 그리스의 전형적인 복장이었는데 그것은 언뜻 복잡하게 보였지만 사실은 관두의 형식의 일상복이었고, 직사각형 모양 천을 재단하지 않고 입는 것이 특징이었다. ……즉, 만들기가 상당히 단순했다.

보통 여성용은 복사뼈 근처까지 길게 내려오고 남성용과 아이 및 군인용은 길이가 좀 더 짧았다. 마일은 활동하기 편하도록 짧게 만들었기 때문에 여성용이라기보다는 아이용처럼 보였다.

그리고 늘 그렇듯, 얼음 결정으로 된 날개를 등에 지고, 머리 위에는 역시 얼음 결정으로 된 고리를 띄웠다. 이 세계 신이나 천사가 모두 머리 위에 고리가 있는지는 잘 모르겠지만, '신에게는 천사의 고리지!' 하는 마일의 고집이었다.

또 얼음 입자를 흩뿌리고, 마법 (나노머신에게 부탁해서)으로 반짝반짝 빛을 산란시키는 등 신에게 어울리는 이펙트(효과)를 더해 '여신 엘, 마크 투(Mk-Ⅱ)'를 완성했다.

물론 수상쩍은 마스크(가면) 따위는 쓰지 않았다.

여신이 그런 것을 쓰고 있으면 부자연스럽기 때문이다. 얼굴을 가려야만 하는 여신, 이라는 건 좀, 비현실적이다.

한편 부자연스러움이라고 하면 한 군데, 가면을 쓰는 것 이상으로 부자연스러운 부분이 있었다.

……가슴.

'여신 엘 마크 투'의 가슴이 부자연스럽게 부풀어 올라 쭉쭉빵빵한 나이스 바디…… 짝퉁처럼 되어 있었던 것이다.

하지만 작은 키에, 아무리 봐도 갖다 붙인 것 같은 불균형한 부자연스러움 때문에 마치 누가 봐도 티 나는 가발을 쓴 것만 같은 위화감이 있었다.

……뭐, 마일이 그걸로 만족한다면 별로 문제는 없었지만…….

그리고 앞으로 어딘가에서 만나거나 자신을 찾아내도 곤란하므로 머리카락과 눈동자 색깔을 금색으로 해서 조금 변장했다.

사진이 있는 것도 아니고 이 왕이 초상화를 그릴 수 있을 거란 생각도 들지 않았다. 그래서 사람을 찾을 때 상당히 큰 비중을 차지하는 항목인 '머리카락 색깔'과 '눈동자 색깔'이 다르면 괜찮다! 마일의 회색 뇌세포가 그렇게 생각했던 것이다.

'……그나저나 『회색 뇌세포』는 오역이 아닐까 하는 설이 있었지. 하긴, 원작 제목은 『little grey cells』이고, 여기서 『grey cells』은 『뇌세포』라든지 『뇌 조직』에 있는 「회백질 세포」를 가리키거나, 『몹시 머리가 좋다』라는 의미이기도 하니까, 「내 머리가」라든지 「내 뛰어난 두뇌가」라든지, 아니면 오히려 『little』을 중요시해서 겸손하게 「조금밖에 없는 내 지능이」라고 한다든지, 어쨌든 거기에 『회색』을 붙이면 이중 의미가 되네……. 아니, 하지만 어쩌면 그걸 알면서도 문학적 표현으로, 일부러 『회색』을 붙였을 가능성도 있어. 그렇게 해야 문장이 더 아름답고, 무엇보다 멋있어! 번역자, 대단하다!'

그리고 여전히 마일의 '회색 뇌세포'는 아무래도 상관없는 생각을 하고 있었다.

"서, 설마……, 그런 말도 안 되는! 가짜다! 난 속지 않아!"

국왕이 필사적인 얼굴로 그렇게 소리쳤지만 '그것'은 생긋 웃으며 말했다.

"어라? 가짜고 뭐고, 저는 아직 아무 말도 안 했고, 누구라고 밝히지도 않았는데요? 도대체 무엇의 가짜라는 말씀이신지? 저는 당신이 지금 본 대로의 존재에 지나지 않습니다. 경비병에게 들키지 않고 왕궁의 최심부까지 식은 죽 먹기로 들어올 수 있으며, 말을 걸기 전까지 당신에게 들키지 않고 등 뒤에 계속 있다가 또 아무도 모르게 나갈 수 있을 뿐인……."

국왕의 안색이 나빠졌다.

그 말인즉슨 언제든 원하면 국왕을 암살할 수 있다는 의미였기 때문이다.

국왕은 오른손을 슬며시 책상 아래로 내렸다. 만일의 사태에 대비해 그곳에 붙여두었던, 나이프 케이스로…….

슷!

국왕은 주저 없이 오른손으로 투척용 나이프 두 개를 잡고 동시에 던졌다.

이런 사태에 대비해 그 정도 연습은 해두었다. 어차피 적은 많고 자신의 목숨이 걸린 일이니까 진지하게, 꽤 성실하게 연습했다.

그 성과가 있어서, 투척용 나이프는 두 개 전부 훌륭하게 목표물에 명중했다. 수상한 생물의 가슴에…….

"해냈다! 하하하, 어리석은 놈 같으니라고. 국왕은 무예와 거리가 멀다고 생각했느냐? 암살에 대비해 이 정도 준비쯤은……."

그리고 의기양양하게 말을 늘어놓던 도중에, 믿을 수 없다는 표정으로 얼어붙고 말았다.

"……평범한 미소녀에 지나지 않은……, 앗, 어라?"

자기 입으로 '미소녀'라고 말하는 부분은 좀 그랬지만, 일본에서는 그렇게 자칭하는 사람이 많으니 별수 없었다. 세일러복을 입은 전사라든지, 가면 소녀라든지…….

그리고 말이 끊긴 마일이 시선을 내리자 두 개의 나이프가 꽂혀 있었다. 자신의 가슴에.

"아악, 모처럼 폴린 씨가 만들어 준 옷에 구멍이! 혼나는데! 혼난다고요오오오오! 아무리 만들어준 거라지만, 천도 공짜가 아니란 말이에요! 진짜, 어떻게 책임지실 거예요오오오오옷!"

자신이 여신이라는 설정을 까마득히 잊은 대실언이었는데 국왕 역시 동요했기 때문에 의심하지 않고 흘려들었다.

그렇다, 투척용 나이프는 언뜻 마일의 가슴을 찌른 것처럼 보이지만, 사실은 두꺼운 뽕……, 옷을 찔렀을 뿐이었다. 만약에 뽕이랑……, 다소 두꺼운 안감이 없었다고 해도 일반인이 던진 나이프 따위가 마일의 몸에 박히는 일은 없었겠지만.

그리고 귀찮기도 했고 생각보다 비싸 보이는 나이프이기도 해서, 마일은 손을 쓰지 않고 그 나이프를 마법으로 수납했다.

"뭐야……."

이쯤 되자 마침내 국왕도 현실을 인정한 모양이었다.

……자기 눈앞에 서 있는 이 생물이 아무래도 평범한 소녀는 아닌 것 같다고.

"충고……, 아니 경고했을 텐데요, 『다음은 없다』고……. 제가 전언을 부탁했던 그 지휘관은 어떻게 되었죠?"

"윽……, 증거도 없이 책임을 회피하기 위한 망언을 토해내고 군의 사기를 떨어뜨린 죄를 물어 중대장 자리를 박탈, 감옥에 가두었는데……."

웬일인지 솔직하게 대답해준 국왕.

그것은 폴린과 메비스가 예상한 여러 패턴 중 하나였다. 지휘관이 불쌍해져서 마일은 그를 조금 감싸주고 싶은 마음이 들었다.

"감옥에서 풀어 주세요. 증거가 보고 싶으면 지금 제가 보여드리겠습니다. 이 왕궁을 날려버리면 될까요? 아니면 이 나라를 불태워서 들판으로 만들면?"

"…………."

물론 허풍에 지나지 않았다. 하지만 국왕의 얼굴이 새파랗게 질렸다.

핏기없이 파르르 몸을 떠는 국왕. 부들부들, 이 아닌 것은 마지막 남은 자존심인가…….

이제 용건은 끝났다.

경고 내용은 새삼 다시 말해줄 것까지도 없다. 내일 아침이 되자마자 그 지휘관이 감옥에서 풀려나 다시 한번 자세히 전할 테니까.

국왕이 마일을 누구라고 생각하든 그것은 상관없다. 단지 '늘 자신을 간단히 죽일 수 있는 존재. ……일말의 불안과 짜증이 밀려와도'라는 사실을 알면 그것으로 충분했다.

"그럼 오늘은 여기서 돌아가겠습니다. ……아, 어디 잠깐 들렀다가요. 그럼 이제 두 번 다시 만날 일이 없기를……. 뭐, 적어도 세 번은 절대 없을 테지만요."

그 말을 듣자 말이 나오지 않는 국왕.

세 번은 절대 없다. 그 말은 즉, 두 번째에 자신의 생명이 끝난다는 의미나 다름없었다.

"그럼 안녕히 주무세요……."

"헉?"

한마디 흘렸을 뿐인데 국왕이 의자에 앉은 채 정신을 잃었다.

마일은 수면마법을 걸 계획이었는데 나노머신이 무슨 방법을 썼는지는 잘 모르겠다. 수면 가스를 발생시켰거나 신경을 어떻게 했다거나, 뇌에 직접 작용을 가했다거나…….

마일은 그런 세세한 부분은 신경 쓰지 않았다.

국왕을 잠재운 이유는 물론, 마일이 모습을 감춤과 동시에 시끄럽게 굴면 곤란하기 때문이었다. 소란이 빚어지면 아무리 모습을 감춰도 탈출하기 어려워지고, 마일에게는 아직 할 일이 있었으니까…….

"아, 이대로 가버리면 전부 꿈이었다고 생각할 가능성이……. 으음, 어떻게 한담……."

잠시 고민한 후, 마일은 국왕을 안아 침대로 옮겼다.

그리고 아이템 박스에서 예전에 도적한테 빼앗은 싸구려 검을 꺼내서…….

휙!

얼굴 부근에 꽂아 세웠다.

"이렇게 하면 꿈이라고 생각하지 않겠지! 자, 그럼 광학 미채 마법을 걸고……."

마일은 그 후 왕궁에서 살고 있는 왕족과 고위 사람들의 베갯머리에 검을 꽂으며 돌아다녔다. 자기 검을 쓰면 아깝다는 생각이 들어서 국왕을 제외한 사람들에게는 방에 있던 본인의 검 등을 썼다.

그렇게 왕궁을 한 바퀴 돈 다음에는, 왕궁을 에워싸듯 세워져 있는 상급 귀족——그 대부분이 대신이나 군 상급 지휘관 등이었는데——의 집을 돌았다.

"어라?"

어떤 상급 귀족 저택의 침실에서 마일은 침대 옆 테이블 위에 놓인 책 한 권을 발견했다.

"내 책이잖아……. 이런 곳에도 독자가 있다니. 고맙네……. 검을 살짝 멀리 꽂아줄까나……, 어라?"

그 책에 뭔가 위화감이 느껴져서 집어 들고 자세히 살펴보니…….

"오르페스 출판, 작가, 니야마 삿토데루? 표절인가요오오오오오오오옷!"

광학 미채 마법뿐 아니라 방음 마법도 걸려 있었던 것이 다행이었다.

마일이 책을 펼쳐 조금 읽어 보았더니…….

"주인공의 집안 작위도, 나이도, 가족 구성, 처지, 학원 설정, 아르바이트, 전부 똑같잖아요옷! 게다가 스토리도 거의 그대로, 쓸데없는 장면을 투입했고, 삽화는 야한 장면까지 추가. 읏, 이러면 이쪽이 더 잘 팔릴 것 같은데에엣!"

그리고 마일이 그 방을 빠져나간 후에는 열두 개의 검이 꽂힌 침대와 갈기갈기 찢긴 한 권의 '전에는 책이었던 것의 잔해'가 남아 있었다.

……마일, 화가 꽤 많이 난 모양이었다.

"다녀왔습니다~, 앗, 어라……."

마일이 숙소로 돌아오자 멤버들은 이미 깊은 잠에 빠져 있었다.

"예전에 『네가 돌아왔을 때 우리가 자고 있으면 쓸쓸할 거 아냐?』 하고 말했던 건 다 뭐였단 말인가요오오오오! 감동받았었는데! 감동받았었는데에에!"

""""마일, 시끄러워!""""

"ㅇㅇㅇㅇ……."

저번에는 밤 2의 종(오후 9시경)을 조금 넘겼을 뿐이었지만, 이번에는 완전히 깊은 밤이었다. 그래서 모두 잠들어도 어쩔 수 없었다. 생각은 그렇게 했지만 역시 받아들이기 힘든 마일이었다…….

""""""""으아아아아아악!""""""""

그리고 다음 날 아침, 왕궁과 많은 상급 귀족가 침실에서 비명이 터져 나왔다.

*　*

"저번에 지시했던, 숲을 경유한 이웃 나라 침공 계획 말이다만…… 보류하기로 했다. 아직 우리는 준비가 충분하지 않은 것 같아서 말이다."

국왕이 뭔가에 겁을 먹은 듯한, 뭐라고 표현할 수 없는 미묘한 표정으로 그렇게 알렸을 때, 무슨 영문인지 회의에 참석했던 대신, 군의 상급 지휘관들은 반대하지 않고 묵묵히 받아들였다.

지난번, 국왕의 너무도 당돌했던 이웃 나라 침공 선언에는 처음부터 반대하는 자가 적지 않았는데, 군인을 비롯하여 많은 사람이 이권과 포상을 노리고 찬성했던 것이다. 그런데도 왜 아무도 그 중지 선언에 반대하지 않은 것일까. 마치 미리 물밑 교섭이 있었고, 모두 합의라도 한 것 마냥…….

일부 참석자들은 이상하게 여겼지만, 국왕을 비롯해 주요 상급 귀족들 대부분이 중지에 찬성한다면 아무리 반대한들 소용없었다. 그리고 국왕과 상급 귀족들에게 '자신의 뜻을 거역한 적대자'라고 인식될 뿐이었다. 이런 상황에서 중지에 이의를 제기하는 자가 있을 리 없었다.

이리하여 숲을 이용한 이웃 나라 침공 계획은 중지되었고 농민

소집과 용병, 헌터, 불량배들 고용도 취소되었다.

농민들은 크게 기뻐했으나, 용병 길드를 통한 계약 때문에 위약금을 받게 된 용병들은 둘째치고, 헌터 길드를 통하지 않은 자유 계약이었던 몇몇 헌터와 불량배는 동화 한 닢조차 받지 못하고 일방적으로 계약을 파기 당했다. 그리고 그것을 보고 "그러니까 그런 의뢰를 받지 말라고 했는데……" 하며, 다른 사람들로부터 비웃음을 샀다.

이제 이 나라 상층부는 그런 루트로 이웃 나라인 마레인 왕국을 침공할 생각은 사라졌으리라. ……적어도 당분간은 말이다.

하지만 마일이 그 지휘관에게 한 말은 '그대들, 왜 고의로 숲을 어지럽히려고 하지?'였다. 그렇다, '여신 엘'을 화나게 만든 것은 숲을 황폐하게 만드는 행위였지, 딱히 이웃 나라를 침략하는 인간들끼리의 싸움에 대한 것이 아니었다. 그래서 그 숲을 통하지 않는, 다른 루트에 의한 침공이라면 문제가 없었다.

마일 일행은 그 도시, 마판 사람들에게 민폐를 끼치고 싶지 않을 뿐이었지, 마레인 왕국 자체는 모국도 아니고 딱히 신세를 진 것도 없어서 아무런 의리도 느끼지 않았다. 게다가 '일절, 타국 침공 금지'라는 너무도 큰 제약을 주면, 머지않아 깰 가능성이 크다.

반면 '이것만은 금지'라는 정도면, 앞으로 쭉 지킬 가능성이 크다. 굳이 그곳을 지나지 않아도 다른 루트로 침공하면 될 뿐인 이야기였으니까.

마일이 암약을 펼친 그다음 날 아침, 다소 언짢아 보이는 마일의 설명을 들은 레나 일행은 얼른 숙소를 퇴실하고 다음 도시로 이동하려고 했다.

성가신 일은 해결된 모양이지만 왕궁과 귀족들이 이래저래 술렁이고 있는 모양이었고, 왕도 전체가 그리 좋은 분위기가 아니었다. 수주를 놓친 대규모 상회, 국물이 떨어질 줄 알았던 중소 상회, 용병과 불량배들이 불만을 드러내며 로비 활동을 펼치기도 했고, 처지가 불리한 사람을 불만 배출구로 삼아 억지를 부린다든지…….

그리고 가장 큰 문제는 아무리 머리카락과 눈동자 색을 바꾸었다고는 하나 국왕에게 얼굴을 그대로 보인 마일이 왕도에서 활동하기가 걱정된다는 부분이었다.

평민 C등급 헌터가 국왕과 만날 확률 따위, 거의 제로에 가깝기는 했으나 세상사는 무슨 일이 벌어질지 알 수 없다. 국왕도 왕궁에서 나와 어딘가에 갈 수도 있고, 마차 창문으로 밖을 내다볼지도 모를 일이다.

처음에 다른 헌터들로부터 이번에는 빨리 이동하는 편이 좋다는 충고를 듣기도 했으니, 이렇다 할 의뢰도 받지 않은 채 단기간에 출발해도 아무런 문제가 없었다.

그리하여 꽤 늦게 퇴실해 조금 이른 점심을 먹은 '붉은 맹세' 일행은 길드 지부에 들러서, 왕도가 낸 헌터 모집 벽보가 떼어진 대신 모집 중지 선고로 바뀐 것, 그리고 정보통 헌터로부터 '농민들에게 낸 소집 명령이 취소된 모양이다'라는 이야기를 들은 후 길드 직원과 그곳에 있던 헌터들에게 작별을 고하고 마음 푹 놓고 왕도를 뒤로했다…….

제74장 강화

"뭐라고? 이웃 나라가 행동을 멈췄다고?"

마판의 영군들과 헌터 길드 지부에서는 온갖 소문이 난무했다.

이웃 나라의 가장 가까운 도시뿐 아니라 왕도 헌터 길드 지부, 용병 길드, 기타 일부 일반 시민에게도 돈을 쥐여주며 정보 수집에 힘쓰고 있었다. 게다가 중대 규모 이상의 군을 움직이는 데 완벽한 정보 통제가 이루어질 리도 없었다.

정보의 중요성이라는 것에 대한 인식이 희박한 하급 병사와 시정잡배, 마을 사람들은 곧 여기저기서 떠들어댔다. 또 물자의 흐름, 부대 이동 등은 눈에 띄기도 하고, 군의 이동보다 정보를 가진 보고자의 단독 이동이 훨씬 빨랐기에 이만큼 가깝다면 전쟁 준비는 금방 알 수 있었다. 기습 공격 따위는 웬만큼 운이 좋거나 상대가 바보가 아닌 이상 바랄 수도 없었다.

그래도 평소대로 '마물 내쫓기'라고 생각했다면 기습 공격 성공도 불가능은 아니었겠지만, 군의 동원 규모, 농민병 소집 규모 등을 보아 마판 측은 이번에는 평소처럼 괴롭히는 수준이 아니라는 사실을 파악했다.

하지만 왕도군과 다른 영지 영군들의 원군이 제때 도착하지 못할 것이라는 의미에서는 기습 성공, 이라고 말할 수 있을지도 몰랐다.

"왕도군과 타지의 원군이 올 때까지 버티지 못할까 걱정했는데, 그 정보가 진짜라면 서둘러 사자를 보내야만 해! 대규모 군사 행동을 요청했는데, '아니었다'로 끝날 일이 아니라고. 실비와 사례금, 위로금을 각 영주군에게 지급하면 우리 영지 재정은 파탄 난다! 서둘러서 정확한 정보를 모아라!"

실제로 전쟁이 터지는 것에 비하면 훨씬 낫지만, 잘못된 정보 때문에 큰돈을 잃는 것만은 피하고 싶었다.

하지만 안 올 줄 알고 안심했는데 역시나 와버리게 되면 영지는 망하고 만다. 지금은 안전 그리고 헛돈을 쓰지 않고 끝날 수 있도록 잘 대처해야 한다.

그렇게 생각한 영주는 서둘러 부하들에게 정보 수집을 명령했다.

*　*

"왕도에서 꽤 멀어졌네. 이 정도면 괜찮지 않을까……."

"네, 이제 괜찮을 것 같아요. 마일이 한 일은 정식으로는 정보가 돌아다니지 않을 테니까……."

레나가 중얼거리자 그렇게 대답한 폴린.

요 며칠, 이동 거리를 버는 것을 최우선으로 한 '붉은 맹세'는 야영만 하면서 계속 걸었다. 그런 보람이 있어서, 아직 국경은 넘지 못했어도 왕도로부터 상당히 멀리 올 수 있었다. 국경선도 그리 멀지 않았다.

그리고 슬슬 길드 지부에 들러 정보 수집을 하자고 생각한 '붉은 맹세'는 다음 도시에 들르기로 했다.

"……없네……."

재미있는 의뢰도, 돈을 쓸어 모을 만한 의뢰도, 좋은 경험이 될 만한 의뢰도 없었다.

당연하다. 이런 작은 도시에 그런 의뢰가 있으면 이미 현지 헌터들이 수주했을 테니까.

"하루만 묵고 다음 도시에 갈까……."

얼마간 머무는 것보다 더 큰 도시로 가는 게 낫다. 메비스의 제안에 고개를 끄덕이는 세 사람이었다.

"……엥?"

숙소를 구하려고 길드 지부를 나와 대로를 걷고 있는데, 메비스의 시선이 어느 간판에서 멈췄다.

『검술 지도. 견학 가능. 단기 집중 훈련도 받습니다. 전 왕궁 근위기사, 라디마르』

"……."

"…………."

"……………."

"알았다고! 가면 되잖아, 가면!"

간판을 응시한 채 미동도 하지 않는 메비스를 보고 레나가 포기했다는 듯 소리쳤다.

"으으음……."

도장 구석에 앉아 검술 지도를 견학 중인 '붉은 맹세'.

그리고 계속해서 끙끙 앓는 메비스.

"어때 보여?"

레나가 묻자 메비스는 감탄했다는 듯 말했다.

"과연 전 왕궁 근위 기사라고 할 만하네요. 실력도 그리고 지도 방식도 훌륭해요……. 아버님과 오빠들도 상당한 실력자지만 자기 단련을 우선했기 때문에 가르치는 쪽은 썩 신통치 않았거든요……. 그리고 당시의 저는 어렸으니까요. 지금 와서 생각해보면 어린애랑 놀아주는 정도로만 생각했을 거예요. 도저히 『검술을 배웠다』고 말하기는 힘든……."

마일 일행은 그렇게 생각하지 않았지만, 전 왕궁 근위 기사의 검선과 지도 모습을 봐버린 메비스는 자신의 기술이 초보자보다 살짝 나은 수준이라고 생각해버린 모양이었다.

이글거리는 눈동자로, 전 왕궁 근위 기사의 지도와 시범 시합을 바라보는 메비스.

"'아~, 푹 빠져버렸나…….'"

의욕이 있고 어느 정도 보는 눈이 있는 사람이라면 반드시 지도를 받고 싶어질 것이다. 그런 자신감이 있기에 '견학 가능'이라고 했으리라. 그리고 오랜 기간 배울 수 없는 사람을 위해 '단기 집중 훈련도 받습니다'라고 한 문구.

"교육비, 엄청나게 비쌀 게 뻔하다고요!"

폴린이 그런 불평을 흘렸지만, 메비스의 강화는 파티 전체에 크나큰 이익이 될 것이다.

"알았다고요! 수업료는 파티 예산으로 충당하자고요!"

천하의 폴린도 메비스에게 자기 용돈으로 내라고 말할 만큼 인정머리 없는 사람은 아니었던 모양이다.

그리고 그 말을 듣고 만족한 듯 빙그레 웃는, 교양 있어 보이는 연배의 여성 안내인. 아마 도장 주인의 부인이겠지…….

"그럼 검사 두 분, 일 인당 하루에 소금화 3닢을……."

""""비싸아아앗!""""

자기도 모르게 목소리가 겹쳐진 네 사람이었는데, 여성이 '정식 제자도 아닌데 전 왕궁 근위 기사의 지도를 받을 수 있는 것을 돈으로 환산하면 어느 정도의 가치가 있겠느냐', '연줄이나 인맥으로 그런 인물에게 지도를 부탁하면 물밑 작업을 얼마나 해야 하고 또 돈은 얼마나 필요할지 생각해 봤느냐'는 둥 말을 해서 받아들일 수밖에 없었다.

폴린조차도 '어쩌면 굉장히 이득일지도…….' 하고 말할 정도였으니 정말 양심적인 가격이리라. 과연 귀족가 자제의 검술 교사로 고용되어도 이상하지 않는데, 이런 데서 평민을 상대로 소금화 3닢에 가르쳐주다니, 사람이 얼마나 좋은지…….

"하지만 한 번에 열 명 넘게 지도한다고요! 그리고 학생들끼리 모의 시합을 시키니까 꽤 편하잖아요! 이렇게 두세 시간씩 하루에 두 조를 지도하면 소금화 60닢 이상은 벌어요!"

마일의 지적에 시선을 회피하는 여성.

""""폭리라고오오오오!""""

그리고 도장에서 모의 시합 중이던 학생이, 움찔하며 움직임을 멈출 만큼 큰 소리가 울려 퍼졌다.

"그랬던 건가요……."

그 후 여성에게 도장 요금에는 등급이 있는데, 초보자와 경험자 사이에 큰 차이가 난다는 것. 그리고 돈 없는 평민과 고아들에게는 정말 명목상으로만 받는, 거의 공짜나 다름없는 돈만 받고 덤으로 지도 후에는 식사까지 제공하기 때문에, 그만큼 여유 있는 사람에게 수업료를 많이 받지 않으면 운영할 수 없다는 이야기를 듣자, 그런 거면 어쩔 수 없다며 받아들인 '붉은 맹세' 일행.

하지만 여성은 메비스와 마일이 수강할 거라고 생각했는지, 예상했던 수입이 절반으로 줄어든 것에 대해 조금 실망한 눈치였다.

마일 씨도 꼭 받으라고 강력하게 권했지만, 마일이 보기에는 그래도 본직이 마술사라는 사실, 검은 학원 시대까지 포함해서 일 년 반이 넘게 배웠음에도 불구하고 기초도 없기에 이제 와서 며칠 익혀봐야 소용없다는 사실을 전하자, 아쉬운 표정을 지으면서도 포기해주었다.

"그럼 우리는 메비스의 단기 집중 훈련이 끝날 때까지 셋이서 의뢰를 받거나 느긋하게 휴식이라도 취하면서……."

레나가 그렇게 말하는 도중에, 안내해주는 여성이 끼어들었다.

"그러면 걸어서 이틀 정도 걸리는 곳에 있는 도시에, 전 왕궁 마술사였던 분의 마술 지도 도장이 있거든요. 여러분은 거기서 마술 수행을 하시는 건 어떨까요? 견학도 가능하고, 단기 집중 훈련도 가능하답니다."

""""엥?""""

또다시 목소리가 겹쳐진 세 사람. 과연 파티 동료였다.

"그거, 이 도장이랑 관계는……."

마일이 묻자 여성이 주눅 들지도 않고 대답했다.

"직접적인 관계는 없어요. 뭐, 우리 점주가 왕궁에서 일했을 때의 지인이라고 하던데. 그리고 학생을 소개해줄 경우, 우리 소개장을 가지고 간 학생은 강습료 5% 할인. 강습료의 15%는 우리 몫이 되지요."

""""그럴 줄 알았어!!""""

결국 '붉은 맹세' 멤버들은 메비스를 남겨두고 도시를 출발했다. 이러니저러니 해도 다들 역시 '전 왕궁 마술사'인지 뭔지의 능력과 교수법에 관심이 있었던 것이다.

출발할 때 마일은 메비스에게 '혹시 무슨 일 있으면 바로 부르세요!' 하고 집요하게 신신당부했는데, 이 도시는 치안이 나쁘지 않았고, 헌터에 검으로 무장한 메비스에게 시비 거는 자가 있을 리도 없었다. 그랬다간 재수 없으면 목숨이 왔다 갔다 하게 될지도 모르고, 헌터 길드를 적으로 돌리는 행위였기 때문이다.

게다가 이 도시와 마일 일행이 향하는 도시 사이에는 1박 2일

정도로 거리가 떨어져 있고 도적이 나왔다는 소문은 적어도 최근 몇 년 동안에는 없었다. 아마 도적이 돈벌이의 무대로 삼기에는 도시 사이의 거리가 너무 가까워서이리라. 자칫했다가는 두 도시에서 곧바로 토벌대가 나올 것이다.

메비스의 단기 집중 훈련 계약은 5일간. 너무 길어도 끝이 없고, 5일 정도면 메비스의 지금 실력 그리고 부족한 부분을 자각하는 데 충분하다고 계산했기 때문이다.

그리고 그 부분은 또 차근차근 단련해서 익히면 된다. 마일과 함께…….

도장 주인은 몹시 기뻐했다.

돈이 되는 손님인 데다가 조금 시험 삼아 가르쳐보니 상당한 실력이었고 검선에 버릇이 없어서, 단기 손님은 주로 자기 버릇이 든 지저분한 검선을 가진 자만 가르쳐 온 주인으로서는 오랜만에 가르치는 보람을 느끼는 학생이었다.

게다가 젊고 야무지게 생긴 미인이어서 다른 손님을 모으는 효과도 몹시 뛰어났다.

심지어 다른 도시로 간 그 세 사람이 마술사 도장에 등록한다면 소금화 3닢×15%×3명×날짜. 잘만 하면 소금화 6~7닢, 아니, 10닢 정도까지도 벌 수 있을지 모른다.

그러니 도장 주인 부부의 입꼬리가 자꾸만 올라가는 것도 무리는 아니었다.

*　*

"신속검!"
찰싹!
"으윽!"
"거기까지!"
사형과의 모의 시합이 끝나고 뒤로 물러나는 메비스.
이 도장은 정식 제자와 단기 훈련 '손님'을 확실히 구별했는데, 후자는 '학생'이라 하여 훈련이 끝나면 이 도장과 아무런 상관이 없는 사람이 되고 제자라고 부르지 않았다. 그래서 도장 주인을 '스승', 정식 제자들을 '선생'이라고 불러서, 같은 학생인 동료들과는 다르게 취급했다. 그래서 제자들을 '사형'이라고 불러서는 안 되었다.
하지만 무슨 영문인지 메비스만은 첫날 훈련이 끝난 시점에서 제자 대우를 받아, 그들을 '사형'이라고 부르는 것을 허락받았다.
제자들도 그것을 불쾌하게 여기는 기색이 없었고, 사매로 여기며 귀여워해 주었다.
메비스는 난생처음 경험하는 그러한 세계에 몹시 기뻐했다.
'사형! 함께 검도를 걷는 동문들!'
그렇다, 메비스가 좋아할 법한 상황이었다. 그리고…….
'젊고 아름다운 여자! 기품이 넘치고, 잡담이나 검술 담의 내용을 봤을 때 분명 유복한 귀족 아가씨에 순수하고 성격도 좋아. 데릴사위로 들어갈 절호의 기회!!'
'제자들의 의욕 상승, 단기 훈련 희망자 증가! 심지어 성실하고 노력파에 소질도 있어. 또 집중력이 오래 가지 않는다고는 하나

『신속검』인지 뭔지 하는 놀라운 속도의 연속 기술. 짧은 기간만 다닌다는 게 너무 아깝다! 하지만 동료들과 함께 여행하던 도중이라니 어쩔 수 없나……. 기사도 정신이 넘치고, 나쁜 세계에 물드는 일도 절대 없을 것 같고, 장차 반드시 훌륭한 인물이 되어서 최종적으로는 대귀족의 아내가 될 게 틀림없어. 적어도 우리 제자였다고 해서 그때가 오면 선전에 이용…….'

다들 저마다 멋대로 생각하고 있었다.

하지만 누구한테 피해를 주는 것도 아니고 모두가 행복하다면 그래도 문제는 없다.

"스승님, 제 실력은 헌터 중에서 따지면 어느 정도인가요?"

단련이 끝난 후 메비스가 심하게 대놓고 묻자 도장 주인인 라디마르 스승은 수염을 쓰다듬으며 잠시 생각에 잠긴 뒤 대답했다.

"으~음……. 통상적으로는 C등급의, 위에서 2할 정도쯤 될까. 아버지와 오빠에게 배웠다고 했는데, 버릇이 없고 순수하고 좋은 검선이다. 대부분의 헌터들은 자기 버릇이 있고 쓸데없는 동작이 많은 '지저분한 검선'인데 그런 것치고는 상당히 좋은 편이지. 그리고 속도도 빠르다. 하지만 여자치고는 근력도 체력도 있는 편이라고는 하나, 그래 봐야 여성의 골격이고 여자 도적처럼 근육이 발달한 것은 아니야. 그러한 단점까지 생각해보면, 속도만이면 모를까 종합적인 능력은 B등급까지는 아닌 것 같구나……. 다만 그 『신속검』을 쓰는 동안에는 충분히 B등급 헌터에 필적한다고 생각한다. 상대가 동요하기를 잘 유도한다거나 방심하게 만들면 A등급 하위 헌터에게 반격하는 것도 가능할지 몰라. 오래 지속할 수 없는 것은 아쉽지만, 1대1 싸움은 그렇게 장기전으로 이어지지 않으니까."

메비스는 아직 여기서는 '신속검'까지밖에 보여주지 않았는데, 한결같이 단련해온 성과인 '신속검'과 자신의 정신력으로 구사하는 '진 신속검'까지는 자신의 실력으로 당당하게 쓸 수 있다고 생각했다. ……과연 'EX 진 신속검'은 실전에서 목숨이 오락가락할 때 빼고는 쓸 생각이 없었다. 그리고 그것은 자신의 힘이 아니다.

"그런가요……."

아마도 레나와 폴린의 마법은 A등급 헌터에 버금가리라. 하물며 마일은…….

그에 비해 자신은 마이크로스를 먹는 반칙을 써야 겨우 A등급 언저리에 해당하는 힘을 쓸 수 있다.

아주 짧은 시간밖에 유지하지 못하고 몸에 큰 손상 주는 데다가 타력본원의 약물에 의지해야 겨우 그 수준인 것이다.

그렇게 생각하니 자신의 한심함에 마음이 우울해졌다.

또 다수를 동시에 상대해 싸우는 마술사 조와 달리 자신은 눈앞의 적을 하나씩 쓰러트리는 것밖에 할 수 없다. ……아니 검사니까 그렇고, 그것은 역할이 다른 것이어서 그렇다는 것쯤은 잘 알고 있다. 하지만 그래도 왠지 무력감에 사로잡히고 마는 메비스였다.

"……스승님, 총공격 훈련을 해주시면 안 될까요?"

"뭐라고?"

총공격이란 말 그대로 전군이 일제히 공격하는 것이다.

그러니까 메비스는 지금 이곳에 있는 사형들 전원과 동시에 싸우고 싶다는 뜻을 밝힌 셈이다.

이미 오후부 '손님', 단기 집중 훈련 학생들은 돌아갔고 지금은 메비스가 특별 참가를 허락받은, 정규 제자들이 단련하고 있는 시간대였다. 그래서 상당한 실력자들만 모인 사형들이 12명. 설령 B등급 헌터라도 이길 수 있는 상대가 아니었다.

마이크로스를 먹고 단기 승부를 내면 이길 가능성은 있지만, 물론 그래서야 단련하는 의미가 없다.

"……본인이 지금 무슨 말을 하고 있는지, 알고는 있나?"

"네."

"사형들을 모욕하고 있는 것으로 받아들여도 될까?"

"모욕하는 게 아닙니다!"

"이길 수 있을 거라고 생각하나?"

"아닙니다. ……하지만, 이길 수 있게 되기 위한 단련입니다. 그리고 제 동료들을 조금이라도 따라잡기 위한……."

"…………."

묵묵히 생각에 잠긴 스승 라디마르.

"……그렇게 강하단 말이냐."

"네. 그 세 사람 중에 제일 공격력이 약한 치유마술사가 A등급 검사 몇 명쯤은 순식간에 죽일 수도……."

"뭐라고?!"

뒤에서 이야기를 듣고 있던 제자들이 얼어붙었다.

"부탁입니다! 그들의 발목을 잡고 싶지…… 짐이 되고 싶지 않아서 그럽니다! 그러려면 벽을 뛰어넘어야! 벽을 뛰어넘어야 한다고요오옷!"

또르르, 메비스의 뺨을 타고 흘러내리는 한줄기 눈물.

이곳에 있는 사람은 모두 무인이다.

힘의 벽에 부딪히거나, 괴로움에 몸부림치는 나날. 친구는 아득히 멀리 앞서가고, 분통함과 부러움에 휩싸여, 그런 자신의 속물스러움에 자기혐오를 느끼고 죽고 싶어졌던 나날. 그리고 자신의 능력 부족 때문에 지켜야 할 것을 지키지 못한 후회와 벽에 계속해서 머리를 박았던 날.

그런 경험이 없는 사람이 있을 리 없었다.

"……마술사 세 명과 함께하는, 우리 라디마르 검술 도장의 문하생이, 아니, 검사가 무시당하는 꼴은 못 보지. ……하고 싶은 대로 단련하면 된다. 하루에 드는 소금화 3닢만큼, 단단히 몸에 익히는 게 좋아!"

"네!"

"너희들, 귀여운 사매를 위해, 우리 라디마르 검술 도장의 명예를 위해, 그리고 검사로서의 의지를 위해, 부디 협력해다오. 절대 대충하면 안 된다. 그건 모욕이고, 동문에 대한 배신행위라는 것을 잘 알아야 한다!"

""""""""""네엣!""""""""""

그렇게 해서 메비스의 특훈이 시작되었다.

그것은 메비스에게 있어서 지옥이었지만 한편으로는 자신의 소망을 이루기 위한 낙원이기도 했다…….

* *

"수고 많으셨습니다!"

그렇게 인사한 메비스는 만신창이였다.

오늘도 단기 집중 훈련 학생이 돌아간 후 제자들만 상대하는 단련이 시작되었고, 최근 며칠 마무리 훈련에 들어간 메비스를 상대로 한 총공격이 이제 막 끝이 났다. 제자들은 지금부터 도장 정리와 청소를 한 다음 뒤뜰에 가서 우물물을 몸에 끼얹고 옷을 갈아입을 예정이다.

제자로 대우한다고는 하지만 큰돈을 낸 메비스에게 도장 청소를 시킬 수는 없다며, 자신도 하겠다는 메비스를 스승인 라디마르가 한사코 말렸다.

그리고 아무리 남녀 차별 없이 함께 단련한다지만 아무리 그래도 반라로 물을 끼얹고 옷을 갈아입는 사형들과 섞이는 것도 주저되어서, 메비스는 숙소로 돌아가 씻고 옷을 갈아입곤 했다. 그래서 메비스는 사형보다 빨리 도장을 빠져나왔다.

숙소로 돌아가면서 생각에 잠긴 메비스.

'……오늘도 별로 진전이 없었어……. 원래 예정대로라면 남은 훈련일수는 앞으로 이틀. 연장할까? 아니, 그러면 다른 멤버들이 걱정할 거야. 그럼 이번에는 여기까지로 할까? 물론 이번에 얻은 건 많아. 사형들한테 배운 『아름다운 검술』뿐 아니라 밀고 당기기, 응용기, 더러운 수법 등 다른 헌터나 도적, 병사 등을 상대로 한 대인전 능력이 꽤 높아졌다는 걸 실감해. 스승님이랑 사형들한테는 내가 낸 소금화만큼, 아니 그 이상으로 중요한 걸 여러 가지로 많이 배웠어…….'

절반은 포기하기 시작한 메비스였지만, 머릿속에 마일이 저번에 한 말이 떠올랐다.

『메비스 씨, 포기하면, 거기서 싸움은 끝이에요!』

'내가 지금 무슨 생각을 한 거야! 다른 멤버들이 소중한 파티 예산 그리고 소녀에게 가장 귀중한 『시간』이라는, 절대 늘릴 수 없는 유한한 자산을 쏟아부으면서까지 투자해준 요 며칠간을, 처음부터 포기하고 허사로 만드는 생각을 하다니! 이제 이틀밖에 없는 게 아니라 아직 이틀이나 있다고 생각해야지. 마일이라면 분명 그렇게 생각할 거야! 생각해내! 남은 이틀 동안, 강해질 방법을! 1대 다수인 대인전 훈련이 가능한 기회는 그리 쉽게 오지 않는다고. 이 기회를 그냥 버릴 수는 없어! 생각해내, 생각해내는 거야, 메비스 폰 오스틴!!'

그리고 다양한 생각이 메비스의 뇌리를 스치고 지나갔다.

『저, 그게, 실은, 이길지도 모르는 방법이 있기는 한데요…….』

큰 오빠와의 대결 전날, 마일이 해준 말.

『속도에 익숙해지면 돼요.

기력으로 근육이 강화되어서

고통은 단순한 위험신호예요. 그러니까 '그건 이미 알거든!' 하고 무시하면 그만이에요.

내가 하면 로맨스 남이 하면 불륜!

속도는 위력 향상에

회전력이라는 거예요.

고양이는 참 좋죠.』

왠지 모르게 기시감이 드는 말뭉치들이 마구 떠올랐다.

그리고…….

"……이거다!"

그렇게 소리친 메비스는 서둘러 숙소로 돌아가 재빨리 몸을 씻고 옷을 갈아입은 후 허둥지둥 저녁밥을 먹어치웠다.

아무리 성격이 급해도 몸단장과 식사를 소홀히 해서는 훌륭한 기사라고 말할 수 없다. 기사는 몸이 재산. 주인에 대한 충성을 표시하려면 건강한 육체가 필요한 법이다.

그리하여 모든 준비를 마친 메비스는 애검을 침대로 가져와 자루를 단단히 쥐고는 전력 가동했다.

……모든 정신력과 망상력을.

정신적으로 너무 지쳐서 그대로 의식을 잃고 잠들어버릴 때까지…….

* *

"……오늘은 이걸 쓰게 해주세요."

단련이 대충 끝나고 마침내 오늘의 마지막 '메비스 총공격전' 시간이 찾아왔을 때, 메비스가 짐 속에서 어떤 물건을 꺼냈다.

"이것은……."

"네, 제 검, 그러니까 실제로 쓰는 검을 천으로 감싼 것입니다."

"…………괜찮겠지."

메비스의 눈을 지그시 응시한 후 라디마르가 그렇게 말했다.

"이 정도로 단단히 감쌌으니 별로 크게 다치지도 않을 거다. 하지만 목검보다 휘두르기 힘들어서 불리해질지도 모르는데. 그래도 괜찮다면 써도 상관없어."

"감사합니다!"

사형들도 불만이 없는지 다들 묵묵히 고개를 끄덕여 주었다.

"그럼 여러분, 한 수 가르쳐 주십시오. ……메비스 폰 오스틴, 나갑니다!"

"훌륭해!"

라디마르가 일어서서 그렇게 소리쳤고, 메비스는 사형들에게 예를 표했다. 전투 불능 판정을 받아 전력에서 제외된 열두 명의 사형들에게…….

메비스는 몇 번 타격을 먹어도 훈련 속행. 적 역할을 맡은 사형들은 실전이었을 경우 전투 불능이 될 공격을 맞으면 전력 제외가 되어 뒤로 빠지기. 그러한 규칙을 세우고 총공격전이 펼쳐졌는데, 어제까지는 사형들을 전멸시키기 전에 메비스가 대미지와 피로감에 휩싸여 움직일 수 없게 되어 종료했었다.

그런데 오늘은 처음에는 몇 차례 맞긴 했지만, 그 후부터는 공격을 받지 않고 전부 피하거나 받아넘기며 열두 명 전원을 쓰러트리는 데 성공했다.

"하루 사이에 무슨 일이 있었나?"

스승님이 묻자 메비스가 환한 표정으로 대답했다.

"친구의 말이 저에게 새로운 힘을 불어넣어 주었습니다."

"……그런가. 좋은 친구를 두었구나……."

그리고 다음 날, 훈련 마지막 날.

처음부터 끝까지 치명상으로 판정을 받지 않고 열두 명의 사형들을 물리친 메비스는 스승 라디마르에게 단기 집중 훈련 이수를 선언 받았다.

"우리 유파는 수업 이수증서라든지, 기예 전수 증명서 같은 것은 없어. 그런 건 필요하지 않아. 자신의 기술로 직접 증명하면 그만이니까 말이지. 검기란 10년 단련해도 큰 성과가 나오지 않는 자도 있는가 하면 단 사흘 만에 크게 성장하는 자도 있어. 얼마 되지 않은 기간이었는데, 자신이 성장했는지 어떤지. ……그것을 남에게 물을 필요가 있을까?"

메비스가 고개를 끄덕였다.

"너는 단기 집중 훈련의 『손님』으로 이곳에 왔지만 지금 너를 『손님』으로 생각하는 사람은 아무도 없을 거야. 넌 우리 라디마르 도장의 문하생이자 모두의 동문이야. 앞으로 그렇게 말해도 좋다는 것을 허락한다. 그리고 잊지 마라, 너에게는 많은 사형이 있고 앞으로는 또 많은 사제가 생길 것이다. 힘든 일이 생기면 모두를 의지해라. 그럼 가거라, 너를 기다리는 친구들의 곁으로!"

"네! 여러분, 그동안 감사했습니다. 이 은혜는 절대 잊지 않을 것입니다. 그럼, 다시 만날 때까지 건강하세요!"

깊이 고개 숙여 인사한 메비스는 도장을 뒤로했다.

오늘 밤은 숙소에 묵고 내일 아침 마일 일행이 머무는 도시를 향해 출발할 것이다.

"……갔나. 오랜만에 참으로 즐거웠다……. 좋아, 얼른 청소하고 옷을 갈아입어라! 다 함께 한잔하러 가자고. 전부, 내가 쏠 테니! 오늘은 기분이 참 좋구나. 그런데 안 마시고 배기겠냐!"

""""""""""오오오오오!!""""""""""

돈에 꽤 인색한 사모님이 쓴웃음을 지었다. 그렇다는 건 이번 스승님의 발언을 허락했다는 의미다. 문하생들은 서둘러 도장 청소를 시작했다.

"나중에 오스틴가가 어느 나라 귀족인지 조사해주라. 녀석이 유명해지면 우리 도장 선전에 써먹어야지. 그리고 녀석에게 힘든 일이 생기면 사소한 도움을 주자. 그리고 녀석이 시집갈 때는…… 축하 선물이라도 하나 보내주자고."

"네네……."

물론 사모님은 알고 있었다. 자기 남편이 말하는 '사소한 도움'이라는 게, 얼마 남지 않은 자신의 '사소한 목숨'을 걸겠다는 의미라는 사실을.

"만약에 우리 딸이 살아 있었으면…… 아니, 아무것도 아니야……."

"네네……."

애검을 끌어안은 채 잠든 메비스 폰 오스틴.

어떤 꿈을 꾸고 있는지, 시련의 순간이 다가오고 있음을 알지 못하는 그녀의 잠든 얼굴은 행복해 보였다.

* *

"후후후, 다들 깜짝 놀라겠지. 자, 어떤 타이밍에 선보이는 게 제일 멋있을까……."

헤벌쭉, 조금 칠칠해 보이는 표정으로 길을 걷고 있는 메비스.

마일이 없어서 텐트와 침대, 담요 등은 없었지만 원래 일반 여행자는 그런 것을 가지고 다니지 않는다. ……특히 침대 같은 것은.

망토만 있으면 충분하다. 고작 1박 2일이다. 물과 식량은 어깨에 멘 가방에 들어 있는 것으로 충분했다. 도중에 물을 보충할 수 있는 장소도 있었다.

……참고로 등에 메는 형식인 가방은 기습 공격을 받았을 때 바로 내리지 못해서 싸움에 방해되기 때문에 쓰지 않는다. 마술사라면 별로 상관없을지도 모르지만 검사에게는 상당한 영향을 미친다.

메비스가 이래저래 즐거운 계획을 세우며 걷고 있는데, 갑자기 불안하고 다급한 목소리가 들려왔다.

"정신 차리십시오! 마차가 지나가면 태워 달라고 부탁할 테니까! 그럼 다음 도시까지……. 도시에 도착하면 치유마술사나 의사의 도움을 받을 수 있으니까 지금은 조금만 더 버텨 주십시오!"

길에 사람의 모습은 보이지 않았다. 메비스가, 소리가 난 방향으로 고개를 돌리자…….

길가 풀숲에 앉아 나무에 등을 기댄 15~16세 정도의 소녀와 그 주위를 에워싸고 있는 세 남자가 보였다.

남자들은 다들 서른 중반으로 보였고, 검을 차고 있었다. 아마도 소녀의 호위인 거겠지. 헌터로 보이지는 않으므로, 부잣집 아가씨와 고용된 호위들인 걸까…….

메비스는 갑자기 아픈 건가 생각했는데 그런 경우라면 자신이 해줄 수 있는 일은 없었다. 세 사람이나 함께 있으니까 자신이 나서지 않아도 되리라. 그렇게 여기고 그대로 스쳐 지나가려고 했는데.

문득 콧구멍을 찌른 피 냄새.

반사적으로 눈에 힘이 들어가고 몸속 나노머신에 의해 시력이 강화되었다. '진 신속검'의 육체 강화가 무의식중에 발동한 형태였다. 그리고 그 눈에 비친 것은…….

'피?'

그렇다, 소녀의 옷에 검붉은 피가 묻어 있었다.

"무슨 일이에요?"

걸음을 멈추고 길가에 있는 네 사람에게 말을 거니, 남자들이 반사적으로 칼자루에 손을 가져가며 경계했다.

'아~, 실패했나…….'

아무리 자신도 검을 차고 있다고는 하나 평범하게 길을 걷고 있을 뿐인 홀몸의 여자였다. 그렇게 수상한 차림인 것도 아니고 악당 같은 얼굴도 아니다, ……라고 생각했는데.

그런데 이렇게 잔뜩 경계한다는 것은, 그거다.

자신들한테 켕기는 뭔가가 있거나, ……아니면 적에게 쫓기고 있거나.

그리고 아마 후자 쪽일 것이었다.

메비스는 혼자라는 것, 그리고 아무래도 그들이 예상한 적과는 너무 다르다고 판단했는지, 순간 흐르던 긴장된 분위기가 풀리고 남자들 손이 칼자루에서 멀어졌다. ……다만, 방심하는 기색은 조금도 없어서, 언제라도 검을 뽑을 수 있는 자세는 무너뜨리지 않았다.

"죄송하지만 지혈제나 진통제, 아니면 뭔가 상처에 도움이 되는 걸 가지고 있지 않습니까? 만약에 있으면 꼭 빌려주셨으면 합니다. 물론 사례는 충분히 하겠습니다!"

호위로 보이는 세 사람 중 리더 느낌이 나는 자가 그렇게 부탁했는데 공교롭게도 메비스 역시 약은 가지고 있지 않았다. 실력이 뛰어난 치유마법 구사자가 둘씩이나 있는 '붉은 맹세'는 비싼 의약품을 준비할 필요가 없었고, 쓸데없는 지출은 폴린이 허락하지 않았기 때문이다.

"죄송하지만 저도 약은 없…… 아!"

뭔가 떠올랐는지 메비스가 자신도 놀랐다는 표정을 지었다.

"상처를 보여주시겠습니까?"

젊은 여성의 맨살이다. 만약 남자라면 거절했을지도 모르지만, 메비스는 여자인 데다가 조금 전에 무슨 방책이 있는 것처럼 굴었던 태도를 보였다. 그래서 지푸라기라도 잡는 심정으로 리더가 고개를 끄덕였다.

메비스는 소녀에게 다가가 옷을 살짝 걷어 올렸다.

"윽……."

조금 전 호위 중 하나가 '마차로, 도시까지' 같은 말을 했었는데, 그때까지 도저히 못 견딜 것 같았다. 그리고 이 상처는, 그것이었다.

"……단검에 찔린 상처. 직전에 피했거나 아니면 누군가가 개입해서 치명상은 면했거나……."

호위들이 서로 눈빛을 주고받았지만, 곤혹스러워할 뿐 특별히 뭘 하려는 기색은 없었다. 그래서 메비스는 생각한 것을 실행에 옮기기로 했다. 그렇다, 메비스는 소녀를 보고도 못 본 척할 수 있는 사람이 아니었다.

"지금부터 저희 일족에 내려오는 비전으로 이 소녀를 치료해볼게요."

""""오오!""""

호위들이 놀라움과 기대로 가득한 감탄사를 내뱉었다.

"그래주면 정말 고맙지요! 이 은혜는 반드시……."

메비스는 오른손을 들어 호위 리더의 말을 막았다.

"단, 조건이 있어요."

약점을 잡고 터무니없이 큰 사례금을 부를 셈인가. 그렇게 생각했는지, 호위들의 얼굴이 조금 험악해졌지만 메비스는 눈 하나 깜박하지 않았다.

"조건은 다음 세 가지입니다. 첫째, 저를 믿고 도중에 입을 열거나 방해하지 않을 것. 둘째, 이 비전에 대해 아무것도 묻지 않을 것. 셋째, 이 일은 아무에게도 말하지 않을 것. ……지켜줄 수 있나요?"

생각한 것과 전혀 다른 조건이 나오자, 호위들은 고개를 끄덕였다.

그것은 조건이라기보다 일족의 비전을 쓰려는 자에게는 당연한 제안이자 상식이었다. 소중한 주인 아가씨를 도와주려는 사람을 배신할 수 있을 리 없다.

"신과 저희의 명예를 걸고 맹세하겠습니다!"

그 말을 듣고 메비스도 고개를 끄덕였다.

"……그럼, 시작할게요."

메비스는 오른손으로 칼자루를 쥐고 10cm 정도 검신을 노출시켰다. 그리고 그 칼날에 자신의 왼팔을 살짝 대고 움직였다.

서양검은 잘 베이지 않는다고 하지만 그건 주로 갑옷을 입은 상대에게 쓰는 롱소드(마상검)일 때의 이야기였고 그것은 '잘 베이지 않는' 게 아니라 '잘 들 필요가 없어서 그런 성능으로는 만들지 않았을 뿐'이었다. 그래서 일반적인 검은 몹시 잘 들었다.

그리하여 팔을 타고 흘러내린 피가 메비스의 손바닥을 적셨다.

손가락이나 손바닥을 베지 않은 까닭은 검을 쥘 때 영향을 주는 것을 피하기 위해서였다.

그리고 메비스는 다음으로 주머니에서 작은 금속제 용기 하나를 꺼냈다. 익숙한 마이크로스였다.

하지만 마이크로스는 어디까지나 '나노머신이 많이 들어 있는 액체'에 지나지 않았고 그것 자체에는 아무 효과도 없었다. 포션과는 다른 것이다. 그래서 이것을 먹게 하거나 뿌려도 상처나 병에는 차도가 없을 터였다.

그런 마이크로스를, 메비스는 자신의 입에 머금었다. 그리고 이마에 주름을 만들며 잠시 고민에 빠진 후, 천천히 소녀의 몸을 끌어안았다.

"""""뭐야……."""""

반사적으로 두 사람을 떼어놓으려고 한 호위 한 명을 리더가 어깨를 잡아 말렸다.

"저분을 믿고 맡기기로 맹세했잖아. 건들지 마라!"

그리고 메비스는 피범벅이 된 왼손바닥을 소녀의 옆구리에 난 상처에 살짝 갖다 대고는, 소녀의 얼굴에 서서히 다가가…… 살짝 입을 맞췄다.

"""""허어어어어어~~~억!!"""""

"자, 잠깐, 잠깐마아아아아아안!!"

메비스의 어깨를 잡고 떼어놓으려는 리더를, 이번에는 조금 전 남자가 말렸다.

"믿자고 하지 않으셨습니까!"

"아, 아니, 그랬지만. ……그랬지만!"

처음에는 놀라서 눈을 크게 뜬 소녀였지만 얼굴이 붉게 물들더니 점점 눈을 감았다.

"아아! 아아아아아아!!"

그리고 호위 리더의 비통한 절규가 울려 퍼졌다…….

"푸핫!"

호위들에게는 영원처럼 느껴졌던 십여 초가 지나고, 마침내 메비스가 소녀에게서 얼굴을 뗐다.

그리고 새빨개진 채 계속 눈을 감고 있는 소녀.

어떻게 할 수 없는 마음으로 표정이 복잡해진 호위들.

그리고 미묘한 분위기 속에서 소녀의 상처에 손을 댄 메비스가 설명조로 소리쳤다.

"입을 통해 흘려보낸, 나의『기』가 든 비약, 그리고 피를 경유해 상처를 통해 흘려보낸『기』의 힘으로, 손상된 부분이여, 나아라!"

물론 그런 주문은 필요 없었다. 치유를 위한 '기'는 조금 전에 이미 넣었으니까.

단지 이 자리의 미묘한 분위기에 위기감을 느낀 메비스가 현 상황을 설명하기 위해 읊은 주문에 불과했다.

처치가 끝나고 일단락되자, 호위들이 일제히 소리 높여 캐물을 것이다. 그럴 거라고 예상한 메비스가 생각한 최선의 자위책이었다…….

*　*

"그, 그그그, 그런 거였습니까……."
"그, 그그그, 그런 거였군……."
"그, 그그그, 그런 겁니다……."
""""…………""""

메비스가 다시 설명하자 겨우 이해한 듯한 네 사람.

그렇다, 메비스는 '『기』의 힘으로 남의 신체 강화와 육체 회복'을 도모했고, 마이크로스와 피를 경유해 상대의 몸속으로 '기'를 흘려보냈다……고 생각했다.

……그리고 사실 그것은 '치유마법' 그 자체였다.

하지만 마법 효과는 둘째 치고, 그 작용 원리를 잘 모르는 메비스는 마법이 아니라 '마일의 가문에 내려오는 비전, 「기」의 힘을 이용한 기술을 자신이 열심히 연구하고 발전시킨 새로운 기술'이라고 여겨 조금 의기양양했다.

'이제, 마일의 비전의 영역을 초월한 기술, 즉 『메비스류 기공술』이라고 이름 붙여도 되지 않을까……'

메비스, 지나치게 우쭐한 상태였다.

"아, 아무튼, 정말 고맙소! 겉모습만 보고는 검사이신 줄 알았는데 설마 치유마법을 구사하실 줄은……. 가진 약이 없다고 말씀하실만하네요, 애당초 필요하지 않으시니까……."

소녀가 회복되었고, 이미 흘린 피는 어쩔 방법이 없어서 아직 평소 상태로 돌아오지는 않았지만 어쨌든 상처가 낫자, 호위 리더가 고마워하며 고개를 숙였고 이어서 나머지 두 호위들도 감사를 표했다.

"아닙니다, 기사를 꿈꾸는 자 된 도리로 곤경에 빠진 사람을 구하는 것은 당연한 일. 도움이 되었다니 영광입니다. 그럼 저는 이만……."

메비스가 이별의 말을 고하고 떠나려고 했을 때, 호위 리더가 다른 세 명에게 재빨리 눈으로 신호하더니 소녀를 포함한 세 사람이 가볍게 고개를 끄덕이는 모습을 확인하고는 메비스를 불러세웠다.

"기다리십시오! 보아하니 가시는 방향이 저희와 같은 것 같네요. 국경을 넘을 때까지 저희와 동행해주시면 안 될까요!"

그들이 그렇게 부탁하는 것도 무리는 아니었다.

만약 그들이 '치유마법'이라고 생각한 그 처치가 불완전했거나 아직 본 컨디션이 아닌 소녀가 다시 움직이지 못하게 되었을 경우에 대비해, 자신이 동행해준다면 마음이 한결 편하겠지.

그렇게 생각한 메비스는 잠깐 고민한 후 승낙해주었다.

아직 마이크로스는 네 알이 남아 있고 방향이 같으니 다소 이동 속도가 떨어진다고 해도 대수롭지 않았다. 최악의 경우에도 도착이 하루 늦어지는 정도이고, 그 정도는 동료들도 별로 걱정하지 않으리라.

그렇게 생각해서 자신을 설득한 메비스였는데, 물론 처음부터 그것 말고 다른 선택지는 없었다. 어쨌든 그녀는 '메비스 폰 오스틴'이라는 이름의, 기사를 지망하는, 자긍심 높은 귀족 소녀였으니까.

"감사합니다! 이 은혜는 반드시……."

호위 리더가 자꾸 고개를 숙이자 메비스는 문득 생각난 것은 입에 담았다.

"그럼 너무 마음 쓰지 않아도 되도록, 의뢰 형태로 하는 것은 어때요? 다음 도시까지 가는 호위 의뢰. 의뢰비는 소금화 한 닢에 어떠세요?"

거의 공짜나 다름없었다.

일반 호위 의뢰도 시세가 하루에 소금화 2닢은 넘는다. 그런데 누가 봐도 사정이 있고 추적자가 공격해올 것만 같은 분위기. 그리고 그 경우 아마도 상대는 도적 따위가 아니라 기량이 뛰어난 자일 확률이 높다.

또 만일의 경우에는 비약을 쓴 치유도 기대할 것이다. 덤으로 본 컨디션이 아닌 소녀의 속도에 맞추어 걸으면 내일 도착하기 어려워 보였다.

평소 견적으로라면 못해도 금화 한 닢. 폴린 같으면 아마 금화 3닢은 부를 조건이었다. 물론 파티당이 아니라 각자의 보수금이 말이다. 그리고 그것은 결코 폭리가 아니었다. 그만큼 '위험 안건'이다.

헌터 길드 지부에 게시하면 틀림없이 '붉은 의뢰'로 분류될 것이다. 그리고 평소 같으면 헌터 길드가 아니라 용병 길드에 의뢰할 안건이다. ……아니 어쩌면 영주군이나 왕도군(국군) 등 정규

군대에 말이다.

"……거듭 거듭 감사합니다! 죄송하지만 그렇게 해주신다면 사양하지 않겠습니다……."

당연히 호위들도 시세를 잘 알고 있었다. 그래서 메비스의 제안이 돈을 목적으로 하는 것이 아니라 자신들에게 마음 써주고 있기 때문이라는 것쯤은 잘 알았다.

그리고 더 많은 보수를 제공하는 것도 가능했지만, 말로 하지 않았다. 메비스가 보수금 따위 상관없이 받아주었다는 것을 분명히 알고 있는데 지금 여기서 보수금 얘기를 꺼내면 그것은 이 기사를 지망하는 여성을 모욕하는 행위다. 전부 끝난 후, 살짝 더 많이 쳐서 건네면 될 일이었다.

지금은 묵묵히 베풀어주는 따뜻한 마음에 감사하며 고개를 숙이는 것만으로 충분했다.

소녀의 걸음에 맞추어 천천히 이동하는 일행.

몇 번인가 같은 방향에서 온 마차가 앞질러 갔는데, 동승은 전부 거절당했다.

소녀만 마차에 태워줘도 된다고 부탁했지만 걷는 사람들에 맞추면 속도가 떨어져서 싫다거나, 기회를 틈타 공격하는 위장 도적인지도 모른다며 의심을 받아 상대해주지 않았던 것이다.

그게 아니라도 연약해 보이고 신분은 높아 보이는 아가씨가 도보로 이동하는 것은 부자연스러웠고 상인들이 성가신 일에 휘말리기를 꺼리는 것은 별수 없는 일이었다. 그들도 자기 인생이 있고 가족과 종업원들의 생활이 걸려 있는 것이다. 괜한 위험을 무릅쓰고 싶지는 않겠지.

이대로 계속 걷고 있으면 조만간 따라잡히겠지. 그리고 곧 발견될 것이다.

……그들이 달아나려 하는 상대의, 수하들에게.

하지만 가도를 벗어나 숲이나 황무지, 바위산 등으로 갈 수는 없었다. 다른 사람들은 몰라도 소녀의 진행 속도가 극단적으로 떨어질 테고, 구르거나 다리를 삐는 등 다쳐서 이동 속도가 더 떨어지는 게 고작일 테니.

또 아무리 몸을 숨기며 숲에서 이동해도 속도가 극단적으로 떨어지면 추적자의 본진이 쉽게 선수 쳐서 앞을 가로막고 뒤로 흩어진 별동대가 구석으로 몰면 궁지에 몰린다. 그러니 지금은 무리인 줄 알지만 최대한 거리를 버는 편이 아직은 그나마 나으리라.

또 이동하면서 그들은 필요 최소한의 정보를 메비스에게 알려주었다. 과연, 이유도 모르고 싸움에 휘말리게 하면 미안하다고 생각했으리라. 그리고 정의는 자신들에게 있다는 것을 전하고 싶었는지도 모른다.

"……그러니까, 계승 순위 1위인 아가씨를 죽은 사람으로 만들고 계승 순위 2위인 사람이 후계자 자리에 앉으려 한다는 거군요. 흔히 있는 이야기네요. 아니, 뭐, 세상에서는 흔히 있는 이야기라지만 당사자에게는 큰 문제죠, 물론……."

메비스는 조금도 악의가 없었지만, 정말로 '흔히 있는 이야기' 이외에 다른 감상이 떠오르지 않았다. 세 호위는 조금 머쓱했고 아가씨는 쓴웃음을 지었다. 아마 자신도 그렇게 생각했던 것이리라. 실제로 너무 매우 흔한 이야기였으니까.

사정 설명은 그게 전부였다.

가문의 이름도, 계승 순위 2위인 사람과의 혈연관계도, 그밖에 다른 상세한 사정도 말해주지 않았다. 그런 정보는 필요하지 않고 아무런 의미도 없다.

게다가 메비스는 '자기 일족의 비전'이라는 말을 해버렸고, 그 동작과 말투로 보아 평민 출신이 아니라는 사실은 쉽게 알 수 있었다. 아무리 조력을 부탁했다지만 다른 나라 귀족에게 너무 많은 것을, 그것도 지금은 아무 의미도 없는 정보를 알려준다 한들 아무런 이익도 없다.

하지만 메비스도 바보가 아니었고 귀족가 자제였다. 지금까지 나눈 대화를 통해 어느 정도는 파악하고 있었다. 아가씨와 호위들은 아마 눈치채지 못했겠지만…….

그리고 해가 지기 전에 추격자에게 따라잡혔다.

도로 주변에 있는 거목 뒤에 숨어 주위를 에워싼 것이다.

"여섯 명인가……. 선행 탐색부대군. 놓치면 우리 위치와 상황을 본진에 알릴 거야. 한 놈도 놓치지 않게 전부 쓰러트리고……아, 어차피 재네도 우리를 놓칠 생각이 없겠지?"

리더의 말대로 상대는 정보를 가지고 돌아가는 게 주목적이 아니라 이대로 우리를 포박하거나 죽일 작정 같았다. 어느 쪽으로 할지는 그들이 어떤 명령을 받느냐에 달렸으리라.

일단 놓치면 일행을 다시 빨리 발견할 수 있을지 모르는 것이다. '발견했는데 보고하려고 떨어져 있는 사이에 놓쳐버렸습니다' 하는 것과 '발견해서 붙잡았습니다' 중 어느 쪽이 공훈에 속할지는 생각해볼 것도 없다.

상대는 여섯 명, 이쪽은 세 명에 덤으로 한 명. 상대가 도적 따위라면 모르겠지만, 아무래도 상대편 역시 기사 혹은 무술에 능한 병사 같으니 이런 공훈을 세울 기회를 쉽사리 놓칠 리가 없다. 덤으로 있는 신인 여성 헌터 따위, 그들에게는 숫자에 포함되지도 않을 테니 실질적으로는 6대3. 즉 2대1의 전력 비율인 것이다.

"메비스 님, 아가씨의 호위를 맡아주십시오."

호위 리더가 메비스에게 부탁했다.

그것은 보호해야 할 대상의 안전을 배려함과 동시에 자신들이 전멸했을 경우 항복해서 그냥 고용되었을 뿐인 메비스에게 폐를 끼치지 않으려고 하는 배려였으리라.

상식적으로 생각하면 젊은 여성 헌터가 기사나 무술에 능한 병사에게 대적이 될 리 없다. 어디까지나 메비스는 소녀의 치유 요원으로 고용된 것이리라. ……그들, 세 호위의 인식으로는 말이다.

하지만 메비스가 받은 의뢰는 '호위 임무'였다.

"과연 타당한 판단으로 여겨지네요……."

메비스는 그 지시의 타당성을 인정하는 것처럼 대답했다.

"……하지만 거절하겠습니다."

""""""엥?""""""

"아무리 고용된 몸이라도 헌터에게는 잘못된 지시나 명령에 관해서는 분명히 거절하거나 대안을 제시할 권리가 있어요. 그리고 여러분은 제 능력을 오해해서 잘못된 판단을 내리고 있어요. ……여러분 셋이 거목을 등지고 아가씨의 호위를 맡으세요. 저는…….”

그리고 메비스가 검을 훽 뽑아 들었다.

“적을 섬멸하겠습니다!”

제75장 빛나는 목숨

“무, 무슨…….”

호위 리더가 말릴 새도 없이 메비스는 몇 걸음 앞으로 나왔다.

그리고 검을 쥔 채 정신을 집중하는 모습.

아니, 그것 자체는 별로 이상하지 않다. 싸움에 임할 때, 검사가 정신통일을 하는 것은 지극히 평범한 일이었으니까.

……만약 그자가 뭔가를 중얼거리지만 않았더라면…….

“돌아라, 나의『기』여. 몸을 넘어 밖으로……. 나의 주위를 둘러싸고 모든 움직임을 나에게 전하라…….”

그리고 메비스는 살짝 눈을 감았다.

다수의 적을 앞에 두고 눈을 감다니, 제정신으로 할 수 있는 일이 아니었다.

“……바본가?”

그렇게 화낸 적들도, 자신감으로 가득 찬 메비스에게 왠지 모를 꺼림칙함을 느꼈는지 에워싼 채 움직이지 않았다.

그렇다, 메비스는 총공격 훈련에서 한계에 부딪혀 괴로워하던 때, 지금까지 했던 마일의 말과 행동을 떠올리고 반추하며 뭔가 좋은 방법이 없는지 생각했었다. 그리고 그 결과, 마일의 기술을 ‘기’의 힘으로 재현하자고 생각했던 것이다.

검의 속도와 위력은 하루아침에 크게 진보하기란 불가능하다. 그것은 오랜 시간을 거쳐, 매일의 노력하고 연구해야 얻을 수 있는 선물이다. 메비스의 '신속검'처럼……. 만약 그것을 누구보고 하룻밤 만에 익히라고 한다면 아마 죽고 싶은 심정일 것이다…….

그렇다면 다수의 일류 검사를 상대로 한 싸움에서 승리하려면 어떻게 해야 좋을까.

이기기 위해서는 어떻게 해야 좋을까.

……그렇다, 지지 않으면 되는 것 아닐까?

……적의 검을 맞지 않으면 되는 게?

그럼 어떻게 해야 적의 공격을 전부 피하고 공격이 통하게 할 수 있을까? 급격한 검속과 위력 증가 없이?

그렇게 해서 생각해낸 것이 마일의 '탐색마법'이었다.

멀리 있는 적이나 사냥감을 정확하게 발견해서 먼저 정보를 가져가는 반칙 기술.

그런 마법을 쓸 수 있다면 기습이고 나발이고 문제없다.

만약 그것을, 좁은 범위나마 완전히 모방할 수 있다면?

등 뒤에 있는 적도, 적의 뒤나 보이지 않는 곳에 숨은 적도, 그리고 아군의 상황도. 일정 범위 내에 있는 모든 정보를 완전히 자기 것으로 할 수 있다면…….

마일이 말했었다.

『우리나라에는 '결계'라는 개념이 있거든요. 그리고 거기에는 두 가지 종류가 있어요. 하나는 적이나 적의 공격을 전부 튕겨낼 수 있는 방어 결계. 뭐, 저 그리고 레나 씨에게 전수한 '배리어'와 같은 종류죠. 그리고 또 다른 하나는 적의 침입과 공격 모두 훤히 볼 수 있는데 그중에서의 모든 생살여탈권을, 그 기술을 구사한 자가 가지는 개념의 결계예요. 완전한 자신의 타이밍. 상대의 움직임을 전부 파악한. 이를 '제공권 장악'이라고 말해요.』

마일의 탐색마법을 무척 가까운 거리에서 농밀하게 전개한다면.

그리고 마력이 없는 메비스가 그것을 실현하려면 어떻게 해야 좋은가.

마일이 마력파를 방사해서 그 반사파를 취하는 방식이라면.

……그럼 마력이 없는 메비스가 할 수 있는 건 '기'의 힘을 사용하는 것뿐!

메비스는 시행착오를 거듭했다.

자신의 의사를, '기'의 힘을 검에 흘려보내고 검신으로부터 '기'의 힘을 전방위로 퍼뜨린다.

……하지만 일직선으로 방사해서는 아무런 느낌도 얻을 수 없었다.

그럼 자신의 주위를 뱅글뱅글 회전시킨다면?

원을 그리듯?

하지만 선이면 느낌이…….

띠로 하면? '기'의 힘을, 점이나 점으로 그리는 선으로 인식하는 게 아니라 띠 형태로 주위를 몇 겹이나 감싸고 회전하고 날아다니면서, 그것이 닿은 권내의 물질 그 모든 정보를 반사 정보로 얻고 공간 내의 영상이 머릿속에서 재구성되도록. 전방위, 360도로…….

그저 뱅글뱅글 원을 그리기만 해서는 효율이 떨어진다. 좀 더 복잡한 움직임을.

하지만 복잡한 움직임을 제어하려면 그만큼 집중력이 요구된다. 그러면 검 쪽에 집중할 수 없다. 어떻게든 무의식중에 복잡한 움직임을…….

『이 얇고 긴 종이를 이렇게 반회전 만큼 구부리는 거예요……. 그리고 끄트머리끼리 붙이면 이렇게, 앞과 뒤가 이어져서 표리가 없는 신기한 고리가……. 이 고리의 이름은 말이죠…….』

또 마일의 말이 뇌리를 스치고 지나갔다.

마일, 이 얼마나 도움 되는 녀석인가…….

그리하여 지금, 스승님과 사형들 덕분에 완성한 이 기술을 피로할 수 있게 되었다.

눈을 감은 메비스의 머릿속에는 자신을 중심으로 한 반경 수 미터 권 내의 적과 아군의 움직임이 실루엣처럼 인식되었다.

멋진 것을 특히나 좋아하는 메비스는 여기서 그것을 하지 않고서는 견딜 수 없었다. 마일의 영향을 마구 받아버린 '붉은 맹세'의 세 사람이었는데, 특히 메비스와 레나는 그 영향이 현저히 드러나고 있었다.

하지만 과연 허풍동화에 나온 그 놀라운 실력을 지닌 눈먼 검사의 말투(영화 '자토이치')를 그대로 흉내 내는 것은 이 자리에 어울리지 않았기에, 나름 말투를 바꾸었다.

"그대들은 누구입니까? 저를 베려는 심산이십니까? 그만두시는 편이 좋을 거라고 사료됩니다만……."

역시 그 검사의 말투가 아니면 느낌이 살지 않았다.

그렇게 생각해서 조금 아쉬워하는 메비스였는데…….

"젠장, 어린 계집이 잘난 척하기는……. 어이, 시작하자! 여자애는 다치게 하지 마라! 그리고 다른 놈은 죽여도 상관없다!"

물론 '여자애'란 메비스가 아니라 아가씨를 가리키는 것이었다. 치명상에 가까운 상처를 입혀놓고 이번에는 방침을 바꾼 모양이었다.

무엇보다 저번에는 '달아나게 할 바에야 죽이는 편이' 하고 생각했지만 이번에는 '놓칠 걱정이 절대 없으니까' 하고 생각했을 뿐인지도 모르겠지만…….

그리고 지금, 여기서 죽일 생각이 없다고 해도 앞으로도 꼭 그럴 거라는 보장은 없었다.

틀림없이 본인이라는 사실을 고용주가 확인한 다음에 죽인다거나 고문하거나 능욕하고 충분히 죽인 다음에 죽인다거나, 여러 가지가 있다. 차라리 여기서 깨끗이 살해당하는 편이 나았다고 생각할 만한 일이 일어날지도 모른다. 그래서 '죽이지 말라'는 이야기가 아무런 위안도 되지 않았다.

적은 거목을 뒤로 한 호위들 쪽에 셋, 그리고 메비스에게 셋을 배정했다.

찰싹 달라붙은 세 사람에게 여섯 명이 전부 가면 너무 복잡해져서 제대로 검을 휘두를 수 없다. 게다가 그런 짓을 했다간 뒤에서 메비스의 공격을 받을 수도 있다.

지금은 소녀를 지키기 위해 그 자리에서 움직이지 않는 호위들을 각각 한 명씩 견제해서 쉽게 못 움직이게 하기만 하고, 우선 메비스를 나머지 셋이 상대해서 압도적 전력으로 순간적 제압. 그런 다음 여섯 명이 여유롭게 세 호위를 없애버리면 끝나는 이야기이다. 그것이 제일 간단하면서 안전했고 틀리지 않은 방법이었다.

그리고 적의 지휘관이 공격 지시를 내리려고 했을 때, 메비스가 결정적 대사를 중얼거렸다.

“괜한 짓은 하지 말 것을 권고합니다. 죽어버리면 좋은 결과를 얻을 수 없잖아요?”

역시 그 특유의 말투가 아니면 떨떠름한 느낌을 제대로 살릴 수 없다.

그렇다고 해서 아직 어린 자신이 그 말투를 살려도 웃기기만 할 뿐이다.

그것이 원통해서 참을 수 없는 메비스였다…….

“시끄러워! 달려들어라!”

지휘관의 명령과 함께 눈을 번쩍 뜬 메비스. 과연 눈을 감은 채로 싸울 생각은 아니었다.

하지만 그래 봐야 D등급 아니면 C등급인 신입 헌터. 다소 실력에 자신 있다고 해도 정규군 병사나 기사에게 대적할 수 있을 리 없다. 1대1이어도 그럴진대 3대1인 것이다. 도적을 상대로 하면 어떻게든 될지도 모르겠지만…….

모두가 그렇게 생각한 순간.

"메비스 링(고리 결계)!"
슈욱, 쾅, 티잉!
"진 신속검!"
""""""""""헉……."""""""""
아무리 진 신속검이라도 상대는 도적이 아닌 정규군 병사, 그것도 숙련된 병사라면 잘 먹혀들 리 없다. ……그런데 너무도 간단히 쓰러지는 병사들.
휘익!
호위들을 향했던 적 중 하나가 등 뒤에서 메비스에게 검을 휘둘렀다.
비겁한 게 아니다. 적의 빈틈을 파고드는 것은 당연한 일. 장난이나 전쟁놀이가 아니다. 자신의 목숨과 돈과 입장과 미래가 걸린, 비정한 비즈니스다. 그런데…….
티잉, 쿠웅!
"……헛수고야. 나에게는 사각지대가 없어!"
그리고 쓰러지는 적군.
"……말도 안 돼! 말도 안 된다고오오오오!!"
남은 병사가 절규했지만 이미 지휘관을 포함한 넷이 쓰러져서, 이제는 전력 비율이 2대4. 게다가 상대방 넷 중 하나는 자기 동료 넷을 순식간에 해치운 괴물이었다. ……이기기란 불가능했다.
그리고 적이 둘이 된 지금, 소녀의 호위를 위해 진을 칠 필요가 없었다. 동요한 데다 메비스 쪽에 정신을 빼앗긴 나머지 두 적은 달려든 세 호위들에 의해 허무하게 쓰러졌다.

그리고 메비스에게 쏠리는 세 쌍의 경이와 공포로 가득 찬 시선.

남은 한 쌍의 시선은 왠지 반짝반짝 빛나며 별을 흩뿌리고 있었다…….

*　*

“““““…………..”””””

길을 걷고 있는 다섯 사람.

그중 셋은 입을 꾹 다물었고 하나는 쉴 새 없이 떠들어댔고, 나머지 하나는 곤혹스러워하고 있었다.

“메비스 님, 그 기술은 어떠한 건가요?”

“메비스 님, 집안은 오라버니가 대를 이으시는 건가요? 그럼 메비스 님은 자유이신 거죠?”

“메비스 님, 기사 지망이라고 하셨는데, 그럼 아직 어디에도 소속된 건 아니시죠? 그러면…….”

‘살려줘…….’

필사적으로 도움을 청하려고 호위들에게 눈빛으로 신호하는 메비스였지만…….

“““죄송합니다…….”””

휙, 시선을 회피하는 세 명의 호위들이었다.

그 후, 쓰러진 여섯 명의 적에게 죽지 않을 정도로만 지혈 등 응급처치를 해주고 포박해서 도로변에 눕혀놓았다. 부상이 적은 자는 발과 팔을 부러트려서 적어도 당분간은 전력이 되지 못하도록 손 써두었다.

죽이는 것보다 그렇게 해야, 그자들을 도시로 옮기기 위해 인력을 들일 것이고 그만큼 적의 전력이 줄어들 것이다. 적은 죽이기보다 중상을 입혀 살려두는 편이 적을 더 불리하게 만드는 방법이었다.

그리고 그들 역시 주인의 명령에 따랐을 뿐, 본인들이 극악무도한 범죄자는 아니었다. 자신들의 몸을 지키기 위해서라면 쓰러트리는 것을 주저할 필요가 전혀 없지만 자신들이 압도적인 우위에 있고 충분한 여유가 있는 경우라든지, 싸움이 끝난 후에는 개인적인 증오에 의해 무의미하게 목숨을 빼앗을 필요는 없었다.

메비스의 그러한 주장에 소녀와 호위들뿐 아니라 쓰러지고 포박된 적들조차 감동했는지 묵묵히 고개를 푹 숙였다. 아마 자신들의 임무가 별로 칭찬받을 일이 아니라는 것을 자각했던 모양이리라.

하지만 그 적들도 '곧 전선에 복귀할 수는 없도록 경상자는 팔다리를 부러트려요' 하는 메비스의 주장에 확 깬다는 표정이었는데, 자신들을 죽이려고 한 상대에 대해서는 충분한 온정을 베푼 것이기 때문에 울먹거리는 표정으로 받아들였다. ……아니, 사실은 필사적으로 저항했지만 부러졌다. 뚝 하고.

그리고 그렇게 주장하면서도 제 손으로 하기를 주저한 메비스를 대신해 뼈 부러트리기 작업은 호위 셋이 넘겨받았다.

아직 마음 여린 부분이 남아 있는 메비스였다.

뭐, 도시로 데리고 돌아가서 실력 좋은 치유마술사에게 목돈을 내면 완치는 할 수 있으리라. 호위들도 될 수 있으면 깔끔하게 부러트리려고 신경 쓴 것 같았고…….

"도적들이라도 무의미하게 동료를 내버리지는 않는 법이에요. 하물며 정규 병사들이니까 동료가 중상을 입었는데 버리진 않겠죠. 이렇게 해서 적의 숫자가 몇 명은 줄어들었어요."

그렇게 말하며 적을 위해 자신의 물통을 놔둔 메비스를 보는 소녀의 눈이 반짝반짝 빛났고, 소녀의 성격을 아는 호위들은 왠지 조금 불안을 느끼는 기색이었는데…….

'역시 이렇게 된 건가…….'

'역시, 이렇게 됐군요…….'

'음, 역시…….'

일어날 일이, 일어났다. 아무래도, 그랬던 모양이다.

"아, 아니에요! 저는 용사님이나 백마 탄 기사님을 동경했을 뿐이지 여성을 좋아하는 성향이 아니라고요!"

노골적으로 자신을 피하는 메비스를 이상하게 여기고 캐물은 결과, 메비스가 터무니없는 착각을 하고 있다는 사실을 깨닫고 얼굴이 새빨개져서 그렇게 부정하는 아가씨. 그리고 그 말을 듣고 안심한 표정인 메비스와 호위들.

"……엄청나게 좋아하게 된 생명의 은인인 용사님이, 어쩌다가 여자였을 뿐이지……!"

"그렇게 말하면 안심할 수 없잖아욧! 조금도 안심이 안 된다고요오옷!!"

메비스의 절규가 허무하게 울려 퍼졌다…….

그리고 메비스의 실력을 알게 된 호위들과 검술로 이야기에 탄력이 붙자, 대화에 낄 수 없게 된 소녀가 기분이 상해서, 기사로 고용해줄 테니까 자신이 있는 곳에 있지 않겠느냐고 집요하게 권유해 메비스를 곤란하게 만들었다.

이제 이 시점에서 소녀는 상당히 본심을 드러내고 있었다.

하지만 그 사실을 눈치채지 못했을 리도 없는데 태연하게 얼굴색 하나 바꾸지 않는 메비스를 보며 호위들도 어깨를 움츠리며 포기했다는 표정을 지을 뿐이었다.

* *

그로부터 이틀 후, 아침 2의 종(오전 9시)이 울렸을 무렵. 두 번의 야영을 거쳐 메비스 일행은 특별한 일 없이 무사히 도시로 가는 길에 순조롭게 진입했다.

"죄송합니다. 원래라면 메비스 님은 어제저녁 무렵에 도착해서 동료분들과 합류하셔야 했는데……."

그렇다, 메비스 혼자였다면 이미 도착했을 테지만, 메비스의 처치로 일단 상처는 막았고 출혈도 멎었지만 대량의 피를 흘린 데다가 상처가 완전히 낫기는 힘든 상태여서 아직 도저히 원래 컨디션을 되찾았다고 보기 힘든 소녀의 발이 느려서, 하루나 일정이 밀리고 말았던 것이다.

그래도 호위가 소녀를 업었어도 그렇게 속도가 올라갈 수 없었고 무엇보다 업으면 압박 때문에 소녀의 상처에 악영향을 줘, 자칫 잘못하면 상처가 다시 벌어지고 출혈이 생길 위험이 있었기에 소녀가 자기 발로 걸을 수밖에 없었던 것이다.

마차에 태워주지 않는 상인들을 원망해도 소용없다. 앞으로 반나절, 열심히 걷는 수밖에 없었다.

이대로 나아가면 저녁 전에는 도착할 수 있다. 도시에만 닿으면 마차를 빌릴 수도, 뭣하면 아예 사는 것도 가능하다. 그리고 그전에 소녀를 치유마술사에게 데려가 치료받는 것도.

'멤버들한테 쓴 편지를 마차로 지나가는 사람한테 부탁할 걸 그랬나? 그 정도는 내가 은화 5닢 그리고 수신인이 또 은화 5닢을 내겠다고 하면 받아주었을 텐데. ……아니, 하지만 이건 내 의사로 받은, 채산도를 외시한 의뢰야. 모두 휘말리게 할 수는 없지. 그것도 길을 되돌아오게 하면서까지. 도시에 도착하면 다시 시세에 맞는 정규 요금으로 길드를 통해 지명 의뢰를 받는 형태라면 『붉은 맹세』로서, 국경을 넘으면서까지 한 호위 의뢰를 받는 것도 가능하지만…….'

메비스가 그런 것을 생각하고 있는데 '그것'이 찾아왔다.

그렇다, 그렇게나 병력을 투입해놓고 그대로 놓아줄 리가 없었던 것이다.

아마도 분산해서 각 방면으로 보낸 탐색부대가 돌아오기를 기다렸다가, 선수를 쳐서 습격하기 적합한 장소에서 기다렸던 것이리라.

숫자는 대략 30.

"흠, 1개 소대 40명에서 6명을 빼고 부상자 호위로 둘, 도시에 마차를 구하러 보낸 게 하나라고 하면 나머지는 31명, 이라는 계산이 나오나?"

지난번과 마찬가지로 앞쪽에서 적으로 보이는 모습을 확인한 시점에서 가까운 거목에 등을 댄 수비 진형을 펼친 일행. 그리고 예상대로 후방부와 도로 좌우 풀숲에서 나타나 포위한 적들을 향해 메비스가 차분한 목소리로 그렇게 판정을 내렸다.

"……네가 탐색하러 갔던 여섯 명을 쓰러트린 그 여성 검사냐. 아직 어린데 대단한 실력이다. 그리고 그쪽에도 의도는 있었겠지만 어쨌든 부하의 목숨을 빼앗지 않고 놓아준 것에 대해서는 감사하게 생각한다."

그렇게 말하며 나이 든 병사가 가볍게 고개를 숙였다. 아마도 이 부대의 지휘관, 소대장쯤 되리라.

"하지만 그건 그거고, 이건 이거다. 미안하지만 우리의 임무를 수행하겠다. 그건 이해해주기 바란다."

적 지휘관의 말에 묵묵히 고개를 끄덕이는 메비스.

그리고 뒤에서 목소리가 들렸다.

"헌터 메비스 님. 우연히 만나서, 공…… 아니, 아가씨의 치료를 위해 고용했지만, 이 이상은 차마. 지금 이 시점에서 계약을 종료하겠습니다. 부디, 이대로 물러나 수행 여행을 계속해주십시오……."

예상을 뛰어넘은 이런 인원수로는 아무리 개인의 실력이 다소 뛰어나다고 하나 이기기란 불가능했다.

금화 5닢은, 금화 1닢의 5배인 가치다. 하지만 다섯 명의 숙련된 병사는 한 명의 숙련된 병사의 5배에 해당하는 전력이 아니다. 동료들과 협력해서 싸우는 훈련을 쌓아온 병사 다섯 명은 한 병사의 5배가 아니라 10배, 20배의 전력이었다. 그리고 그것이 30명이면…….

호위 리더는 도저히 승산이 없어서 이곳을 자신들의 무덤이라고 정하고 메비스를 놓아주기 위해 일부러 그는 단순히 고용한 헌터에 지나지 않는다는 것 그리고 사정은 알려주지 않았다는 것을 그 말 속에 넌지시 비추었던 것이리라.

"…………."

적의 지휘관은 메비스가 말할 때까지 기다렸다. 아마 원래는 아무 상관없는 사람이고 장래가 유망한 어린 여성 검사를 허무하게 죽일 수 없다고 생각했던 것이리라.

그리고 싸우면 아무리 승리가 확실하다고 해도 괜한 사망자와 부상자를 낼 가능성이 있다. 또 고용된 젊은 여성 헌터를 한 명 쓰러트렸다고 해서 공적이 더 올라갈 것 같지도 않았다.

실력 있고 성가신 검사와 싸우지 않고 끝날 수 있다면 환영할 일이리라.

"…………알겠습니다. 그럼 호위 계약은 여기까지 하죠."

"그래요, 그동안 신세 많이 졌습니다. 그럼 건승을 빌……."

호위 리더의 말을 뚝 자르고 메비스가 말을 계속해서이었다.

"그리고 메비스 폰 오스틴, 적의 공격으로 위기에 빠진 소녀를 발견했기에, 정의의 이름으로, 가세합니다!"

""""""""그,그게 무스으으으으으은~~!!""""""""

적과 아군의 목소리가 화음을 이루었다.

"어, 어째서……."

호위 리더의 떨리는 목소리에 메비스가 태연하게 대답했다.

"단순한 얘깁니다. 그건 제가 기사를 꿈꾸는 사람이고, 『메비스 폰 오스틴』이라는 이름의 인간이며, 헌터 파티 '붉은 맹세'의 일원이기 때문이에요. 게다가 공주님을 구하는 건 용사의 의무잖아요? 또……."

"또?"

호위 리더의 물음에 메비스가 가슴을 당당히 펼치고 대답했다.

"엄청, 멋있으니까!"

【10권에 계속】

메비스의 우울

내 이름은 메비스 폰 오스틴.

일찌감치 생일이 지나, 지금은 열여덟 살이다.

즉, 집을 뛰쳐나온 지 일 년이 넘었다는 이야기다.

열여덟…….

귀족의 딸은 이르면 열다섯 성인을 맞이하자마자 결혼한다. 어릴 때부터 약혼자가 정해져 있는 경우는 말이다.

그렇지 않으면 부모님의 연줄, 파티에서 처음 봤다거나, 기타 이런저런 이유로 보통 열여덟 살에서 스무 살 사이에 결혼하게 된다. 스물한 살이 되면 조금 위험하고, 스물세 살이면 더는 물러설 데가 없고, 스물네 살이면 절벽에서 반쯤 발을 뗀 상태이며, 스물다섯에 절망, 스물여섯에 눈빛이 흐리멍덩해지며, 스물일곱에는 득도한다.

그러한 귀족 여성의 결혼 연령에서 봤을 때, 열여덟에 아직 상대 후보도 없다는 것은 조금 늦은 감이 있는…… 말하자면 상당히 위험한 상황이었다.

다행인지 불행인지, 우리 집은 아버님도 오빠들도 내게 결혼하라고 닦달하지 않았고, ……아니, 오히려 방해공작을 펼치는 모습마저 보여서, 현재까지는 억지로 내키지 않는 결혼을 하라고

하지 않았다. ……아니, 어차피 내가 모두의 반대를 뿌리치고 기사가 되겠다며 집을 나왔으니, 혼담 같은 게 진행될 수 있는 상황도 아니리라.

그래도 과연 나를 시집보내지 않고 평생 노처녀로 둘 생각은 없을 테니까 조만간 아버님이 혼담을 가지고 오실 테지만, 내가 불행해질 만한 극단적인 조건인 나쁜 정략결혼 같은 것은 시키지 않을 것……이라고 믿고 싶다. 늙은 후작의 후처라든가, 인격이 파탄난 부자의 멍청한 아들과의 혼담 같은 건…….

아무튼 나는 기사가 되어야 한다!

그리고 동료 기사들과 함께 나라를 구하는 대활약을 펼치고, 동료 중 한 사람과 뜨겁게 연애해서 결혼!

상대가 사실은 신분을 감추고 있었던 왕자님이라면 더욱 좋고!

흐흐.

으흐흐흐흐흐흐…….

그러려면 하루라도 빨리 기사가 되어야 해! 최대한 어릴 때!

일단 빨리 A등급 헌터가 되어, 기사로 등용되기 위한 조건을 갖추어야 한다.

……젠장! 아버님과 오빠들이 반대만 안 했어도 오스틴가의 당주 추천, 그리고 현역 기사인 오빠 세 명이 물밑 교섭에 들어가면 기사 훈련 학교 입학은 문제없이 통과될 텐데…….

아니, 이제 와서 말해봐야 무슨 소용인가. 나는 내 실력으로 기사가 되어 아버님이랑 오빠들한테 보여줄 거다!

그리고 근사한 남편을…….

흐흐.

으흐흐흐흐흐흐…….

하지만 그러기 위한 첫걸음, 기사로 등용될 '지도 모르는' 조건인, A등급 헌터가 되기 위한 길은 그리 간단하지 않다.

당연하다. 그게 간단하면 가문을 잇지 못하는 귀족가 자제들이 전부 A등급 헌터를 꿈꾸겠지.

헌터는 대부분 C등급에서 끝난다. 은퇴하는 것도, 목숨을 잃는 것도…….

B등급으로 올라갈 수 있는 것은 재능 있고 운도 따르는 소수들.

그리고 A등급으로 올라갈 수 있는 것은 여신의 미소를 받은 자들뿐이다.

……S등급?

그런 건 시골 아가씨한테 어느 날 갑자기 백마 탄 기사가 나타나 '사실 당신은 국왕 폐하의 핏줄로, 그러니까 우리나라의 왕녀이십니다' 같은 말을 들을 확률과도 같다. 마일의 '일본 전래 허풍 동화'에서조차, '황당무계, 흔해빠진 전개!' 하면서 무시당할 내용이었다.

……그러니까 뭐, '일단 정상적인 사람이라면 그런 건 말도 안 된다고 생각한다'는 것이다.

그래서 나는 견실하게 A등급 헌터를 꿈꾸고 있다.

아니, 보통은 그것도 '제정신이냐?' 하는 말을 들을 일이지만, 확률은 제로가 아니다. 적어도 S등급 헌터가 되는 것이나 백마 탄 기사가 찾아오기를 기다리는 것과 비교하면…….

또 나는 '여신의 미소'는 아닐지 모르겠지만 '이따금 여신인 척하는, 조금 이상한 소녀의 미소'라면 종종 받고 있다. ……그러니 왠지, 할 수 있을 것만 같은 기분이 든다.

헌터가 승격하려면 공적 포인트, 그 등급에서의 최소 연수 경과 그리고 길드에서의 '승격하기에 적합한 실력과 신용과 인격을 갖춘 자이다'라는 평가가 필요하다. 일반 헌터라면 그중 가장 큰 장벽이 되는 것이 바로 공적 포인트와 실력이다.

웬만큼 공적 포인트가 큰 의뢰가 알아서 굴러들어올 리 없고, 만약 운 좋게 수주받았다고 하더라도 살아 돌아온다는 보장이 없다. ……위험하고 힘든 일이니까 공적 포인트가 큰 것이다. 당연한 이야기다.

그래서 견실하게 차곡차곡 버는 것이 아니라 대물을 노려서 단번에 포인트를 받으려는 헌터들은 쉽게 죽는 경우가 많다.

실력 좋은 헌터는 죽기 쉽고 실력이 별로인 헌터는 차곡차곡 버니까 오래 살아남지만 좀처럼 승격이 안 된다. ……그것이 세상 이치다.

그리고 나는 그 '단번에 포인트를' 노릴 작정이었기 때문에 꿈을 채 이루지 못하고 죽을 가능성이 컸다.

그런 것은 충분히 알고 있다. 하지만 꿈에 걸지 않고 뭐가 인생이란 말인가!

……그리하여 제일 빨리 C등급까지 승격하기 위해 헌터 양성 학교 입학시험을 치르고 멋지게 합격! A등급을 목표로 하는데 그 정도에 좌절해서는 말이 되지 않는다.

그리고 기숙사에서 같은 방에 배정되어 파티를 짠 동료들…….

……뭐야, 이 녀석들!

헌터라는 게, 마술사라는 게, 이렇게 강하단 말인가?!

이게 신입 C등급 헌터의 실력이란 말인가?!

안 되겠어, A등급 따위, 될 수 있을 리가 없어!

아아! 아아아! 아아아아아아아!

그리고 아무래도 이 녀석들은 '일반적인 신입 C등급 헌터'의 표준이 아니라 튀어나온 이상치라는 사실을 알게 되어 일단 안심했다. 이 셋은 쉽게 A등급으로 올라갈 수 있는 사람들이었다. 단지 그것뿐인 이야기였다. 그래그래…….

그리고 이 세 사람과 함께라면 자신도, 같이 헌터 등급이 올라갈 것만 같은 느낌이었다.

응, 그런 기분이 들었던 거다…….

『뼈까지 불태워버려라!』

『울트라 핫!』

『격자력, 배리어어어!!』

다들 나를 A등급까지 데리고 가 주는 거지?
나 혼자만 놔두고 가지는 않을 거지?
그렇지? 그렇지? 그런 거지……?

*　*

혼자 남고 싶지 않아. 모두에게 피해주고 싶지 않아. 발목 잡고 싶지 않아.
그런 마음으로 마일에게 상대해달라고 부탁하고 필사적으로 단련했다. 게다가 억지 부려서 마일의 집안에서 내려오는 비전을 캐묻고, 그 기술을 익히려고 노력했다. ……미안해, 마일…….
그렇게 몇 주에 걸친 길고길고길고길고길고길고길고긴 단련 끝에 마침내 기술을 습득하고 환희에 몸부림치는 내 앞에서, 마일에게 간단한 조언을 들은 레나와 폴린이 식은 죽 먹기라는 듯 새로운 마법을 익히고 있었다.

뭐야, 저게에에에에에에!
젠장, 젠자아아아아아앙!
아니, 물론 검사와 마술사는 다르다.
잡(직종)이 다르니까 어쩔 수 없다. 그런 거겠지.
……그것도 잘 안다. 하지만, 하지만…….
저건 좀 아니잖아아아아아아아!!
씨익씨익씨익씨익…….

뭔가, 뭔가 하나라도 좋다.

레나 무리, 마술사 조를 이길 수 있는 뭔가를!

한 수 아래여서 거치적거리는 존재가 아니라 엄연한 파티의 일원으로, 파티의 리더로 활약할 수 있는 기술을!

여신님, 부탁입니다, 저에게, 힘을!

……그리고 가능하다면, 여자가 아니라 남자들한테 인기를 얻을 수 있도록!

부탁 좀 드릴게요, 여신니이이이이이임!

내 이름은 메비스 폰 오스틴.

멋진…… 다소 지나치게 멋진 친구를 둔, 박복한 소녀였다…….

작가 후기

여러분, 오랜만입니다. FUNA입니다.

좌우 신장에 마석이 들어 있어서, 순조롭게 마력을 쌓아가며 성장 중!

……좀 아픈 것 같은데, 기분 탓일 거예요.

계속 잠혈반응이 나오고 있지만, 기분 탓일 거예요…….

'우라지로가시 사스가코나'(의약품 이름. 참가시나무 분말이다), 너로 정했다!

그리고 마침내, 마침내, 제9권! 두 자릿수 진입이 코앞입니다! 이건 뭐, 이긴 거나 마찬가지!

애니메이션화 기획도 순조롭게 진행 중입니다.

새로운 정보는 없지만 절대 무산된 건 아니니까요!

수면 아래에서 아무도 모르게 은밀하게 진행 중…….

10권이 나올 때 즈음이면 새로운 소식이 있지 않을까요? 아직 이려나?

이번 9권에서는 드워프, 엘프, 정체불명의 아가씨, 그리고 메비스의 활약이이이!

그리고 이 세계의 비밀, 그 근간에 관한 이야기도 조금…….
집념으로, 자기 힘으로 새로운 '뻥이지만 메비스류 기공술'을 만들어낸 메비스.
절망적인 수의 적들을 향해 기합을!
그리고 한창 재미있을 때, '다음 권에 계속'…….

마일: 왜 거기서 끊냐고요!
메비스: 그게 멋있으니까!

다음 권에서는 메비스의 싸움 그리고 몰려오는 고룡들…….

마일: 주인아줌마~, 다음 권이에요~!(일본 드라마 '시간 됐어요(時間ですよ)'의 패러디)
메비스: 그게 뭔 소리야아아아아아~!!
레나: 말장난이 너무 옛날 거라서 독자 분들 아무도 못 알아듣는다고!
마일: 아니에요, '소설가가 되자' 감상란 분들 중에 8할은 알아들어요!
폴린: 거기 사람들을 기준으로 생각하면 안 돼! 그건 마일을 기준으로 인간에 대해 말하는 거나 다름없으니까!
마일: 앗! 그게 무슨 뜻이에요오옷?!

그리고 무려 미국 Amazon 라이트노벨 부문에서 '평균치' 1~4권

이 1위, 2위, 4위, 5위를 점하는 쾌거를!(8월 중순 기준)
1권은 발매한 지 반년이나 지났고 4권은 아직 발매 전이어서 예약을 받는 상태였는데도…….
참고로 거기서 3위는 ONE PIECE였습니다…….

그나저나 미국 독자분들이 일본식 말장난이랑 쇼와 시대 만화 이야기를 이해하시는 건가?
번역이 과연 어떻게 되고 있을까…….
수수께끼가 수수께끼를 낳는다!
여하튼 애니메이션 방영까지 이 기세 그대로 쭉쭉 나가봅시다!
그리고 절벽 소녀 3부작, 출판사를 넘어서 소설판과 코믹판까지 전부 잘 부탁드립니다!

마지막으로 담당 편집자님, 일러스트레이터 아카타 이츠키 님, 책 디자이너 야마카미 요이치 님, 교정교열 및 인쇄, 제본, 유통, 서점 등에 종사하시는 관계자 여러분, 감상과 지적, 제안, 충고, 아이디어 등을 아낌없이 주시는 '소설가가 되자' 감상란의 여러분, 그리고 무엇보다도 이 작품을 읽어주신 모든 분께 진심으로 감사드립니다.
다음은 '평균치' 10권에서.
아니아니, 그 전에 연말에 나올 예정인 『포션빨로 연명합니다!』와 『노후를 대비해 이세계에서 금화 8만 개를 모읍니다』 소설 4권 그리고 새해에 나올 예정인 각각의 코믹스 3권까지, 여러분의 하트로 페이드 이이이이~인!

……그렇게 또 한 걸음, 야망에 다가갔다…….

あとがき？ 후기?

なんやかんやでもう9巻ですか！
早いようなそうでもないような…
さて．今回あまり絵的に出番のなかった
ポーリンで‥‥

이래저래 하다 보니
벌써 9권인가요!
빠른 것 같기도 하고
아닌 것 같기도 한……
자, 이번에 그림이
별로 없었던 폴린으로……

魔界最強女幹部！
ポーリン降臨!!

마계 최강 여간부! 폴린 강림!!

みたいな――‥‥ 같은 느낌의……

いや‥今描いてる時ハロウィン
だったんで‥なんとなく‥‥

아니…… 그게, 이걸 그릴 때 핼러윈이어서…… 그냥……

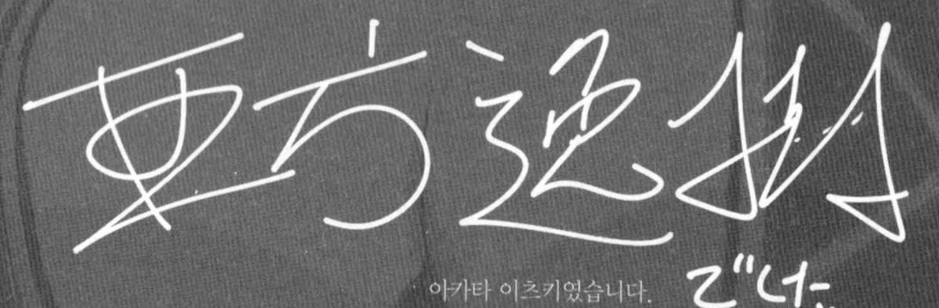

아카타 이츠키였습니다. でした

저, 능력은 평균치로 해달라고 말했잖아요! 9

2019년 4월 8일 1판 1쇄 인쇄
2019년 4월 15일 1판 1쇄 발행

저 자 FUNA
일러스트 아카타 이츠키
옮 긴 이 조민정
발 행 인 유재옥
본 부 장 조병권
담당편집자 조찬희
편 집 김다솜 김민지 이성호 정영길 조찬희
라이츠담당 박선희 오유진
디 지 털 박지혜 최민성
발 행 처 ㈜소미미디어
등 록 제2015-000008호
주 소 서울시 마포구 토정로222, 403호 (신수동, 한국출판콘텐츠센터)
판 매 ㈜소미미디어
마 케 팅 한민지 한주원
전 화 편집부 (070)4164-3962, 3963 기획실 (02)567-3388
판매 및 마케팅 (070)4165-6888, Fax (02)322-7665

ISBN 979-11-6389-462-9 04830
ISBN 979-11-5710-478-9 (세트)